KB272723

八陣圖

공적은 셋으로 나뉜 나라를 뒤덮고

명성은 팔진도에서 이루어졌도다

강물은 흘러도 돌은 구르지 않거늘

오나라를 평정하지 못한 것을 한으로 남겼네

功蓋三分國 名成八陣圖 江流石不轉 遺恨失吞吳

천괴

천꾀 5
한성수 新무협 판타지 소설

초판 1쇄 찍은 날 § 2004년 11월 19일
초판 1쇄 펴낸 날 § 2004년 11월 29일

지은이 § 한성수
펴낸이 § 서경석

편집장 § 문혜영
편집 § 장상수 · 김희정 · 유경화
마케팅 § 정필 · 강양원 · 이선구 · 홍현경

펴낸곳 § 도서출판 청어람
등록번호 § 제1081-1-89호
등록일자 § 1999. 5. 31
어람번호 § 제2-0472호

주소 § 경기도 부천시 원미구 심곡1동 350-1 남성B/D 3F (우) 420-011
전화 § 032-656-4452   팩스 § 032-656-4453
http://www.chungeoram.com
E-mail § eoram99@chollian.net

ⓒ 한성수, 2004

ISBN 89-5831-320-X 04810
ISBN 89-5831-133-9 (SET)

FANTASTIC ORIENTAL HEROES

한성수 新무협 판타지소설

천고

天魁

5

연옥대전(煉獄大戰)

도서출판 청어람

제40장

무당회동(武當會同)

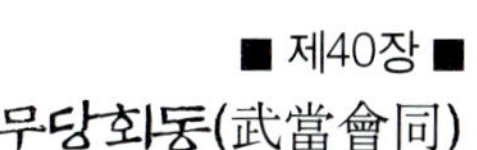

무당회동(武當會同)，

무당천도의 본 이름은 무당파(武當派)이다. 시조인 장삼봉(張三峰), 일명 삼봉진인(三峰眞人)에 의해 개파된 내가기공(內家氣功)의 원조, 무당천도는 오랫동안 무림 중의 태산북두로 우뚝 서 있었다.

그 위치는 소림이 천하제일이던 시절로부터 굳건하여 당대에도 구산 중 수령의 위치를 놓지 않고 있었으나 시절이 하수상했다. 일 년 전부터 무당천도는 역사상 가장 큰 도전 앞에 뿌리부터 흔들리고 있었다.

춘삼월(春三月)!

어느새 무당천도를 바로 코앞에 둔 반검맹의 강북 침공이 해를 넘어 새해를 맞이한 지도 삼 개월째에 이르고 있었다.

세속을 벗어난 도관이라 보기엔 지나칠 정도로 큰 규모. 무당천도의 오궁(五宮) 중 태현자소궁(太玄紫宵宮)으로 향하는 돌길이 새벽부터 분주하더니 일군의 속인들이 그 앞에 모습을 드러냈다.

"천하에 오악이 있어 하나같이 보는 이의 웅풍을 끓어오르게 한다더니 무당산의 현기가 숭산(嵩山)의 장엄함에 결코 못하지 않구나!"

탄식을 터뜨린 이는 천하맹 호북출정군의 총사령을 맡은 무상 단백경이었다. 그의 무공으로 말하자면 이미 등봉조극(登峯造極)의 경지에 이르러 있었다. 자연, 그 자체에 포함된 현기를 느끼는 것만으로도 큰 깨달음을 얻을 수 있는 건 자명했다. 오악 중 하나인 무당산의 주봉인 자소봉을 오르며 느끼는 감회가 남다르지 않을 리 만무했다.

그러나 단백경의 뒤를 말없이 좇고 있던 두 사람, 질풍검호 곽채량과 영웅신풍 유겸호의 얼굴에는 상관과 같은 여유가 보이지 않았다.

그들은 이미 자소봉의 초입에 마련된 해검지(解劍池)에서 각자 병기를 빼앗기는 수모를 당한 터라 기분이 썩 좋지 않았다. 평생에 독문병기를 남에게 건네는 수모는 난생처음이었다.

게다가 무당천도는 해검지를 떠나 자소봉을 오르는 단백경 일행에게 소도사 한 명 보내지 않았다. 알아서 찾아오란 뜻이었다. 이곳이 비록 호북이라곤 하나 강북무림에서 천하맹이 차지하고 있는 위치나 단백경을 비롯한 방문자의 명성을 생각한다면 안하무인이나 다름없는 처사였다.

물색없는 단백경의 탄성에 곽채량이 얼굴에 난 검상을 한 차례 꿈틀거려 보였다.

"무상, 어찌 전장에 나선 장수에게서 칼을 뺏는 걸 그냥 지켜보고만 계셨던 겁니까?"

단백경이 걸음을 멈추고 곽채량을 돌아봤다.

"곽 대주 정도 되는 분이 검이 없다 해서 두려움을 느낀단 말입니까?"

"두렵다는 것이 아니라……."

"두렵지 않다면 찌푸린 인상은 펴도록 하시오. 투덜거림은 약자들이나 하는 것이니."

유겸호가 슬쩍 끼어들었다.

"무상, 천하무적의 신권(神拳)과 함께인데 속하들이 걱정할 리 있겠습니까? 다만 저들, 속이 음흉한 도사들은 여태까지 양양 근처에 본진을 친 본 맹의 호북출정군에 대해 전혀 공식적인 반응을 보이지 않았습니다. 마치 이번 반검맹의 강북 침공이 단지 천하맹만의 일이라는 듯이오."

"그렇습니다! 정말 가증스런 말코 녀석들입니다! 본 맹의 이천 병력이 이번에 호북에 진출하고도 여태까지 반검맹 녀석들과 일전을 벌이지 않은 건 무당천도의 체면을 봤기 때문입니다. 그런데 녀석들은 여태까지 본 맹과 무상에게 반 마디의 감사 인사도 없었습니다!"

곽채량이 오랜만에 동조의 목소리를 높이자 유겸호가 입가에 흐릿한 미소를 보이곤 말을 계속했다.

"그런데 해가 지나 얼었던 대지가 풀리고 그동안 전혀 움직임을 보이지 않던 반검맹에서 다시 소규모의 움직임이 일기 시작하자 갑자기 무상을 청했습니다. 여태까지의 태도와는 사뭇 다른 모습이지요."

"게다가 무상과 속하들을 대하는 녀석들의 태도란 결코 용납할 수 없는 것이었습니다!"

"그것도 그렇습니다! 그러니 이번 무당산행은 길보단 흉이 더 많을 수 있다고 사료됩니다."

총사령으로서 단백경의 각성을 촉구하는 진언이었다. 평소답잖게 강한 목소리를 낸 유겸호에게 단백경이 가볍게 고개를 끄덕여 보였다.

“확실히 호북 부근에서 반검맹의 월영전단이 활동을 시작한 이 시점에서 무당이 이 사람을 불러들인 저의가 의심스럽긴 하오. 하지만 무당산같이 현기가 넘치는 곳에 오른 이때 그런 자잘한 부분까지 신경 쓸 필요 있겠소이까?”

“문제는 양양에 주둔한 본 맹의 호북출정군이라고 봅니다.”

“본인과 대주들이 없는 사이 반검맹의 기습이라도 당할까 걱정되는 것이오?”

유겸호가 솔직한 심경을 털어놨다.

“그렇습니다. 비록 그곳에 네 명의 부대주들이 있고 방어진은 공고합니다만, 반검맹의 통천명 제갈 가주가 마음만 먹는다면 전격적인 기습이 벌어지지 않으리라곤 장담할 수 없습니다. 게다가…….”

한 차례 더 주변에 이목을 집중한 유겸호가 목소리를 조금 낮췄다.

“현 상황은 무당이 반검맹과 손을 잡지 않았다고 확신할 수 없습니다. 오늘 이곳에 무상과 속하들을 불러들인 게 무당과 반검맹 간의 밀약에 의한 일이라면…….”

“이 빌어먹을 말코들!”

곽채량이 참지 못하고 이를 갈며 부르짖자 유겸호가 얼른 눈살을 찌푸리며 손짓해 보였다. 이미 적군의 한가운데에 들어섰음을 일깨워 준 것이다.

그때 단백경이 입가에 흐릿한 미소를 띠었다.

“유 대주의 의견은 일견 타당성이 없다 할 수 없소이다. 그러나 무당에서 이 단모와 두 분 대주들을 완전히 무시한 건 아닌 것 같소이다.”

“예?”

“그게 무슨?”

의혹의 눈빛을 던지는 곽채량과 유겸호에게 단백경이 자소봉 정상 쪽을 손으로 가리켰다.

“저기를 보시오!”

하나, 둘, 셋……. 서른여섯 개!

제일봉인 자소봉의 정상에서 솟아오르기 시작한 봉화는 순차적으로 각 봉우리로 번져 가더니, 순식간에 무당산 칠십이 봉 중 서른다섯 개를 휘감고 솟아올랐다. 모두 자소봉을 둘러싼 정봉들로서 단백경 일행이 막 태현자소궁으로 향하는 돌길에 들어섰을 때 벌어진 광경이었다.

그 뒤를 이어 울려 퍼지기 시작한 장엄한 북소리!

둥둥둥둥둥!

평생 처음 보는 장관이었다. 천하맹에서도 단일 지역에서 이와 같이 엄청난 위용의 봉화와 북소리가 터져 나온 일은 거의 없었다. 천하맹 자체적으로 다른 무림 세력과 전면전을 벌인 일이 만무하기 때문이다.

“허!”

절로 탄성을 토해낸 곽채량이 의혹의 시선을 단백경에게 던지자 유겸호가 대신 설명해 줬다.

“자소봉을 비롯한 무당산의 정봉에 봉화가 오르는 건 타 문파나 외적의 침입을 받았을 때, 또는 무림이나 상천의 크게 신분이 높은 사람이 올 때뿐이나. 그중에서도 서른여섯 개나 봉화가 오를 정도면 대문파의 수장이나 그에 준하는 사람, 상천의 왕공 정도는 돼야 할 거다. 오늘 무당산에 오른 사람이 무상과 우리들뿐이니 무당천도에서 뒤늦게나마 예의를 갖춘 것이라 할 수 있겠구나.”

“그럼 저 북소리는?”

“북소리에 대해선…….”

미간을 찌푸려 보인 유겸호가 단백경을 바라봤다. 그 역시 무당천도에서 이렇게 웅혼한 북소리를 치는 까닭에 대해선 알 수 없었기 때문이다.

북소리에 귀를 기울이고 있던 단백경이 입가에 떠오른 미소를 조금 더 짙게 했다.

“웅혼한 힘이 깃든 북소리나 온화함과 평안함을 비는 마음이 깃들어 있으니, 이것은 우리를 환영한다는 뜻이고 선자도래(善者到來)하였다는 의미일 것이오.”

“선자도래?”

“네 녀석은 무림의 고언인 선자불래(善者不來), 내자불선(來者不善)의 도리를 모르는 것이냐?”

유겸호가 타박을 주자 곽채량이 얼굴에 잔뜩 성난 표정을 떠올렸다.

“그야말로 착한 자식은 오지 않고, 오는 놈은 좋은 뜻을 가지고 있지 않다는 뜻이 아니냐!”

“그럼 선자도래란 무슨 의미겠냐?”

“그야…….”

눈살을 가볍게 찌푸려 보인 곽채량이 다소 작아진 목소리로 말했다.

“착한 놈이 왔다는…….”

“그래, 무림의 고언을 뒤집은 것이다. 즉, 무당은 우리를 선자로 보니 이처럼 환영한다는 뜻이랄까?”

설명은 곽채량에게 했지만 유겸호의 시선은 단백경을 향했다. 자신의 해석이 맞냐고 은연중에 질문을 던진 것이다.

그에 단백경이 화답하듯 고개를 끄덕였다.

"유 대주의 설명이 옳은 것 같소이다. 그렇지 않다면 소도사를 보내는 대신 지객당(知客堂)을 맡은 운학자(雲鶴子)를 보냈을 리 만무하니까요."

단백경의 눈길이 향한 곳을 뒤이어 바라본 곽채량의 눈에서 가벼운 신광이 번뜩였다.

"저 중년 도인이 지객당주?"

"태운현옥청(太雲玄玉淸)으로 나가는 무당의 항렬 중 두 번째인 일대제자 중 일류고수라 일컬어지는 사람이다."

유겸호가 작은 말로 설명하고는 앞으로 쑥 나섰다. 일대제자 중 다섯 손가락 안에 드는 운학자라면 자신 정도는 나서서 맞아야 한다는 판단이었다.

"거기 오시는 분께서는 천하에 이름 높은 무당의 운학자 도장이 아니십니까?"

허리를 꼿꼿하게 편 채 달려온 유겸호가 포권을 해 보이자 운학자가 걸음을 멈췄다. 그는 수중의 불진을 한 차례 떨쳐 보이곤 유겸호에게 가볍게 고개를 숙여 보였다.

"원무대신(元武大神)! 빈도가 바로 운학자입니다만, 천하에 명성을 떨쳤다는 말은 천하맹의 영웅신풍 유 대주께나 어울리지 속진을 벗어난 이 사람에겐 과하오이다!"

"하하, 세상의 누가 무당의 일대제자 중 첫 손가락에 꼽히는 운학자 도장의 명성을 모르겠습니까? 운학자 도장께서 이 사람의 허명을 알아주시는 것만으로도 삼생의 영광이옵니다."

"원무대신! 그야말로 빈도의 수행을 깎아내는 말씀이오이다!"

운학자는 고개를 가볍게 저어 보이고 뒤에 물러서 있는 단백경과 곽 채량에게 청명한 시선을 던졌다. 마치 두 사람의 역량을 가늠이라도 하겠다는 듯.

무당회동(武當會同) 2

　　무당의 일대제자인 운자 항렬은 강호에서 웬만한 작은 문파의 문주나 장로와 동일한 대우를 받았다. 당금 무당의 배분이 타 문파에 비해 높은 데다 무공의 깊이에서 구산 중 으뜸으로 손꼽혔기 때문이다.

　　그런 무당의 일대제자 중에서도 운학자는 고수였고, 그 지위 역시 지객당주로서 못하지 않았다. 하지만 다른 모든 것보다 그의 스승 되는 이는 더욱 대단했다.

　　무당 장문, 태화 진인!

　　당금 무당천도의 장문 진인이며 무당제일도라 불리는 태우 도장과 더불어 현 천하맹과 반검맹 간 분쟁의 원인을 제공한 인물이었다.

　　'허어, 장문 진인께서 어찌 일개 속인을 이리 크게 환대하나 했더니, 천하맹의 뇌정경혼은 과연 명불허전이로구나! 어찌 아직 사십도 되지 않아 보이는데 저리 태산 같은 기도를 보인단 말인가!'

내심 가볍게 혀를 찬 운학자가 얼른 단백경에게 다가갔다.

"빈도 운학자가 금일 크게 개안했습니다. 뇌정경혼 단 대협의 천하를 떨어 울리는 명성은 익히 들어 알고 있었으나, 이렇게 직접 보게 되니 참으로 세상이 넓다는 걸 알겠습니다."

단백경이 미소로써 응대했다.

"도장께서 이렇게 마중을 나와주셔서 감사합니다."

"오히려 마중이 늦어서 죄송할 뿐입니다. 밑의 해검지를 지키고 있던 아이들의 수행이 미거한 탓에 단 대협 일행을 알아보지 못한 것 같습니다."

"그랬었군요."

별다른 언급을 피하는 단백경과 달리 이미 속이 비비 꼬여 있던 곽채량이다. 그는 고개를 옆으로 돌리며 모두가 듣게끔 투덜거렸다.

"흥! 사람을 불러놓고 알아보질 못했다니, 정말 천하에 명성이 자자한 무당답지 않은 일이 아닌가!"

"곽 대주!"

유겸호가 책하는 목소릴 냈으나 곽채량은 본체만체 시선을 운학자에게 던졌다.

"도장, 내 말이 틀렸다고 생각하시오?"

운학자가 입가에 담담한 미소를 담았다.

"질풍검호 곽 대주의 입담이 용맹과 더불어 쌍절이라 불린다더니, 과연 놀랍습니다."

"내 입담이 놀랍다?"

"허허, 빈도가 보기엔 그런 것 같습니다."

"이……."

다시 곽채량이 얼굴에 난 검상을 꿈틀거리려는 찰나 단백경이 그의 앞을 가로막고서 운학자에게 말했다.

"도장께서는 이해하십시오. 곽 대주는 단 한 번도 검을 수중에서 놓은 일이 없는 무인이라 서운했었던 것 같습니다."

"무인에게 병기란 수족과 같은 것이지요. 어찌 빈도가 이해하지 못하겠습니까?"

"그럼 이해해 주신 걸로 믿지요."

운학자의 말을 받은 단백경이 슬쩍 곽채량에게 시선을 던졌다.

"곽 대주도 앞으론 재론하지 마시오!"

곽채량을 바라보는 단백경의 외눈은 부드럽지만 힘이 느껴졌다. 일시 마음이 잔뜩 꼬여 있던 곽채량으로서도 달리 저항할 도리가 없을 만큼.

"으음."

결국 곽채량이 어느새 웃는 얼굴이 된 유겸호와 함께 단백경 뒤로 물러서자 운학자가 세 사람을 향해 정중히 고개를 숙여 보였다.

"모든 불찰은 지객당을 맡은 빈도의 잘못이 크옵니다. 장문 진인과 사숙들께서 기다리고 계시니 이만 빈도를 따르시지요."

단백경이 고개를 끄덕였다.

"도장께서 앞장서 주십시오."

띠링!

상청인 원무대전(元武大殿)은 원무대신을 모시는 곳일뿐더러 무당에 큰일이 생길 시 장문인과 장로들이 모여 회의를 여는 곳이다.

웅장한 겉모습에 걸맞게 제비 날개처럼 화려한 자태를 드러낸 처마에 매달려 있던 풍경(風磬)이 맑은소리를 냈다. 햇빛을 받아 반짝이는 금빛이 청풍과 어울려 만들어낸 소리였다.

순간 원무대전 안의 대회의청에 마련된 팔선탁에 좌정해 있던 여섯 노도들에게서 가벼운 웅성거림이 일었다. 풍경 소리의 의미를 아는 까닭이다. 그때 팔선탁의 중앙을 차지하고 있던 선풍도골의 노도가 입을 열었다.

"원무대신! 손님께서 늦으셨구나!"

두 눈을 반개하고 있던 선풍도골의 노도는 어느새 물빛같이 맑고 고요한 눈을 드러내고 주변을 둘러봤다. 마치 팔선탁에 둘러앉은 나머지 노도사들의 동요를 꾸짖는 듯한 준엄함이 노도의 눈빛에 담겨 있었다.

오늘 이곳 원무대전에 모인 사람은 모두 태자 항렬로 장문인인 태화 진인 외에 팔대장로 중 다섯이었다. 가벼이 내심을 드러낼 이가 있을 리 없건만 태화 진인의 눈길을 받은 오 장로의 노안에 떠오른 건 가벼운 수심이었다.

"어찌 우리 무당에 이와 같은 날이 왔는가!"

팔대장로 중 차석을 맡은 태광(太光) 도장이 가벼운 한탄을 터뜨린 순간, 밖에서 고하는 목소리가 있었다.

"제자 운학이 천하맹의 뇌정경혼 단 대협을 모시고 왔습니다."

팔대장로의 막내인 태백(太白) 도장이 얼른 목소리를 높였다.

"지객당주는 어서 손님을 안으로 뫼시게!"

"제자 명을 받들겠습니다!"

운학자의 말이 끝난 순간 대회의청의 문이 활짝 열렸다. 오늘 무당의 절반이라 해도 과언이 아닌 태화 진인과 오 장로를 원무대전에 모이게 만든 장본인이 모습을 드러낸 것이다.

"단백경입니다."

대회의청에 들어서자마자 가볍게 포권지례를 해 보인 단백경을 향해 열 개의 시선이 화살처럼 쏘아져 왔다. 절정고수만이 발휘할 수 있는 의념이 열 개의 시선에 담겨 그의 몸을 난자해 들어온 셈이다.

칼만 들지 않았지 생사를 가름할 만한 일격!

단백경의 대응은 그저 허리를 가볍게 한 차례 숙여 보이는 것이 전부였다. 공격해 들어온 열 개의 의념 중 어떤 것도 그의 부동심을 깨뜨릴 순 없다는 판단이었다.

그 순간 의념의 공격이 바뀌었다. 화살과 같이 직선으로 파고들던 기운이 어지럽게 흩어지더니 천지 사방에서 단백경을 공격해 들어왔다. 이미 의념에 담긴 기운은 훌쩍 두 배를 뛰어넘어서 있었다.

파라락!

여전히 포권을 풀지 않은 단백경의 옷자락이 가벼운 떨림을 보였다. 천지 사방에서 몰아닥친 열 개의 의념을 몸 안으로 받아들였다가 몽땅 체외로 배출해 버린 것이다. 무당에서 뻗어 나와 천하로 뻗어 나간 이화접목의 수였다.

"원무대신! 놀라운 이화접목이로다! 이미 사량발천근을 그만치 자유자재로 사용할 수 있으니, 권을 내치면 천하가 경동하는 것도 당연할 터!"

가볍게 터져 나온 탄성의 주인공은 싸움에 끼어들지 않고 있던 태화진인이었다. 그는 삽시간에 단백경을 공격하던 열 개의 의념을 제압했다. 단백경과 오 장로 사이에 장벽을 쳐서 기파의 흐름을 끊는 내가절정의 수법을 손수 펼쳐 보인 것이다.

"원무대신!"

“원무대신!”

도호를 외는 오 장로의 노안은 하나같이 가볍게 붉어져 있었다. 다섯이 한 명을 공격해 성공하지 못한 것도 부끄러웠으나 장문인인 태화 진인이 손을 쓰게 만들었다는 사실은 얼굴을 들 수 없는 수치였다.

그때 단백경이 포권을 풀며 담담히 웃어 보였다.

“무당의 내가기공이 천하에 명성을 떨친다는 사실은 알고 있었지만 오늘 견식해 보니 과연 대단합니다. 만약 이화접목을 사용해 기력을 흐트리는 방법을 알지 못했다면 오늘 단모는 크게 망신을 당할 뻔했습니다.”

태화 진인이 미미하게 고개를 흔들어 보였다.

“이화접목이 본시 본 파의 것이긴 하나 이미 천하로 뻗어 나갔다고 볼 수 있다오. 단 대협의 말은 그저 본 파의 얼굴을 살려주는 걸로 믿겠소이다.”

“확실히 현 무림에서 이화접목을 펼칠 줄 아는 사람은 무당의 문하뿐은 아닙니다. 하지만 누가 있어 사량발천근을 극대화시킨 이화접목이 무당에서 발원하지 않았다고 하겠습니까? 이화접목을 배우는 순간 이미 그 사람은 무당의 커다란 산자락에 발을 내디뎠다고 봐도 무방할 것입니다.”

“원무대신!”

“원무대신!”

또다시 터져 나온 도호는 팔선탁에서 신형을 일으킨 오 장로 중 몇몇의 입에서 흘러나왔다. 그들은 처음 단백경에게 가했던 합공이 실패로 돌아갔을 때보다 더욱 낯을 붉히고 있었다. 단백경의 호방한 말을 듣는 순간 마음이 크게 격동한 것이다.

태화 진인이 나직이 탄식했다.

"원무대신! 젊은 속인의 깨달음이 이와 같으니 그저 무당은 부끄러울 뿐이오."

"진인께서는 과찬으로 단모의 어깨를 무겁게 하지 말아주십시오."

고개를 끄덕여 보인 태화 진인이 팔선탁의 한쪽 자리를 손으로 가리켰다.

"단 대협은 이쪽에 자리하시길 바라오."

"예."

단백경이 다시 태화 진인에게 고개를 숙여 보이고 비어 있는 팔선탁에 자리했다.

단백경을 따로 데려가기 전 운학자가 곽채량과 유겸호를 안내한 곳은 지객당 중 상방이었다. 무당천도를 이루는 오궁 중 중심인 태현자소궁 내에 외인이 발길을 들이는 게 그리 자주 있는 일이 아닌 만큼 상방 안은 꽤나 넓고 아늑했다. 높은 신분의 사람들이 기거하는 곳이니만큼 당연한 일이었다.

그러나 이미 해검지에서부터 심사가 뒤틀려 있던 곽채량이었다. 그에게 무당 내부의 사정이나 자신들에 대한 대우가 눈에 들어올 리 만무했다.

"망할 말코도사 녀석들!"

다탁을 앞에 두고 앉은 곽채량이 이를 갈자 유겸호가 눈살을 가볍게 찌푸렸다.

"거 입 좀 조심하게! 이곳은……."

"무당의 중심인 태현자소궁이지."

“그걸 아는 사람이 그리 험악하게 입을 놀리는가!”

“소심한 자식! 주변에는 우리의 얘기를 엿들을 만한 말코도사는 보이지 않는다!”

“그렇긴 하지만…….”

“흥!”

냉소와 함께 내실을 한 차례 둘러본 곽채량이 목소리를 슬쩍 낮췄다.

“유 대주, 우리가 이곳까지 무상을 쫓아온 게 무엇 때문이냐?”

“그거야…….”

“우리는 혹시 무상이 암습이라도 당할까 봐 이곳에 온 게 아니다. 세상에 뇌정경혼을 암습할 만한 미친 인간이 있을 리 없는 건 둘째 치고, 무당의 말코들이 아무리 간이 배 밖으로 나왔다고 해도 천하맹의 주전력이 바로 코앞인 양양에 집결해 있는 상황에서 딴마음을 품진 못할 테니까.”

“그건 나도 안다.”

“그걸 아는 녀석이 한마디 말도 못하고 무상과 떨어져 쓰디쓴 차 맛이나 보라는 말에 그냥 고개만 끄덕인 것이냐!”

유겸호의 눈빛이 가볍게 흔들렸다.

“너…….”

“왜? 나라는 인간은 그저 말이나 타고 달리며 천하맹의 적들에게 검이나 휘두르는 머리 없는 살인병기로 본 것이냐? 네 녀석이 무슨 생각으로 문상을 따르는지는 모르겠지만, 나는 절대 동의할 수 없다.”

“그럼 무상을 따르겠다는 것이냐?”

“무상? 무상은 천하의 영웅이다만 나와 너무 늦게 만났다. 나에겐 이미 평생을 걸쳐 섬겨야 할 주인이 있으니까."

"맹주님……."

곽채량의 눈에서 불길이 뿜어져 나왔다.

"그래, 나 곽채량을 진정으로 머리 숙이게 만든 건 천하맹의 맹주이시다. 다른 자들은 무상이든 문상이든 내 주인이 될 자격이 없다. 그러니까 네 녀석도……."

"그만!"

손을 들어 곽채량의 말을 막은 유겸호의 얼굴에 한 겹 얼음이 내려앉았다.

"여기서 더 네 녀석이 지껄이면 나는 검을 빼 들 수밖에 없다."

"정말로……."

"그래, 네 녀석이 맹주님께 충성을 맹세했듯 나 역시 문상과 의기투합한 지 오래다. 그러니까 지금은 그냥 무상의 부장이기로 하자."

"무상의 부장으로 만족하자는 거냐?"

"지금은 그것이 최선이라고 본다. 대적을 앞에 두고 자중지란이 일어선 안 될 테니까."

"자중지란이라……."

곽채량이 유겸호에게서 뗀 시선을 천장으로 향했다. 나뭇결이 그대로 드러난 사각형의 문양이 눈 속으로 박히듯 밀려들었다. 슬며시 눈을 감은 곽채량이 고개를 한 차례 가로저었다.

"후우~ 귀찮으니 일단은 그렇게 하기로 하자!"

"잘 생각했다."

"그런데 한 가지 물어보자!"

"십 년간의 우정으로 대답해 주지."

“무상을 쫓지 않은 건 오늘 벌어질 일을 이미 짐작하고 있었기 때문이냐?”

“물론!”

“역시 머리 좋은 놈이라 다르군.”

“내가 아니라 문상께서 이미 짐작하고 계셨다.”

“문상이?”

“그분이 모르는 일은 내가 아는 한도 내에선 없다고 본다.”

자세를 바로 한 곽채량이 눈살을 찌푸리자 유겸호가 슬며시 웃어 보였다.

무당회동(武當會同) 3

단백경이 원무대전에 든 시각, 무당산에서 서쪽으로 이백 리 정도 떨어진 죽산(竹山)에서는 또 다른 만남이 있었다. 천하를 깜짝 놀라게 할 만한 만남. 무당제일도라 불리는 태우 도장과 반검맹의 군사인 통천명 제갈현빈의 독대가 바로 그것이었다.

죽산 중턱에 위치한 죽림칠현(竹林七賢)!

음식을 파는 객점에 어울리지 않는 이름과 달리 그리 크지 않은 규모의 이곳은 지금 삼엄한 천라지망 속에 갇혀 있었다. 무당의 이인자, 혹은 숨은 일인자라 불리는 태우 도장과 반검맹의 오지(五地) 중 한 명인 제갈현빈의 만남이 이뤄진 만큼 당연한 일이었다.

쪼르르!

정갈한 다구에 떨궈진 차의 이름은 용정(龍井). 기창(旗槍), 대방(大

方) 등과 함께 편초청(扁炒靑)에 속하나 가격과 명성이 달랐다.

최고급의 용정차는 강남을 떠나는 순간 만금(萬金)의 값어치를 지닌다. 찻잎을 신선하게 관리하기 힘든 탓이다. 다도(茶道)를 즐기는 자들은 모두 아는 사실이었다.

다구에서 은은히 퍼져 나온 향기를 맡는 것만으로 마음이 즐거워진 것이리라. 다소 마른 데다 창백하던 안색에 은은한 화색이 떠오른 태우 도장의 노안에 부드러운 미소가 떠올랐다.

"원무대신! 제갈 가주가 왔다는 소식을 듣고 내심 기대하긴 했으되, 오늘 용정의 향기를 맡게 되니 빈도의 마음이 무척 좋소이다."

얼굴을 면사로 가린 제갈현빈이 미미하게 고개를 끄덕여 보였다.

"강남은 본시 물이 맑아 좋은 차가 흔합니다. 도장께서 다도를 즐긴다는 얘기를 듣고 마침 수중에 지니고 있던 것을 가져왔을 뿐입니다. 그런데 이처럼 좋아해 주시니, 소생의 가슴에 기쁨이 넘칩니다."

"과연 그러셨구려. 하긴 아무리 반검맹이 강남에 세력을 굳힌 지 백여 성상이 지났다곤 하나 다도를 좋아하지 않는 사람이라면 용정을 쉬이 구하진 못하리다."

"소생이 수습해 온 용정이 마침 제법 됩니다. 오늘 회담이 끝난 후 챙겨 드리겠습니다."

"허허, 그거야말로 고마운 일이지요."

미소 짓는 태우 도장의 얼굴은 물색이 없었다. 마치 처음으로 부모에게 선물받은 어린아이와 같이 전혀 사심이 보이지 않는 모습이었다.

'반로환동이라 했던가! 수양이 극에 이르면 노인이 어린아이가 된다더니 태우 도장의 모습이 과연 그러하구나. 그를 대하는 내 마음이 이처럼 푸근하여 경계심이 생기지 않으니.'

제갈현빈은 내심 가볍게 침음을 삼켰다. 눈앞의 태우 도장은 하늘이 정한 운명마저 통곡하게 한다는 그조차 쉽사리 대할 상대가 아니었다. 반검맹의 강북 침공의 가장 큰 장애물이 무당이라면 그곳의 대들보나 다름없는 이는 바로 태우 도장이라 함이 옳았다.

제갈현빈은 자신의 잔에 마저 용정을 떨구곤 이미 다향을 음미하느라 눈을 가늘게 뜬 태우 도장을 응시했다.

"소생이 한 달 전 호북에 들어선 건 극비의 일입니다. 본 맹 안에서도 몇 명 알지 못할 만큼."

"흐음, 빈도 역시 그럴 거라 짐작했소이다."

"그런데 열흘 전 본 맹의 비밀 거점에 보내져 온 도장님의 비밀 친서는 정확히 소생을 지목하고 있었습니다. 혹시 실례가 되지 않는다면 질문을 드려도 되겠습니까?"

태우 도장이 들고 있던 다구를 탁자에 내려놨다. 제갈현빈의 눈에 담긴 강한 힘을 느꼈기 때문이다.

"차란 향기가 찻잔을 떠돌 때 마셔야 그 진수를 느낄 수 있는 법이거늘."

나직이 혀를 찬 태우 도장의 시선이 비로소 제갈현빈의 면사로 가려진 얼굴을 향했다.

"천하맹의 호북 출정이 있은 후 귀 맹의 움직임은 꽤나 조심스러웠소이다. 비밀 거점 하나 밝혀내는 데 무당 속가의 아이들이 꽤 많은 고생을 했을 만큼. 하나, 귀 맹이 한 가지 실수한 게 있소이다."

"실수라시면?"

후룩!

향이 사라지는 게 아까웠으리라. 다구를 들어 찻물 한 모금을 입에 담은 태우 도장의 잔주름 낀 입매에 흐릿한 미소가 떠올랐다.

"호북은 자고로 본 파가 수백 년간 기업을 닦은 곳이오. 산에 들어섰다 하여 눈과 귀가 없으리라 보진 않았겠소만, 천하맹의 호북 출정에 눈이 먼 귀 맹의 월영전단이 쉽사리 피하긴 어려웠을 것이오."

"월영마저……."

제갈현빈은 말끝을 흐렸다. 태우 도장이 어느 정도까지 호북에 진출한 반검맹의 세력을 파악했는지 짐작할 수 없었기 때문이다.

그사이 다시 찻물을 한 모금 머금은 태우 도장이 다구를 탁자에 내려놨다. 두 차례 다향을 즐긴 것으로 용정을 보고 즐거워졌던 그의 마음은 평소로 돌아와 있었다.

"본 파가 파악한 건 귀 맹의 월영전단뿐, 정보를 책임지고 있는 암천에 대해선 아직 알아낸 바가 없소이다. 암천의 점조직은 사뭇 놀라운 바가 있었다고 하더구려."

"암천의 조직원들이 본래 그렇습니다."

"그거야말로 귀 맹의 홍복이라 할 만하외다. 하나, 아무리 정보를 담당하는 자라 해도 하늘로부터 수명을 받은 인명이 아니외까? 그리 쉽사리 명을 끊는 건 도리가 아닐 것이오."

"도장의 깨우침, 가슴에 담아두겠습니다."

"하긴, 암천을 맡은 남천존자 이 대협은 귀 맹에서도 신비에 싸인 분이니 제갈 가주만을 탓할 순 없겠지요."

"암천주까지 알고 계신 겁니까?"

"우연히 알게 됐소이다."

흐릿한 미소로 제갈현빈의 질문에 대답한 태우 도장이 탁자를 손가락으로 가만히 두드렸다.

톡톡!

"그래서 제갈 가주는 어찌하실 생각이시오?"

"무슨?"

반문한 제갈현빈의 눈매는 가볍게 찌푸려져 있었다. 오늘 그를 이곳으로 불러낸 이는 태우 도장이었다. 그런데 느닷없이 선문답과 같은 질문을 던지자 주도권을 뺏긴 듯 기분이 상했다. 그가 다른 사람과의 대담 시 이와 같은 경우를 당한 건 좀처럼 보기 힘든 일이었다.

그 순간 탁자를 두드렸던 태우 도장의 손가락이 묘한 움직임을 보였다. 찻물을 마시는 순간 다구에 담갔던 손가락으로 탁자에 글자를 휘갈긴 것이다.

상천래무림(上天來武林:상천이 무림에 온다)!

'그새 찻물에 손가락을 담갔는가?'

태우 도장의 손가락을 주시하고 내심 고개를 가볍게 끄덕인 제갈현빈이 역시 탁자 위에 글자를 써 넣었다.

천하맹여상천(天下盟如上天:천하맹과 상천이 같다)!

태우 도장의 얼굴에 미소가 떠올랐다. 그는 재빨리 탁자에 남은 찻물을 지웠나. 제갈현빈 역시 그 뒤를 따르자 태우 도장의 눈에 현기가 떠올랐다.

"역시 반검맹에서도 알고 있었구려."

"무당, 아니, 구산에서도 그 같은 일을 근심했다는 건 뜻밖입니다."

“역대 상천 중 무림을 곱게 본 이는 아무도 없다오. 다만 무림 전체를 어찌할 힘이 부족했을 뿐이지.”

제갈현빈이 보충하듯 언급했다.

“그런데 마성혈류하가 일어난 것이지요.”

“무자비한 십이마성에 의해 무림이 피에 젖었다오. 그런데도 상천에서 관과 무림 간의 불간섭 원칙을 내세우며 끼어들지 않았으니…….”

“설마 도장께서도 십이마성이 일으킨 마성혈류하의 뒤에 상천이 있다고 의심하시는 겁니까?”

“아닐 수도 있을 것이오, 진실은 누구도 알 수 없는 일이니까. 하물며 그 당시 마성혈류하에서 살아남은 명사가 아무도 없음에야.”

“하지만 상천을 제외하고 무림 중의 백대고수를 모조리 멸살시킬 만한 절대고수를 열둘이나 키워낼 세력이 있을 리 없잖습니까!”

제갈현빈의 목소리에 힘이 담기자 태우 도장이 고개를 가로저었다.

“백대고수라 하나, 비슷한 수준의 고수 수백이 죽고 무림 중의 수많은 절기가 그 당시 유실됐다오. 그것들 중 대부분이 상천의 황궁 무고에 있으니 판단을 내리긴 어려운 일일 것이오.”

“도장님의 뜻은?”

“제갈 가주의 말처럼 천하에 상천을 제외하고 마성혈류하와 같은 혈겁을 일으킬 힘을 지닌 세력은 없으나, 달리 생각해 볼 수도 있다는 것이오.”

“상천에서 그만한 힘을 가졌다면 마성혈류하 이후 무림을 이처럼 다시 융성하게 놔두지 않았을뿐더러 패배자의 절기를 모아 황궁 무고로 옮기지도 않았을 거란 뜻인지요?”

“그저 빈도의 생각일 뿐이오.”

제갈현빈은 잠시 침묵에 빠져들었다. 태우 도장의 말을 듣고 보니 상천과 천하맹, 십이마성이 일으킨 마성혈류하를 동일시했던 자신의 판단에 혼동이 왔다. 그 스스로 부족한 자료만으로 명확한 정의를 내리지 못했던 일이었기에 더욱 실타래는 심하게 엉켜 있었다.

'이렇게 된 이상 일단 마성혈류하의 일은 접어둔다!'

내심 고개를 흔든 제갈현빈이 태우 도장에게 말했다.

"그럼 도장님이 오늘 소생을 찾은 뜻은 상천과 손을 잡은 천하맹의 강북 독주를 견제하겠다는 뜻으로 받아들이면 될는지요?"

"천하맹의 강북독주라⋯⋯."

"본 맹과 무당이 손을 잡고 호북에서 천하맹의 세력을 밀어낼 수만 있다면 가능하다고 봅니다."

후룩!

이미 다구에 담긴 찻물은 싸늘하게 식어 있었다. 향기는 남았으되 맛은 이미 제 맛을 잃고 있었다. 다도를 즐기는 자답지 않게 문득 찻잔에 입을 댔다가 입맛을 버린 표정을 잠시 지어 보인 태우 도장이 노안을 가볍게 찌푸려 보였다.

"지금 이 시간, 뇌정경혼 단 대협이 본 파의 장문을 만나고 있다오."

"알고 있습니다."

"그러리라 생각했소이다."

"그럼에도 불구하고 이처럼 직설적인 말을 하는 게 마땅찮으신 건지요?"

"충분히 빈도의 마음을 흐뭇하게 할 뒷말을 제갈 가주가 숨겨놨다고 믿고 있소이다."

'과연 무당제일도!'

제갈현빈이 품 안을 뒤져 한 권의 경서를 꺼내 들었다. 누렇게 뜬 표지와 자칫 잘못 만지면 삭아 내릴 듯 위태로운 양 귀퉁이의 모습.

스윽!

눈앞으로 내밀어진 경서의 겉장에 쓰인 '무당태극권경(武當太極拳經)' 이란 글귀를 읽은 태우 도장의 고개가 미미하게 끄덕여졌다.

"본 파의 조사께서 백수(百壽)를 맞던 날 직접 저술하신 권경이구려."

"이백여 년 전 사악한 배교의 교세가 호북까지 이르렀을 때 본 가의 선조께서 잠시 무당에 힘을 보탰던 일이 있습니다. 그때 당시 무당의 장문 진인으로부터 선물로 받아 귀히 보관하고 있던 것입니다."

"본 파뿐 아니라 제갈세가에도 귀중한 물건이구려."

"그렇습니다. 하지만 이미 제갈세가는 반검맹의 오지 중 하나에 귀속되었습니다. 이번에 무당과 손을 잡는 데 조금이라도 보탬이 된다면 어찌 가문의 보물인들 아깝다 할 수 있겠습니까? 도장께서 권경을 다시 무당에 돌려놓을 수 있다면 현재 문제가 되고 있는 귀 파 내의 일도 원만하게 해결되리라 봅니다."

"제갈 가주께서 본 파의 분쟁을 아시는구려."

"호북에 들어오기 전 어찌 무당을 염두해 두지 않았겠습니까? 마땅히 무당의 장문에 올랐어야 할 도장께서 말도 안 되는 이유 때문에 장로의 직위에 머문 일의 전후 사정을 소상히 파악하고 있습니다."

"허허, 본 파의 치부가 그 정도까지 천하에 알려졌던가!"

허탈한 웃음을 터뜨린 태우 도장의 현기 어린 눈이 제갈현빈을 직시했다.

"그렇다면 제갈 가주 역시 빈도가 순수 한인이 아니란 사실에 터럭

한 올의 의심도 없는 것이오?"

"도장께서는 이미 천하인들로부터 무당제일도라 추앙받은 지 오래입니다. 어찌 소생이 의심을 하겠습니까?"

"무당제일도! 무당제일도라……. 오늘 우도(愚道) 태우가 평생 수발을 들었던 사부조차 떨치지 못했던 의심을 품지 않겠다는 사람을 만났구나!"

스르르!

태우 도장이 소매를 휘젓자 무당태극권경이 제갈현빈 앞으로 돌아갔다. 홀로 터뜨린 탄식이 끝난 것과 거의 동시에 벌어진 일이었다.

"도장?"

순간적으로 치솟은 살심을 간신히 억누른 제갈현빈에게 태우 도장이 깊이를 알 수 없는 시선을 던졌다.

"이미 조사야의 권경은 무당과의 인연이 끊어졌다고 볼 수 있소이다. 다시 무당으로 돌아온들 커다란 힘을 발휘하긴 힘들 것이오."

"그렇다면……."

"제갈 가주의 후의는 그저 빈도의 가슴에만 담아두겠소이다. 하나 그동안 강북에서 천하맹이 벌인 일 중 본 파를 비롯한 구산에 죄지은 바가 적지 않소이다. 장문 사형께서 단 대협과 어떤 약속을 하실는진 모르겠으되 무당이 천하맹의 편을 들어 귀 맹을 공격하는 일은 없을 것이오."

제갈현빈의 면사로 가려진 입기에 미소가 떠올랐다.

"그것만으로도 본 맹은 만족합니다."

"다만, 귀 맹에서 다시 본 파의 내정에 간섭하거나 호북에 뿌리내린 본 파 속가의 사업장에 실력을 행사하려 한다면 서로 낯을 붉혀야 할 것이오."

"다시는 그런 일이 없을 것을 약속드리겠습니다."

"암천의 이 대협에게도 꼭 전해주기 바라오."

말을 마친 태우 도장이 방금 전에 입을 떫게 했던 다구의 용정을 내려다보며 고개를 가로저었다. 아무리 최고급의 용정이라 해도 차를 마실 땐 시기가 중요한 법이었다.

■ 제41장 ■

실혼(失魂)

실혼(失魂) 1

거대한 벽!

달빛을 가린 채 모습을 드러낸 팔 척의 거구를 본 순간, 단천엽의 뇌
리를 스친 생각이었다. 그러나 그 거대한 벽이 곧 양팔을 활짝 벌렸다.
시위라도 하듯이. 뭉게구름이라 생각했던 근육들이 일제히 꿈틀거렸
다.

우르르!

벽은 일순 살아 있는 거신상(巨神象)이 됐다, 뭉게구름의 울부짖음과
더불어. 동시에 하늘에서 벼락이 미친 듯 단천엽을 향해 떨어져 내렸
다.

파차창!

달려가던 기세를 되돌려 뒤로 물러선 단천엽의 안색이 딱딱하게 굳
었다. 무려 서른여섯 겹으로 둘러쳤던 무형검기가 이미 산산조각나 허

공 중에 흩어지고 있었다.

"서문… 휘강!"

어둠 중에 하얀 치열이 드러났다. 뭉게구름과 같은 근육을 자랑하며 단천엽의 앞으로 가로막아 선 서문휘강의 입에 미소가 떠오른 것이다.

"패왕회의 애송이, 오늘 밤 세 개의 십자혈풍조를 뚫고 이곳까지 온 것만으로 충분히 가상하다. 자존심 강한 조홍이 자신했던 것보다 제법 실력이 있었구나."

"오늘 밤 내가 이곳을 방문한다는 걸 알고 있었던 건가!"

"조홍은 무공이 약하긴 하지만 정보를 우습게 알 정도로 미련하진 않거든. 그나저나 나 서문휘강을 앞에 두고 계속 양손을 묶어둘 셈이냐?"

단천엽은 품 안의 아난을 슬쩍 추슬렀다. 이미 그의 배후로 방금 전 돌파했던 십자혈풍조들이 모여들고 있었다. 이미 숫자가 절반 정도로 감소했으나 눈앞을 막아선 자가 서문휘강이니, 압박감은 처음의 몇 배를 간단히 뛰어넘었다.

'그러나 나는 아난을 지켜야 한다!'

찌익!

단천엽은 야행복을 찢어 품 안의 아난을 등에 단단히 고정시켰다. 이미 아난의 작은 몸이 몇 군데나 골절되고 근맥이 상한 상태임을 알기에 그의 손길은 가볍게 떨렸다. 무게가 느껴지지 않을 정도로 작은 아난의 몸이 갑자기 천근만근이 된 듯 무겁게 느껴졌다. 생명의 무게가 덧붙여졌기 때문이다.

서문휘강의 눈에 이채가 떠올랐다.

"그 상태로 대항할 셈인가?"

아난을 단단하게 등에 고정시킨 단천엽이 자세를 바로 했다.

"이것으로 충분하다!"

서문휘강의 입에 머문 미소가 더욱 짙어졌다.

"뭐, 안 될 것 없겠지!"

"그럼!"

단천엽의 신형이 가볍게 대지를 박차고 뛰어올랐다.

파파팍!

무게가 느껴지지 않는 움직임!

단숨에 서문휘강의 거대한 몸을 밟으며 뛰어오른 단천엽의 쌍수에서 백광이 번뜩였다. 검막의 형태로 펼쳤던 무형무극검을 한 점에 모아 무형검강을 만들어낸 것이다.

'한 점에 힘을 집중한다!'

쩡!

하늘의 벼락을 손 안에 가둔 듯한 기세!

단천엽의 쌍수에서 뻗어 나온 빛줄기는 천번지복할 기세를 품고 단숨에 서문휘강의 전녕혈을 배렸다. 미권 친류영으로 사각을 파고든 후 펼쳐 낸 필살의 일격이었다.

그러나 순간 단천엽은 신형을 바람처럼 뒤로 회전시켜야만 했다. 전력을 다해 쏟아낸 무형검강이 역류하며 장심을 때린 것과 동시였다.

휘리릭!

단천엽의 신형은 공중에서 정확히 일곱 번 반을 회전했다. 각기 다른 각도를 이룬 회전. 등 뒤의 아난을 감싼 채 그는 단숨에 거의 십여 장이나 뒤로 물러섰다. 육감이 명한 대로의 회피 동작이었다.

그 순간 근육으로 뭉쳐진 양팔을 아무렇게나 내려뜨리고 있던 서문휘강이 뒤늦게 앞으로 한 걸음 움직였다.

쿵!

진각! 그러나 평범한 진각이 아니었다. 십 장 밖으로 물러선 단천엽의 신형을 무자비하게 뒤흔들 정도의 힘이 담긴 진각이었다. 평범하다고 말하긴 곤란했다.

"흐, 그럼 가볼까?"

서문휘강의 거대한 몸이 비로소 움직임을 보였다. 아니, 그의 거구는 움직임을 보였다 싶은 순간 이미 벼락같이 단천엽에게 파고들고 있었다. 하늘의 달빛마저 산산조각 내버릴 만큼의 흑운(黑雲)으로 변한 채로.

"크악!"

침상에서 눈을 뜬 단천엽의 몸이 용수철처럼 튕겨 올랐다. 막사의 천장에 닿을 정도로.

휘릭!

바닥에 착지한 단천엽의 안색은 창백하게 질려 있었다. 한동안 꾸지 않던 악몽이었으나 심적인 타격은 여전했다. 바닥을 짚은 그의 손에 땀이 차왔다.

'나는 아직도 그를 뛰어넘지 못한 것인가!'

단천엽은 내심 고개를 가로저었다. 악몽 중 그가 느낀 감정은 과거와는 이미 사뭇 달라져 있었다. 과거의 것이 압도적인 힘에 대한 공포였다면, 지금 그가 느낀 감정은 가슴을 저미는 슬픔이었다. 지켜야 할 것을 지켜내지 못한 자만이 느낄 수 있는.

단천엽은 가벼운 한숨과 함께 천천히 신형을 일으켜 세웠다. 그가

토한 비명을 듣고 달려왔는지 어느새 막사 안으로 한 명의 여인이 들
어서 있었다.

"회주님!"

모습을 드러낸 여인은 머리를 양 갈래로 땋아 내린 무쌍창 금난주였
다. 올해로 열일곱이 된 금난주는 머리 모양을 바꾼 탓인지 작년보다
더욱 나이가 어려 보였다. 앳된 모습은 열다섯 정도밖에 되어 보이지
않았다.

'또 그녀인가?'

단천엽이 얼핏 눈살을 찌푸려 보이자 고개를 갸웃해 보인 금난주가
영활한 눈알을 살며시 굴렸다.

"회주님, 가위라도 눌렸던 건가요?"

"금 소저, 나는 아직 패왕회와 철검회의 합병을 허락한 일이 없습니
다. 어찌 회주라 부르는 겁니까?"

"어차피 철검회랑 패왕회는 합병할 수밖에 없잖아요. 조금 일찍 회
주님이라 부르면 좀 어때요? 설마 난주더러 회주 가가라고 불러달라는
건 아닐 테지요?"

스스로 질문하고 대답까지 마친 금난주가 눈매를 샐쭉하게 만든 채
고개를 가로저었다.

"비록 난주가 어언 언니를 회주 언니라고 부르긴 하지만 회주님을
회주 가가라 부른다는 건 너무 창피한 일이에요. 가가란 호칭은 본래
정랑이 아니면 부르지 못하잖아요. 그러니까 회주님은 그냥 회주님으
로만 참아주세요. 게다가 회주님한테는 어언 언니가 있잖아요. 만약
난주가 회주님을 회주 가가라 부르다가 어언 언니한테 걸리기라도 하
면 뼈도 못 추릴 거예요. 설마 회주님은 이 가냘프고 아리따운 소녀가

어언 언니의 무지막지한 철검에 얻어맞는 꼴을 보고 싶은 건 아닐 테지요?"

"……."

"히히, 그런데 갑자기 새벽부터 비명을 질러대시기에 난주는 무척 놀랐어요. 주변을 지키고 있던 칠무검들이 별다른 동요를 보이지 않던 걸 미뤄보면 이런 일이 한두 번이 아니었던 것 같은데, 어찌 된 일이죠?"

금난주의 연속적인 질문에 단천엽은 일시 말문이 막혀 있었다. 도저히 그녀의 끝없을 듯한 종알거림을 상대할 재간이 없다고 느꼈다. 그러다 마지막 질문을 던진 그녀의 눈빛이 반짝이는 걸 본 그의 마음이 움직였다.

"금 소저를 놀라게 했다면 미안하게 됐습니다. 그러나……."

"나는 아직 철검회와 패왕회의 합병을 허락하지 않았으니 회주라 부르진 말아주십시오! 라고 말하려 했죠?"

단천엽의 말투를 흉내 낸 금난주가 품에서 손수건을 꺼내 쑥 내밀었다.

"일단 이마의 땀 좀 닦으세요."

"땀?"

단천엽은 얼핏 놀란 얼굴로 이마를 만져 봤다. 과연 흥건한 땀이 만져졌다. 꿈에서 생사대전을 벌이는 동안 그의 몸 역시 가만히 휴식하지 못했음이 분명했다.

"고맙습니다."

단천엽이 손수건을 받아 들자 금난주가 주변을 둘러보곤 가볍게 한숨을 쉬었다.

“에구, 이곳은 여전하군요. 회주님의 꽉 막힌 성격하고 똑같아요.”

“그건……..”

“그렇잖아요! 지금 당장 철검회와 패왕회를 합치지 않으면 갑자기 반룡회가 해산한 상황에서 결코 낭인회에 대항할 수 없어요. 세 살짜리 꼬맹이라도 알 수 있는 일이라구요. 그런데 현재의 절박한 상황을 타개하기 위해 불철주야 노력하고 있는 난주를 회주님은 이처럼 구박하니, 서럽기만 하네요. 흐흑!”

금난주는 얼굴에 거짓 울음마저 지어 보였다. 눈물 한 방울 보이지 않는 탓에 금방 알아챌 수 있는 모습이긴 하나 단천엽의 마음을 움직이는 데는 큰 효과를 발휘했다.

내심 한숨을 토한 단천엽이 수중의 손수건을 내밀었다.

“내가 어찌 금 소저를 구박하겠습니까?”

얼른 손수건을 건네받은 금난주가 커다란 눈을 깜빡였다.

“그럼 난주의 회주님이 돼주실 건가요?”

“그건 모 소저와 상의한 후에 결정할 일입니다.”

“어언 언니는 천무서각에 들어가기 전 난주에게 철검회의 전권을 일임했어요. 그러니 난주의 말이 곧 어언 언니의 말이나 다름없다구요!”

“그렇나곤 하나 철섬회의 이름 자체가 없어지는 걸 모 소저는 원하지 않을 겁니다.”

“그건……..”

잠시 말을 멈춘 금난주가 단천엽을 빤히 바라봤다. 여태까지 보였던 장난기가 몽땅 사라진 그녀의 얼굴에 일순 심각한 기색이 떠올랐다.

“회주님, 어언 언니를 위해서도 철검회는 빨리 사라져야 해요. 그걸 모르시겠어요? 만약 정말 그걸 모르신다면 회주님은 정말 최저의 남자에 바보, 멍충이예요!"

"금 소저⋯⋯."

"에이, 이런 심각한 표정을 자꾸 지으면 빨리 늙는데. 회주님 때문에 주름살이 생기면 책임져야 해요!"

픽!

단천엽의 어깨를 주먹으로 한 대 때린 금난주가 빙글 돌아섰다. 그리고 양 갈래로 땋아 내린 머리를 깡총거리며 막사 밖으로 뛰어나간 금난주가 다시 신형을 돌려세웠다.

"오늘쯤 봉황구전 연아상이 회주님을 찾아올 거예요!"

"연 소저가?"

"난주가 어제 밤이슬을 맞아가며 알아낸 정보에 의하면 갑작스레 반룡회가 해산한 건⋯⋯."

갑자기 금난주가 목소리를 죽이자 단천엽이 자신도 모르게 그녀 쪽으로 한 걸음 내디뎠다. 용문 삼대세력이라 불리던 반룡회의 갑작스런 해산은 그만큼 중요한 일이었다.

순간 금난주가 개구진 미소를 입가에 매달았다.

"⋯비밀이에요!"

"금 소저⋯⋯."

"본래 오늘 그걸 말해 주려고 온 건데 회주님한테 화가 나서 그만둘래요. 그러니까 나중에 연아상이 오면 그때 직접 물어보세요. 히히."

웃음과 함께 다시 신형을 돌려세운 금난주가 새벽바람을 타고 사라져 갔다. 마치 점차 밝아지기 시작한 주변의 햇살에 녹아버리기라도 한 듯.

　잠시 어이없는 표정을 짓고 있던 단천엽의 입가에 담담한 미소가 떠올랐다. 방금 전까지만 해도 앙금처럼 쌓여 있던 마음속의 거리낌이 자취를 감춘 것이다.

　그런 후 그는 얼굴에 드리워져 있던 서문휘강이라는 그늘을 마저 지웠다. 혼을 빼놓는 듯한 금난주와의 대화가 그에게 남겨준 작은 선물이었다.

　“후!”

　가벼운 심호흡과 함께 단천엽이 막사 밖으로 나섰다. 그러자 부근을 서성이고 있던 칠무검 중 파쇄검 사도진영이 빠른 걸음으로 다가왔다.

　“회주, 금 소저가 미리 약속을 해뒀다고 해서 막지 않았는데 별일없으셨습니까?”

　사도진영의 얼굴엔 가벼운 근심의 기색이 떠올라 있었다. 패왕회의 이름을 용문 내에 떨친 사건, 그러니까 단천엽이 홀로 낭인회를 습격하고 돌아온 이래 오늘과 같은 일을 그는 종종 지켜봐야만 했다. 패왕회의 명성이 치솟은 상황에서 회주인 단천엽이 밤중에 갑자기 비명을 지르거나 소란을 피운 게 외부에 알려져선 곤란했기 때문이었다.

　그 점을 익히 짐작한 단천엽의 얼굴에 미안한 기색이 떠올랐다.

　“요 근래 계속 제 막사 주변을 떠나지 않았지요?”

　사도진영이 고개를 살짝 숙여 보였다.

　“전날 그 같은 일이 있었는데 어찌 회주의 곁을 떠날 수 있겠습니까? 철면검객과 홍안마도도 천무서각에 들어 아직 나오지 않은 이때에.”

　‘역시 그랬군.’

　내심 고개를 끄덕여 보인 단천엽이 담담한 표정으로 질문했다.

“선배도 역시 패왕회가 철검회를 흡수해야 한다고 생각하십니까?”

“그건…….”

“기탄없이 말해 주십시오. 본래 철검회에 속해 있던 선배의 의견을 듣고 싶으니까요.”

사도진영이 잠시 검미를 꿈틀거리곤 표정을 진중하게 굳혔다.

“그동안 용문이 겉으로나마 평안했던 건 삼대세력이 서로를 견제하며 균형을 이뤘기 때문입니다. 서문휘강의 낭인회가 가장 강력했지만, 철검회와 반룡회를 동시에 압도할 수 없었기에 용문 전체를 장악할 수 없었지요. 그런데 갑자기 반룡회가 해산했습니다. 용문 내의 평화는 깨지고 이젠 폭풍만이 남았다고 봅니다.”

“폭풍이라…….”

“어쨌든 저를 비롯한 칠무검은 어떤 상황에서든 회주를 따를 뿐입니다.”

단천엽의 질문에 우회적인 대답을 한 사도진영이 다시 고개를 숙여 보였다. 용문 내에 폭풍이 몰려오려는 이때 그가 단천엽에게 취할 수 있는 가장 합당한 모습이었다.

실혼(失魂) 2

금난주가 밤이슬을 맞으며 얻어냈다고 주장한 정보 중 최소한 한 가지는 거짓이 아니었다. 오전 수련 시간이 끝나고 얼마 시간이 지나지 않아 반룡회의 주력인 반룡십걸 중 서열 이위인 봉황구전 연아상이 단천엽의 막사로 찾아왔다.

"연 소저, 약속은 하고 찾아온 것이겠지요?"

연아상의 앞을 가로막아 선 이는 사도진영이었다. 용문의 선배이자 상위 서열자인 사도진영의 강압적인 목소리에도 불구하고 연아상은 오연한 눈빛을 던졌다.

"약속은 없었습니다."

"약속이 없었다면 돌아가는 게 좋겠소이다!"

"패왕회가 이번 연옥대전에 앞서 낭인회와 일전을 벌일 거라는 소문을 듣고 찾아왔어요."

사도진영의 안색이 가볍게 굳었다.

"패왕회의 문호는 항시 개방되어 있소이다. 용문의 어떤 수련생이라도 들어오는 걸 막진 않소이다만."

"패왕회에 입부해야만 단 회주를 만날 수 있다는 건가요?"

"연 소저 역시 세력에 속했던 자이니 예의는 알 것이오! 한 회의 회주가 일일이 입부하는 수련생들 모두를 면담할 필요는 없다는 것을."

"그건 단 회주가 만든 패왕회의 규칙인가요?"

"그런 걸 물을 자격이 연 소저에게는 없소이다!"

사도진영의 목소리가 엄중해지자 연아상이 한 발 뒤로 물러섰다.

"그럼 단 회주에게 전언이라도 넣어주세요."

"전언? 말해 보시오!"

"그냥 연아상이 반룡회주의 일로 찾아왔다고만 전해주시면 됩니다."

"으음."

가볍게 침음을 삼킨 사도진영이 뒤에 서 있던 칠무검 중 막내인 유운검 진청림에게 눈짓을 던졌다. 새벽에 금난주의 거짓말에 속절없이 당했던 기억이 있기에 연아상을 눈앞에 묶어두려는 의도였다.

단천엽의 막사 안에 들어선 연아상은 주변을 한 차례 둘러봤다. 반룡회주인 주천학의 막사 안과 사뭇 다른 풍경이었다. 여전히 단천엽의 막사 내부는 침상과 몇 개의 의자가 전부였다. 연아상으로선 특별히 관심을 둘 만한 부분이 전혀 없었다.

연아상이 눈앞의 단천엽에게 미미하게 고개를 끄덕여 보였다.

"단 공자, 아니, 이젠 단 회주라고 불러야겠군요. 정말 단 회주의 담백한 성품과 어울리는 곳이에요."

"연 소저, 일단 앉으시지요."

연아상에게 빈 의자를 권하곤 단천엽은 침상에 아무렇게나 걸터앉
았다. 특별히 예의에 어긋난 모습은 아니나 한 가닥 날카로운 기도를
연아상은 느낄 수 있었다. 눈앞의 단천엽은 이미 일 년 전 그녀가 알던
사람이 아니었다.

'패왕회의 명성이 단숨에 치솟았기에 어느 정도 각오는 하고 있었지
만 단 회주의 모습은 정말 많이 바뀌었다. 겉으로 드러난 기도만으로
도 회주님과 버금갈 정도이니.'

내심 주천학과 단천엽을 비교한 연아상이 얼른 자신의 생각을 수정
했다. 주천학이나 눈앞의 단천엽은 이미 그녀가 가늠할 수 없는 경지
에 오른 사람들이었다. 겉으로 드러난 기도만으로 두 사람의 역량을
잰다는 건 우스운 일일 뿐이었다.

연아상의 흔들리는 내심을 읽은 것인가. 잠시 침묵을 지키던 단천엽
이 먼저 입을 열었다.

"오늘 연 소저가 이곳을 찾은 건 주천학 선배의 전언을 가지고 온 것
은 아닐 테지요?"

"그걸 어떻게……."

"역시 그렇군요."

미미하게 고개를 끄덕여 보인 단천엽이 의혹 어린 눈빛을 한 연아상
에게 설명하듯 말했다.

"단 한 차례 봤을 뿐이지만 주천학 선배는 자신의 일을 다른 사람에
게 부탁할 분이 아닙니다. 드높은 이상과 함께 그만큼 큰 자부심을 가
지신 분이니까요."

"단 회주는……."

잠시 말끝을 흐리고 단천엽을 떨리는 시선으로 바라본 연아상이 가볍게 한숨을 토해냈다.

"하아, 분하군요. 한시도 곁을 떠나지 않던 저보다도 단 회주가 더 그분에 대해 잘 알고 있다니."

"주천학 선배가 낭인회의 서문휘강에게 패해 반룡회를 해산하며 가장 크게 걱정했던 사람이 연 소저일 겁니다."

"아!"

연아상은 자신도 모르게 가벼운 신음을 토해냈다. 그만큼 단천엽의 말은 뜻밖이었다.

그 순간 단천엽에게서 처음 연아상이 느꼈던 것보다 훨씬 날카로운 기도가 일어났다.

파라락!

놀라 입을 벌렸던 연아상이 자신도 모르게 움찔하며 발끝에 힘을 모았다.

"단 회주!"

연아상의 외침과 함께 단천엽을 한 자루의 날 서린 칼날처럼 만들었던 기도가 흔적도 없이 사라졌다. 드러난 피부에 닭살이 잔뜩 돋은 연아상에게 그가 정중히 고개를 숙여 보였다.

"실례를 범했습니다."

연아상이 턱까지 치밀어 오른 가쁜 숨을 억지로 삭인 후 가볍게 가슴을 들썩였다.

"버, 벌써 무형지기를 연성하는 데 성공한 건가요?"

"그동안 작은 성취가 있었습니다."

“작은 성취······.”

연아상은 내심 고개를 가로저었다. 동년배 중에 봉황과 같은 존재인 그녀지만 단천엽이 얻었다는 작은 성취를 가늠할 자신은 없었다.

“주천학 선배는 무사하시겠지요?”

“어떻게?”

“만약 주천학 선배가 자의로 반룡회를 해산시켰다면 오늘 연 소저가 날 찾아올 까닭이 없었을 겁니다. 그러니 주천학 선배는 남에게 강압을 받아 반룡회를 해산했다는 건데, 용문 내에서 그런 짓을 할 수 있는 사람은 서문휘강뿐입니다.”

단순 명쾌한 설명이었다. 연아상은 단천엽의 내심을 염탐하는 데 심력을 소모하길 포기했다. 영기 발랄한 데다 나이답지 않은 위엄마저 갖춘 단천엽 앞에선 그냥 진실을 토로하는 수밖엔 도리가 없다는 걸 직감한 것이다.

“정말 단 회주에게는 어찌해 볼 도리가 없네요.”

연아상이 단천엽을 바라보다 양손을 깍지 낀 채 부르르 떨어 보였다.

“반룡회의 해산을 선포하기 전날 밤, 회주님은 석 달 전 단 회주가 그랬듯이 홀로 낭인회로 찾아가셨어요.”

“이유를 물어도 될까요?”

“회주님은 천랑성 아난 언니가 큰 부상을 당해 용문을 나갔다는 얘기를 듣고 무척 화가 나 있었어요. 겉으론 감정을 드러내지 않았지만 저는 알 수 있었죠.”

“아난이 치료를 위해 용문을 나간 건 극비의 일로 아는 사람이 거의 없습니다. 아니, 본인을 제외한다면 전혀 없다고 봐도 과언이 아닌데 어찌 주천학 선배가 그 사실을 알 수 있었지요?”

“그건…….”

“혹시 주천학 선배로부터 정보 제공자에 대한 함구의 명을 받은 것입니까?”

단천엽의 눈빛은 차갑게 가라앉아 있었다. 평소의 이성적이나 다감함이 느껴지던 눈빛이 아닌, 칼날 같은 날카로움이 그의 시선엔 담겨 있었다. 그는 문득 전날 금난주가 아난의 행방에 대한 단서를 제공해 줬던 때의 일을 떠올린 것이다.

결국 참지 못한 연아상이 고개를 살짝 외면하자 단천엽의 눈빛이 본래대로 돌아왔다.

“알겠습니다. 그 일은 재론하지 않겠습니다.”

“고마워요.”

“그럼 이만 오늘 이곳을 찾은 목적에 대해 말해 주시지요.”

연아상의 안색이 가볍게 변했다. 그녀의 얼굴에 여태까지와 달리 망설임이 사라진 표정이 떠올랐다.

“그전에 한 가지 확인했으면 하는 게 있어요.”

“말하십시오.”

“단 회주는 전날 서문 회주와의 싸움에서 무사히 돌아왔습니다.”

“증거를 보이란 겁니까?”

“예, 서문 회주와 맞상대했다는 증거를 보고 싶어요.”

연아상의 말이 채 끝나기도 전이었다. 단천엽이 갑자기 무복 상의를 풀어헤쳤다. 연아상이 미처 만류하기도 전에 벌어진 일이었다.

스륵!

당황감으로 붉어진 얼굴을 옆으로 돌리려던 연아상의 눈이 커졌다.

드러난 단천엽의 상반신을 크게 가로지른 회오리 모양의 흉측한 상흔을 발견한 것이다.

"그건……."

단천엽이 미미하게 고개를 끄덕여 보였다.

"그날 밤에 생긴 상처입니다."

"검상인 것 같으면서도 흉터의 너비가 더 크군요. 설마 수도(手刀)에 당한 건가요?"

"파불의 칠십이 절기의 하나인 금룡공(擒龍功)에 이은 선천나한십팔수(先天羅漢十八手) 중 혼원일기세(混元一氣勢)에 당한 상처입니다."

"어떻게?"

"날 쓰러뜨린 후 서문휘강이 말해 준 겁니다."

"그 후에 반격을 가한 거군요?"

"목숨을 건 일격을 가했습니다. 그리고……."

뒷말을 끊은 단천엽이 슬쩍 벗어놨던 무복 상의를 집어 들었다. 증거를 보였으니 더 이상 상반신을 드러내고 있을 필요는 없었다.

"아!"

애기에 집중한 탓에 단천엽의 상반신을 마냥 바라보고 있던 연아상이 황급히 시선을 옆으로 돌렸다. 처녀로서 자신이 너무 부끄럼이 없다는 생각이 뇌리를 스쳤다.

그때 무복을 다시 갖춰 입은 단천엽이 끊었던 말을 끝맺었다.

"…나는 서문휘강으로부터 탈출했습니다. 그를 쓰러뜨릴 수 없었기에 택한 차선의 방법이었습니다."

"그랬군요."

"예, 그게 바로 지금의 내 역량의 한계입니다. 그런 사람한테 연 소저는 무언가를 기대할 수 있겠습니까?"

"저는…….."

어느새 흥건히 땀이 배인 손의 각지를 푼 연아상이 여태까지의 망설임을 버렸다. 무인으로서 가장 수치스러운 경험. 그 모든 걸 하나 남김없이 털어놓은 단천엽 앞에서 자신이 가졌던 유치한 감정 따윈 사치임을 깨달았기 때문이다.

'철검회와 합병한 후 반룡회의 연 소저까지 패왕회에 받아들인다면 세력 면에선 전혀 낭인회에 손색이 없게 된다. 그렇다면 결국 남은 건 서문휘강과 나, 개인의 역량 차로 모든 게 결정되는 것인가!'

단천엽은 빠르게 걸음을 옮기며 미간 사이를 꿈틀거렸다. 서문휘강의 이름을 떠올리는 것만으로 양 주먹에 힘이 불끈 들어갔다. 소리없는 분노는 조용한 만큼 더욱 무서운 심화가 되어 단천엽을 활활 태우고 있었다.

그러다 서문휘강을 떠올린 순간 따라붙은 또 다른 얼굴이 있었다. 아니, 서문휘강 자체보다 더욱 생생하게 새겨진 모습. 바로 단천엽이 야수를 일깨우기 직전, 서문휘강에게 달려들었던 아난의 모습이었다.

폭주!

그렇게밖엔 설명할 길이 없으리라. 그날 단천엽이 구해낸 아난은 근골이 철저히 부서진 채 숨결만 간신히 남아 있는 상태였다. 설혹 명의를 만나 목숨을 구할 수 있다손 치더라도 무인으로서의 생명은 끝난 것이나 다름없었다.

어둠 속을 달리는 단천엽의 가슴은 미칠 듯 끓어오르고 있었다. 십자혈풍조를 무찔러 가는 그의 손속이 평소보다 훨씬 잔혹해진 건 당연한 수순이었다.

그런데 단천엽이 막 압도적인 서문휘강의 무위에 밀려 몸 안의 야수를 깨우려는 찰나 그 일이 일어났다. 수혈이 짚여 있던 아난이 태어난 이래 최고로 분노해 있던 단천엽을 순간적으로 밀어내곤 서문휘강을 향해 벼락같이 뛰어든 것이다. 처음 봤던 때보다 족히 서너 배는 빠르게.

그 뒤 벌어진 건 인간이 아닌 존재들 간의 처절한 용쟁호투(龍爭虎鬪)였다. 잠에서 깨어난 아난은 이미 예전에 단천엽이 알고 있던 그녀가 아니었다. 광란에 가까운 살기를 뿜어내는 전투와 살육의 화신이라 함이 옳았다.

그런 그녀가 달려들자 도저히 상대할 길이 없는 괴물처럼 느껴지던 서문휘강이 기다렸다는 듯 응수해 왔다. 단천엽을 막다른 곳까지 몰아붙였던 그가 처음으로 전력을 발휘하며 덤벼들었다. 그만큼 아난의 기세는 놀라웠다. 순식간에 두 사람 간에 피의 꽃이 튀어 올랐다.

그 당시 설혹 단천엽이 몸 안의 야수를 깨웠다 하더라도 그때 두 사람 사이에 끼어들 생각을 품지는 못했으리라. 인간이 아닌 자들에게 관여하기 위해선 단천엽 역시 똑같은 조건이 되어야만 했다. 인간임을 버리고 인간이 아닌 존재가 될 각오가 필요했던 것이다.

우둑!

두 사람 간의 혈전을 떠올린 것과 동시였다. 단천엽의 전신 근육이 팽팽하게 긴장했다. 당장 백인대전(百人大戰)을 치르더라도 충분할 정도였다.

그만큼 그날의 혈전이 단천엽에게 전해준 충격과 감흥은 남달랐다.

아이로 머물러 있던 그에게 새로운 세계로 향하는 문이 열린 것이나 다름없었다. 가장 처절하고 강렬한 형태로. 그리고 더할 나위 없이 효과적으로.

단천엽은 잠시 멈췄던 걸음을 다시 떼어냈다. 이미 새벽 악몽 중에 한 차례 홍역을 치렀던 터라 들끓어올랐던 피도 쉬이 진정이 됐다. 더 이상의 파고를 일으키진 못했다. 지금 그는 평소와 같은 담담한 표정을 한 채였다.

"날씨가 점점 따뜻해지고 있다. 이렇게 좋은 날씨라면 아난의 병세도 곧 좋아지지 않을까?"

애써 낙관적인 생각을 해보며 단천엽이 조금 더 걸음을 빨리했다. 그가 향하는 곳에는 아난이 있었고, 그녀는 요 근래 매일 병문안 가는 단천엽이 늦을 경우 심통이 보통이 아니었다. 병간호에 매달린 지 오래인 귀비 유설영이 학을 뗄 정도로.

실혼(失魂) 3

아난이 요양 중인 곳은 용문의 소문과 달리 천하맹 내성 안, 과거 단천엽이 신세를 진 일이 있는 권왕각의 심처였다. 외성에 약왕당이 있으나 아난의 특이한 신체 내력이 일반 의생들에게 밝혀져선 곤란하다는 유설영의 의견을 참조한 결과였다.

난천엽은 권왕각에 들어서기 진 순찰을 돌던 권시들과 몇 차례 눈인사를 나눴다. 어느새 그는 천권 화굉요의 제자로 권왕각 권사들 사이에선 제법 유명인이 되어 있었다. 최소한 권왕각 안에서 화굉요는 뇌정경혼 단백경과 버금가는 거물이니 당연한 일이었다.

빠른 걸음으로 권왕각 내부로 들어선 단천엽이 아난이 있는 내실 쪽으로 향하던 중 잠시 멈춰 섰다. 복도를 걷던 중 평소와 다른 기운을 그의 육감은 감지해 낸 것이다.

슥!

단천엽은 재빨리 귀를 복도에 가져다 댔다. 육감이 명령한 대로였다. 그러나 그는 곧 눈살을 가볍게 찌푸렸다. 처음 생각했던 것과 달리 쉽사리 달라진 점을 찾을 수 없었다.

'필시 아난이 있는 내실에 설영 누님이나 거산 형과 다른 기운을 지닌 자가 있는 게 분명한데 소리로는 아무것도 느껴지는 게 없다!'

결론은 곧 내려졌다. 단천엽의 육감이 틀렸거나, 현재 그의 무공 수준으론 파악이 불가능한 자가 아난과 함께 있음이 분명했다. 판단을 내린 것과 동시에 단천엽의 신형은 이미 움직이고 있었다.

스슥!

바람처럼 천장으로 뛰어오른 단천엽의 신형이 기쾌한 이동을 보였다. 거미를 방불케 하는 주의 깊으면서도 신중한 움직임이었다.

단천엽은 그렇게 목표했던 내실의 바로 앞에 도착했다. 이젠 다시 정신을 집중할 때였다. 아난의 방을 기습하기 전 상대에 대한 정보가 조금 더 필요했다.

바로 그때였다. 천장에 거꾸로 매달린 채 눈을 지그시 감은 단천엽의 미간이 꿈틀거렸다. 아난의 티없이 맑은 웃음소리가 귓전을 때려온 것이다.

"에헤헤헤, 천엽 가가가 왔다!"

'이런!'

단천엽의 입에서 가벼운 한숨이 새어 나왔다. 이미 아난에게 들킨 이상 기습은 물 건너간 것이나 다름없었다.

스륵!

복도로 떨어져 내린 단천엽이 신형을 일으키자 기다렸다는 듯 내실의 문이 열렸다. 지난 몇 개월, 중상을 당한 아난의 곁을 떠나지 않고 지키고 있던 유설영이 단천엽 앞에 서 있었다.

"아, 안녕하세요."

단천엽이 슬쩍 고개를 숙여 보이자 유설영이 드물게 입가에 미소를 띠었다.

"그렇지 않아도 아난 소저가 단 공자가 오지 않는다고 성화를 부리던 참입니다. 어서 안으로 드시지요."

"예, 그런데……."

딱히 귀안을 발동하지 않더라도 유설영은 단천엽의 내심을 읽을 수 있었다. 잠시 맑은 눈동자에 파문을 일으킨 그녀가 작은 목소리로 속삭였다.

"천비의 능력으론 아난 소저의 상세를 더 이상 호전시킬 수 없을 듯하여……."

"왔으면 빨리 들어오지 않고 뭘 하는 거냐!"

단천엽의 안색이 일순 가볍게 굳었다. 유설영의 말끝을 흐리게 만든 장본인의 한마디가 만들어낸 변화였다.

"…어떻게?"

고양이처럼 몸을 웅크린 아난을 품에 안고 토닥이고 있던 문상 한상월이 찬 시선을 던졌다.

"여전히 헛똑똑한 녀석이군."

단천엽이 방 안에 들어서자마자 아난은 날다람쥐처럼 한상월의 품을 떠났다. 여태까지 그녀와 놀아준 한상월이 싫지는 않았으나 단천엽에 비할 바는 못됐다.

휘익!

돌진하듯 품 안으로 파고든 아난을 단천엽은 능숙하게 안아주었다.

부상 후 총기를 잃어버린 한 쌍의 눈동자에 단천엽의 모습이 비춰 보였다.

"천엽 가가, 오늘은 어째서 이렇게 늦었어요! 아난이 보고 싶지 않았던 건가요?"

단천엽이 아난을 안은 양팔에 살짝 힘을 주었다.

"그럴 리가 없잖아. 오늘도 아난이 보고 싶어서 수련을 끝마치자마자 이렇게 달려왔는데."

"수련?"

"응, 내가 매일같이 수련한 후 아난에게 오는 걸 알잖아."

아난의 흐리멍텅한 눈에 일순 강한 살기가 번뜩였다.

"수련, 그 자식 죽여 버릴 거야!"

"아난……."

"그 자식 때문에 천엽 가가가 아난하고 많이 놀아주지 않잖아! 죽여 버릴 거야! 죽여 버릴 거야!!"

단천엽의 안색이 가볍게 흐려졌다. 이미 부상과 연이은 폭주로 인해 이지를 대부분 상실한 아난의 모습에는 익숙해져 있었으나 늘 가슴이 아팠다.

그때 유설영이 근처로 다가와 아난에게 작은 목소리로 속삭였다.

"아난, 천엽 가가는 잠시 대주와 할 얘기가 있으니 이리로 와요."

아난이 유설영을 힐끔 바라보고 곧바로 고개를 가로저었다.

"싫어! 아난은 천엽 가가하고 놀 거야!"

"아난……."

"싫어! 아난은 설영 언니하고 놀기 싫어! 매일 아난을 아프게 하잖아!"

유설영이 담담히 미소 지었다.

"아난이 좋아하는 밀전병을 주려고 했는데 안 되겠네?"

"미, 밀전병?"

"아주 맛있는데 말야. 만약 아난이 싫다면 딴사람을 줘야 할 텐데 누굴 줄까나?"

아난이 바로 유설영에게 달려들어 치마를 붙잡고 늘어졌다. 밀전병은 그녀가 단천엽 다음으로 좋아하는 것이었다. 거의 치마를 찢어놓으려는 아난을 능숙하게 안아 든 유설영이 품에서 밀전병을 내놓았다.

"이리 줘!"

아난이 재빨리 밀전병 한 개를 가로채자 유설영의 눈이 파랗게 변했다. 아난의 신경이 단천엽과 밀전병으로 분산된 순간 귀안을 펼쳐 그녀의 이지를 제압하려는 의도였다.

그러나 이지의 대부분을 잃어버린 탓에 아난의 정신력은 그만큼 단순해졌고 귀안과 같은 심공에 대항하는 힘도 강해져 있었다.

"아아아……."

잠시 멍청한 눈빛이 되었던 아난이 갑자기 발버둥 치자 유설영이 견디지 못하고 뒤로 물러섰다. 폭주 후 아난이 뿜어내는 기도나 힘이라는 건 이미 인간의 그것이 아니었다. 유설영과 같은 일류고수라 해도 버텨낼 재간이 없었다.

휘릭!

바닥에 고양이처럼 착지한 아난이 이를 드러냈다. 그녀의 동물적인 본능은 유설영 때문에 머리가 아프다는 걸 인지하고 있었다.

지독한 살기!

아난이 유설영을 찢어발기기 위해 달려들려는 순간, 멀찍이 떨어진

의자에 다리를 꼬고 앉아 있던 한상월이 냉랭한 목소리로 소리쳤다.

"안 돼!"

아난은 더 이상 살기를 뿜어낼 수 없었다. 그녀는 마치 천적이라도 만난 듯 주변을 두리번거리더니 한상월 쪽을 두려운 기색으로 바라봤다. 이지를 잃은 상태임에도 한상월이 내뱉은 말에만은 바로 반응을 보였다.

그때 다시 한상월이 쓰러지라고 소리치자 애처로운 눈빛으로 단천엽을 바라본 아난이 휘청거리며 바닥에 쓰러졌다. 유설영의 귀안으로도 할 수 없었던 일을 한상월은 단 두 마디로 처리한 것이다.

유설영이 얼른 아난에게 다가가 그녀를 안아 들곤 한상월에게 살짝 고개를 숙여 보였다.

"대주님께 심려를 끼쳤습니다."

"천랑성이 각성했으니 귀비의 귀안이라도 통하기가 쉽진 않겠지."

유설영에게 한 차례 고개를 끄덕여 보인 한상월이 손을 휘저었다. 잠시 물러나라는 뜻이었다. 눈빛에 분노를 담은 단천엽을 힐끔 바라본 후 내린 결정이었다.

"그럼."

유설영이 아난을 안고 방을 나가자 한상월이 단천엽에게 턱짓을 했다.

"건방진 눈빛이구나!"

단천엽이 분노를 억누른 채 말했다.

"도대체 아난에게 어떤 짓을 한 겁니까?"

"어떤 짓?"

"아난에게 또 다른 마도대법을 펼친 게 아닙니까!"

한상월의 입가에 얼핏 조소가 떠올랐다. 단천엽의 추측에 대한 비웃음이었다.

"얼마 전에 천무서각을 다녀왔다더니 배교에 대한 조사를 제법한 것이냐?"

"대답하십시오! 아난에게 대체……."

"건방진 놈!"

한마디로 단천엽의 부르짖음을 일축한 한상월이 꼬았던 다리를 풀고 자리에서 일어섰다.

"문상?"

한상월의 입가에 매달린 비웃음이 더욱 짙어졌다.

"지금 나는 호북전선에서 매일같이 날아오는 전황으로 눈코 뜰 새 없이 바쁘다. 그런 내가 바쁜 시간을 쪼개 이곳을 찾은 까닭이 뭐라고 생각하는 것이냐!"

"아난 때문에……."

"천랑성이 각성했다는 보고 때문이었다. 천랑성은 파군성과 더불어 미래의 가장 중요한 전력이니까."

"문상께서는 아난을 회복시킬 수 있다는 겁니까?"

"세상에 내가 아니면 누가 할 수 있을까?"

"그렇다면……."

"네 건방진 모습을 보니 천랑성을 그냥 내버려 둬도 될 것 같다는 생각이 든다. 어차피 지금 상태로도 전투가 벌어질 때 풀어놓으면 알아서 처리할 테니까."

"그런 말이!"

단천엽의 눈에서 불꽃이 일었다. 검은 불꽃, 서문휘강 앞에서 한 차레 드러내 보인 일이 있는 내면의 어둠이 다시 모습을 드러낸 것이다.

한상월이 차갑게 코웃음 쳤다.

"흥, 능력도 없는 녀석이."

"그……."

"어쨌든 천랑성의 상태를 봤으니 더 이상 내가 이곳에 있을 필요는 없겠지."

한상월이 단천엽에게 등을 보였다, 찬바람이 일 정도로 단호한 모습으로.

온몸을 가늘게 떨고 있던 단천엽이 결국 고개를 떨궜다. 한상월에게는 대항할 수 없었다. 그가 고개를 숙인 그대로 소리쳤다.

"어떻게 하면 됩니까!"

"……."

"제가 어떻게 하면 아난을 구해주실 겁니까!"

한상월이 방문 바로 앞에서 걸음을 멈췄다. 그는 단번에 단천엽으로부터 굴복을 얻어낸 것이다.

"그럼 조금쯤 시간을 내볼까?"

다시 앉았던 곳으로 돌아간 한상월이 손가락으로 옆 자리를 가리켰다.

"지난번에도 말했듯 나는 누군가를 올려다보는 걸 싫어한다."

"변함이 없으시군요."

가벼운 한숨과 함께 단천엽이 한상월 옆 자리에 앉았다. 이미 마음을 결정한 이상 망설임을 보일 까닭이 없었다.

한상월이 칭찬하듯 말했다.

"조금쯤은 성장한 것 같군."

"벌써 이 년이 지났습니다."

"남자는 세월로 성장하는 게 아니라 증오를 앎으로써 성장하는 것이다."

"증오?"

한상월이 손가락으로 단천엽의 눈을 가리켰다.

"네 눈에서 지금 이글거리고 있잖느냐."

단천엽이 손바닥을 펼쳐 자신의 눈을 가렸다. 한상월의 말을 듣고 깨닫는 바가 없지 않았으나 바로 납득하는 모습을 보이고 싶진 않았다.

그 모습을 지켜보던 한상월이 화제를 바꿨다.

"서문휘강과 맞상대해 봤다고?"

"그렇습니다."

"어떻더냐?"

서문휘강의 이름을 듣는 순간 단천엽은 마음이 가라앉는 걸 느꼈다. 차가울 정도로.

단천엽이 눈을 가렸던 손바닥을 떼어냈다. 그의 눈빛은 이미 평상시의 평정을 되찾고 있었다.

"그는 무서울 정도로 강했습니다."

"그래서?"

"저는 스스로를 자제하지 못할 뻔했습니다."

"그래도 최후의 순간, 참아냈구나?"

"그건……."

단천엽이 말을 끝맺지 못했으나 한상월의 얼굴엔 조금의 의혹도 엿보이지 않았다. 그는 이미 짐작했다는 듯 미미하게 고개를 끄덕였다.

"천랑성을 보고 예상했지만 역시 네 눈에 증오를 담게 만든 건 서문휘강, 그 아이가 아니로구나."

단천엽의 얼굴에 의혹이 떠올랐다.

한상월이 말을 끝맺었다.

"네 눈에 담긴 증오는 바로 스스로를 자제할 수 없었던 자기 자신을 향한 것이다. 아니, 어쩌면 스스로를 자제하기 위한 수련으로 인해 마지막 순간 망설였던 것에 대한 분노일지도 모르지. 하지만 이번 일을 계기로 네가 그동안 가장 부족했던 점을 채웠으니 그건 그것 나름대로 나쁘지 않은 일일 것이다."

제42장

폭풍(暴風)의 행로

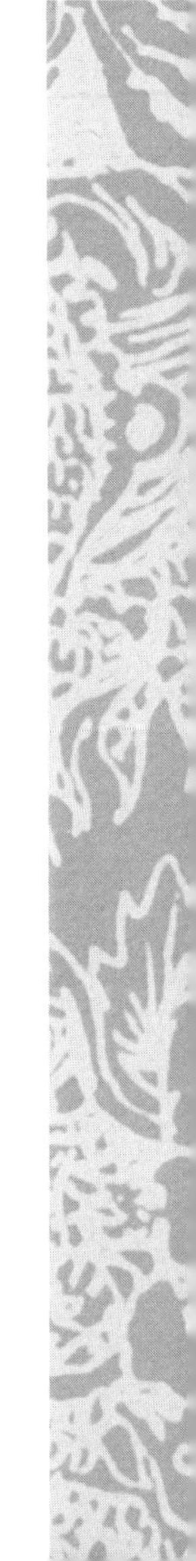

폭풍(暴風)의 행로 1

한상월과 단천엽 간의 대화는 금세 끝이 났다. 서로가 서로를 너무나 잘 아는 부자간에 빠른 교감이 이뤄졌을뿐더러 호북에서 급전이 날아왔기 때문이다. 한상월은 급히 천원으로 떠나면서도 단천엽을 한 차례 비꼬아주는 걸 잊지 않았다. 마치 단천엽을 비꼬아주기 위해 오늘 이 자리에 나왔다는 듯.

한상월이 떠난 자리를 채운 건 유설영과 아난이었다. 어느새 평상시로 돌아온 아난과 놀아주는 단천엽을 뒤에서 묵묵히 바라보던 유설영이 조금 뒤 침묵을 깼다.

"대주께서는 바쁜 업무 중에도 단 공자에 대한 관심을 잊지 않았습니다. 천비가 대주를 모신 지 많은 세월이 지났으나 그분의 그런 모습은 처음이었습니다. 그러니……."

아난의 옆구리를 간지르며 까르르 웃게 만든 단천엽이 담담한 시선을 유설영에게 던졌다.

"설영 누님, 저는 문상을 원망하지 않습니다."

"단 공자……."

"누님께서 특별히 그분을 위해 변명할 필요가 없다는 뜻입니다. 모든 게 제가 부족한 탓임을 충분히 알고 있으니까요."

유설영의 맑은 눈동자가 가볍게 흔들렸다. 단천엽의 꿋꿋한 모습을 지켜보자니 쓸데없는 말을 건넸다는 생각이 들었다. 나날이 주인인 한상월을 닮아가면서도 단천엽의 모습은 또 달랐다. 이미 귀안을 발휘하지 않는 상태로는 내심을 읽을 도리가 없었다. 바로 그 점이 그녀의 마음속에 한 점 얼룩을 만들어냈다.

'대주조차 단 공자의 나이 때 이만한 모습을 보이진 못했다. 대견한 일이지만 단 공자의 성취는 지나칠 정도로 빨라. 속도로만 따지자면 천하맹의 사성과 비교해도 오히려 남음이 있을 정도이니.'

단천엽이 상념에 젖은 유설영에게 문득 질문했다.

"그런데 한 가지 궁금한 점이 있습니다."

유설영이 머리 속의 상념을 지웠다.

"명하십시오."

"천하맹의 호북 출정에 관한 질문입니다."

단천엽의 얼굴에 떠오른 배려의 기색을 살핀 유설영이 살짝 고개를 숙여 보였다.

"호북 출정에 관한 사항은 대주께서 손수 처리하고 계십니다. 그분을 제외한 다른 사람이 아는 바에는 한계가 있을 수밖에 없지요. 하지만 천비가 알고 있는 일이라면 남김없이 대답해 드리겠습니다."

"감사합니다."

놀던 중 유설영과만 대화를 나누는 단천엽의 머리를 아난이 힘껏 잡아당겼다. 유설영이 아니라 자신과 더욱 놀아달라는 무언의 심통이었다.

결국 단천엽이 미소를 띤 채 바라보자 아난이 얼른 손을 뒤로 숨겼다. 자신은 절대 방금 전 단천엽의 머리를 잡아당기지 않았다는 듯이.

단천엽이 입가에 손가락 하나를 가져다 댔다.

"아난 누이, 착하지?"

끄떡!

"잠시만 조용히 하기야?"

아난이 다시 고개를 끄덕이곤 고개를 살짝 숙여 보였다. 단천엽이 웃는 얼굴로 불러주는 '아난 누이'란 말은 천방지축인 그녀를 얌전하게 만드는 묘용이 있었다.

방금 전 한상월이 받아 든 급전의 출처는 호북, 그것도 무당천도가 위치한 방면이었다. 아직 천하에서 단 몇 사람밖엔 모를 급전의 내용은 무당천도의 일 년 봉문(封門), 그야말로 경천동지할 일이었다.

그러나 권왕각을 벗어나 천원으로 향하는 한상월의 안색은 평소와 다름없었다. 급진의 내용이야 놀라운 바가 있었으니 완전히 예상을 벗어난 것은 아니었다.

상천의 전격적인 출병 요청을 받았을 때부터 한상월은 오늘과 같은 일도 벌어질 수 있음을 감지하고 있었다. 이미 호북출정군의 총사령인 단백경과도 교감을 나눈 만큼 당장 큰 문제가 발생하진 않을 터였다. 예상의 범위 안에서 벌어진 일에도 대처하지 못할 만큼 단백경은 무능하지 않았다.

　그처럼 단천엽에게 댄 핑계와 달리 급전에 대한 처리는 그리 급하지 않았다. 어차피 상황에 따른 후속 명령은 이미 내려놓은 상태였다. 천밀당주 비천편복 장지량과 귀상 종리인걸이 주축이 된 일선의 실무자들의 일거리가 늘었을 뿐 한상월이 바로 천원으로 복귀할 필요는 없었다.

　다만 한상월은 단천엽과의 대화를 지속하고 싶지 않았다. 몇 마디 대화를 나누지 않아 그는 알아차렸다. 단천엽의 성취가 그동안 보고받았던 것보다 훨씬 윗길에 이르렀다는 것을. 그 점을 인지한 상태에서 더 이상의 대화는 무의미하다는 판단이었다.

　'내가 놀란 표정을 보이지 않더라도 녀석은 알아차릴 것이다. 영악한 놈이니까.'

　한상월의 입가에 흐릿한 미소가 떠올랐다. 예상을 뛰어넘는 단천엽의 성취로 인해 앞으로 사용할 수 있는 패가 늘어났다. 계획을 앞당겨도 좋겠다는 생각이 들었다. 그의 한평생을 몽땅 바쳤을뿐더러 사랑하는 사람의 목숨마저도 도외시해야만 했던 계획을.

　톡톡!

　한상월이 머리를 가볍게 두드렸다. 지금 현재 중요한 건 앞으로 전면전의 양상을 띠게 될 반검맹과의 천하대전이었다. 급한 불부터 끄지 않는다면 후일은 기약할 수 없을 터였다.

　"일단 꿈쩍도 안 하려 하는 내성 삼각의 녀석들에게 협박하는 것부터 시작해 볼까?"

　한상월이 천원으로 향하는 걸음에 좀 더 힘을 줬다. 그래 봤자 한낮의 조양에 취한 듯 느긋한 걸음이나 마음은 이미 천원의 문상 집무실에 도착해 있었다.

강북과 강남의 중심인 호북의 거인 무당은 그동안 남북으로 거의 구할 통합된 무림의 중심 축이었다. 구산이나 다른 어떤 무림 세력과도 비교할 수 없는 지정학적 위치와 강력한 무력이 수반된 평화의 상징이었다.

무당이 호북을 지키고 있었기에 반검맹인 강남오패연합이 강남 전체를 통합하는 과정에서도 강북무림은 여유가 있었다. 그들의 노도와 같은 힘은 결코 장강을 넘지 못하리란 확신이었다. 이번 반검맹의 강북 진출에 천하맹이 전격적으로 호북 출병을 감행한 사실은 그래서 의아로운 대목이라 회자되었다.

그런데 그런 믿음의 상징인 무당이 힘 한 번 써보지 않고 봉문을 선언했다. 호북을 기반으로 한 무림인들뿐 아니라 거의 모든 강북무림인들의 이목이 천하맹으로 몰리기 시작한 건 당연했다. 이제 천하맹이 나서야 할 상황이라는 점에 이견을 제시할 자란 없어진 것이다.

그런 점에서 한상월의 예상은 과연 다르지 않았다. 대외적인 천하맹의 얼굴이라 할 수 있는 외성 오당의 실무진들은 무당 봉문 소식과 함께 바쁘게 움직이기 시작했다.

그동안 갑작스런 호북 출정으로 인해 늘어난 격무로 눈살을 찌푸리던 사람들마저 이쯤에선 입을 한일 자로 봉할 수밖에 없었다. 반검맹과의 천하대전이 눈앞으로 다가온 이상 내년 예산이나 인력 부족 등을 가지고 투덜댈 순 없는 노릇이었다.

천하맹 외성의 천밀당. 천하맹 최고의 정보 전문가인 장지량은 한상월에게 급전을 알린 이후 발빠르게 움직였다. 외성 중 맹의 일반적인

인원을 감찰, 관리하는 순찰당과 법규를 책임지고 있는 집법당, 형벌을
담당하는 형당 순으로 소식을 전했다.

내성 삼각에는 따로 정보 조직이 있고, 총단의 경계를 맡은 오천군
세의 수장들은 어차피 천원에서 소식을 넣어줄 터였다. 그들보다는 천
하대전이 벌어지기 직전에 인원과 법규, 불순분자의 준동에 대비하는
게 정보 책임자로서의 바른 자세라는 판단이었다.

그때쯤 천원의 예산처(豫算處) 책임자인 종리인걸이 천밀당을 방문
했다. 보통 큰일이 아닌 한 돈귀신인 종리인걸이 천원을 떠나는 일은
없다는 걸 알고 있는 장지량이 음울한 표정을 한 채 그를 맞았다.

"앞으로 고생이 크시겠소이다!"

인사 겸해서 던진 말이었다. 종리인걸이 한숨 어린 표정으로 고개를
끄덕였다.

"우선 내년 예산을 끌어다 쓸 수밖에 없을 것 같소이다."

"내년 예산까지요?"

"전쟁이란 하나의 국가를 파탄나게 만들 수 있소이다. 내년 예산을
끌어다 쓰는 정도는 일도 아니지요. 당장 호북 근방에서 맹으로 들어
오던 수입원이 절반으로 줄었으니."

"그건 큰일이구려."

장지량이 안됐다는 표정을 해 보이곤 종리인걸 쪽 창문의 차양을 내
렸다. 같이 햇빛과 친근하지 못한 직종에 근무하는 사람다운 배려였
다.

종리인걸이 미미하게 고개를 끄덕여 보이곤 본론을 끄집어냈다.

"그래서 말인데 전쟁이 언제쯤 종결될지 장 당주의 고견을 들어볼까
해서 어려운 발길을 했소이다."

“그건······.”

“알고 있소이다. 전쟁의 성패를 예측하는 것만큼 어려운 일은 없다는 것을. 하지만 이대로라면 너무 막막합니다. 당장은 내년 예산을 끌어다가 전비를 충당할 수 있다손 치더라도 시간이 갈수록 맹의 수입이 줄어들 텐데 각 처부의 예산을 무한정 줄일 수도 없는 노릇이고.”

장지량은 종리인걸이 협박하고 있다는 사실을 금세 인지했다. 처부의 예산을 줄인다는 말은, 즉 천밀당이 최우선 순위가 될 수 있다는 뜻이었다.

‘너구리 같은 인간!’

내심 종리인걸의 겉으로만 사람 좋아 보이는 얼굴에 불편한 시선을 던진 장지량이 입가에 호의적인 미소를 만들어냈다.

“허허, 확실히 예산을 처리하는 종리 처장 같은 분께는 그런 점도 큰 걱정거리일 테지요.”

“알아주시니 감사합니다. 그러니 어떻게 살짝 귀띔이라도 해주십시오. 문상께서는 무조건 예산을 편성하라는 명령만 내리시고 예산처에는 얼굴도 내비치지 않으시는데 각 처부나 조직에서는 자신들의 예산이 깎일까 봐 눈만 흘기는 처지니.”

종리인걸이 다시 예산을 들먹이자 결국 장지량이 손을 들었다.

“알았소이다. 내 그 심정을 충분히 이해하니 우리 적정선에서 타협을 보십시다. 전쟁의 종결 시기 같은 난감한 사안은 알려 드릴 수 없지만 종리 처장께서 만족할 만한 정보를 내드리도록 하지요.”

“어떤?”

“무당이 갑자기 일 년 봉문을 내린 까닭을 알려 드리면 어떻겠소이까?”

종리인걸의 얼굴에 화색이 떠올랐다. 무당이 일 년 봉문을 단행한 까닭을 알 수 있다면 그의 안목으로 충분히 전쟁의 성패 역시 짐작할 수 있을 터였다. 무당이 곧 호북무림이며 천하대전 중 승부의 중심 축을 한쪽 방향으로 기울게 만들 수 있는 강대한 전력, 그 자체였기 때문이다.

종리인걸이 손을 비볐다.

"그런 정보는 일급을 넘어 특급이나 다름없는데 이 사람한테 말씀하셔도 되는 겁니까?"

"어차피 보름에서 한 달쯤이 지나면 천하 전체가 알 사실이오. 종리 처장 정도 되는 분이라면 그사이에 커다란 일을 처리할 수 있겠지만 다른 자들에겐 별다른 가치가 없을 것이오."

"그렇다면 삼가 세이경청하겠소이다."

종리인걸이 고개까지 숙여 보이자 장지량이 미간을 슬쩍 좁혀 보였다.

"무당이 갑자기 일 년 봉문을 한 까닭은……."

"허어, 이러한 시기에 무당제일도 태우 도장이 폐관을 하다니요!"

"무당 내부의 알력이 그토록 심했단 말인가!"

"으음."

한상월의 설명이 끝난 것과 동시였다. 문상 집무실에 모여든 내성 삼각의 삼 인 중 권왕 양무결이 탄성을 토하자 나머지 이 인이 일제히 고개를 절레절레 흔들었다.

양무결이 권왕각주라면, 나머지 이 인은 천도각주 구천도왕 기득렬과 검무각주이자 맹주 모문환의 사촌 동생인 칠절뇌검(七絶雷劍) 모연경이었다. 천하맹의 세 기둥으로서 천하의 어떤 일에도 흔들림이 없을 삼 인이나 지금 이 순간 당황하지 않을 수 없었다. 그만큼 무당의 갑작스런 일 년 봉문의 원인은 놀랍고도 어처구니없는 일이었다.

한상월이 삼 인 중 우군이라 할 수 있는 양무결에게 미미하게 고개를 끄덕여 보이곤 설명을 계속했다.

"무당 내부의 알력이 극심해진 건 전대 장문인이 이해할 수 없는 이유를 들어 장문의 위를 태화 진인에게 물려줬을 때부터입니다. 태화 진인 역시 당대의 고수이자 대제자로서 장문의 위를 충분히 물려받을 만하지만, 무당제일도 태우 도장만 못하다는 건 천하의 누구든 알고 있는 사실이지요. 무당 내부에서도 그 같은 논의가 있었던 걸로 알고 있고. 한데……."

문득 한상월의 설명을 모연경이 슬쩍 막았다.

"그건 본인의 생각과 좀 다르십니다."

"검무각주의 뜻은?"

"흠."

주변의 시선을 모은 모연경이 자신의 뜻을 피력했다.

"확실히 태우 도장의 명성이나 무공은 구산의 뭇 고수들 중에서도 세 손가락, 어쩌면 제일로 꼽힐지도 모릅니다. 무당이 천하맹과 반검맹이 욱일승천하는 때임에도 호북에서 여전히 세력을 떨칠 수 있었던 건 대장로인 태우 도장의 힘이 가장 컸으니까요. 하지만 그가 한인이 아니란 것도 부인할 수 없는 사실입니다."

기득렬이 눈살을 가볍게 찌푸려 보였다.

"검무각주는 또 그 케케묵은 마성혈류하를 들먹이는 것이오? 이차 마성혈류하조차 벌써 백 년 전의 일인 것을."

모연경이 기득렬에게 눈길을 던졌다.

"도왕께서는 삼대문파가 모여 천하맹을 창립한 배경을 잊지 말아주셨으면 합니다."

"그야 본인도 잊지 않고 있소만, 우리는 지금 무당 봉문에 관해 얘기하고 있소이다."

"저도 알고 있습니다. 하지만 무당의 일 역시 엄밀히 따지면 마성혈류하와 무관할 수 없다는 겁니다. 당장 반검맹의 주축인 모용(慕容)씨들 때문에 상천에서도 이번 강북 침공에 노골적인 반응을 보인 것 아닙니까?"

"그거야 여기 모인 사람이라면 다 알고 있는 사실이오. 다만, 태우 도장을 십이마성과 연관시켰다면, 그건 전적으로 무당의 잘못이라고 본인은 생각하는 바요. 그분이 갑자기 폐관에 들어간 마음도 이해 못할 바는 없는 것이고."

"……."

모연경은 이곳에 모인 각주들 중 가장 연배가 어리고 무공이 떨어졌다. 창천검문의 문주인 모문환이 맹주가 된 후 각주를 맡았기 때문이다.

기득렬이 노골적으로 화를 내자 더 이상 대항하긴 힘들었다. 그가 입을 다물자 한상월이 입가에 흐릿한 미소를 담았다.

"결국 얘기는 그렇게 된 겁니다. 어떻게 보면 치졸한 집안 싸움이라고 볼 수도 있겠습니다만, 무당이 갑자기 꽁지를 만 덕분에 일이 심각해졌습니다."

"반검맹이 전면전을 걸어올까요?"

삼각주 모두의 의중을 반영한 양무결의 물음에 한상월이 명쾌한 답을 내렸다.

"본 맹의 맹주께서는 폐관해 계시지만 강남오패연합의 맹주인 신검 남궁성환은 한가로이 태호(太湖)의 강변을 노닐고 있습니다. 아, 물론 그가 진짜 태호에 있다는 정보는 없습니다. 단지 얘기가 그렇다는 겁니다."

설전을 벌였던 모연경과 기득렬은 서로를 바라봤고, 양무결 또한 입을 다물었다. 벌써 오랫동안 천하 이야깃꾼들의 주요 소재가 되어왔던 십이마성의 마성혈류하에 버금갈 천하대전이 임박했다는 건 삼척동자라도 알 일이었다.

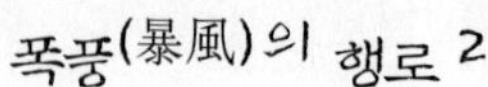

폭풍(暴風)의 행로 2

대륙 십팔만 리(十八萬里)라 부른다. 사실 말도 안 되는 소리다. 십팔만 리란 표현은 광대하다, 혹은 끝이 없다는 뜻의 다른 표현일 뿐이다. 대륙 전체를 포함해도 그 정도로 넓을 수는 없는 까닭이다.

그래도 대륙이 넓은 건 분명한 사실이다. 각 성과 성 사이만 해도 수백 리에 달한다. 그 같은 거리를 좁히기 위해 만들어진 게 파발이고, 봉화며, 전서구였다.

파발은 그나마 짧은 거리에서 이용됐고, 봉화는 국가에서 거는 제약이 만만치 않았다. 국가와 국가 간의 전쟁 시 애용되는 게 봉화였기 때문이다. 무림의 각 문파가 전서구를 타성 간의 소통에 주로 이용하는 원인은 그러했다.

물론 그런 전서구를 대량으로 사용하는 곳은 천하맹이나 반검맹같이 천하에 지부나 분타를 설치할 만한 거대 세력밖엔 없었다. 전서구란 귀할뿐더러 유지 비용이 만만치 않은 고가의 조류인 것이다.

하지만 전서구로 쓰이는 비둘기란 놈은 특이하게 귀소 본능이 높을 뿐더러 새끼에 대한 집착이 강했다. 본래 자라난 곳을 찾는 게 귀신같 으며 새끼가 있는 방면을 찾는 것 또한 다른 조류와 비할 바가 없었다. 비싼 값을 하는 새였다.

푸드덕!

천하맹 외성의 천밀당에서 당주인 장지량의 손을 떠난 전서구는 삼 백 리를 줄기차게 날아 호북성 양양 부근에 도착했다. 삼백 리를 나는 동안 지친 날개로 몇 차례 홰를 치다가 귀에 익은 휘파람 소리가 들려 왔다.

삐익!

항상 고단한 몸을 쉬게 하고 맛있는 먹이를 주는 손의 주인이 내는 소리였다. 전서구는 망설임없이 휘파람 소리 쪽으로 날개를 퍼득거렸 다.

전서구에게 평소처럼 모이를 주곤 다리에 매달린 철통을 떼어낸 하 얀 손이 잠시 뒤 가볍게 떨렸다. 철통 안의 내용을 읽은 후 벌어진 일 이었다. 물론 두려움 때문이 아니라 격한 흥분을 억지로 참느라 하얀 손은 흔들림을 보이고 있었다.

그러나 하얀 손의 주인인 유겸호는 성정이 차분한 사람이었다. 아무 리 오랫동안 기다렸던 소식을 받아 들었다 한들 흥분이 오래갈 리 없 었다.

확인을 위해 다시 한 번 문상의 직인이 찍힌 암호문을 꼼꼼히 훑어 본 유겸호가 재빨리 자리에서 일어섰다. 이미 확인이 끝난 이상 화급

을 다투는 일에 꾸물거리고 있을 시간은 없었다. 한시라도 빨리 개인
적인 사항을 제외한 문상의 명령을 총사령인 단백경에게 알려야만 했
다.

화락!

무장을 갖춘 채 막사의 휘장을 젖히고 나선 유겸호의 눈에 이채가
떠올랐다. 백건영웅대의 군진이 마련된 중심에서 흑건을 동여맨 무사
의 모습이 보였다.

"자네는……."

유겸호의 호출이 있자마자 흑건에 가벼운 무장을 한 흑건질풍대의
부대주, 섬전일검 상소충이 얼른 다가와 허리를 접어 보였다. 다른 때
같으면 웃으며 맞이할 터이나 무당의 봉문 이후 나날이 긴장이 고조되
고 있는 상황이었다.

상소충이 걸친 무복에서 어렵지 않게 몇 방울의 핏자국을 발견한 유
겸호가 눈살을 가볍게 찌푸려 보였다.

"격전이 있었는가?"

접었던 허리를 편 상소충이 짤막하게 대답했다.

"밤새 월영전단의 거점 두 군데를 박살 냈습니다."

"피해는?"

"항상 암습만 하던 자들이 되려 암습을 당해서인지 별다른 저항은
없었습니다. 대원 셋이 중상을 입고 경상자가 열을 넘지 않습니다."

"사망은 없었다니 다행스런 일이군."

"만약 호북지부에서 지원 나온 머저리들이 실수만 하지 않았다면 중
상자 자체가 없었을 겁니다만."

"총단에서 오는 보급을 후방 지원하는 것만도 버거워하는 호북지부

에 그 같은 요구는 무리일 테지."

상소충의 입가에 흐릿한 미소가 떠올랐다.

"바로 그렇습니다."

유겸호가 가볍게 고개를 끄덕이고 다시 질문했다.

"그런데 이곳에는 어쩐 일인가? 자네 대장이 전승 축하 술자리라도 하자고 보낸 것은 아니겠지?"

"예? 그, 그것이……."

"설마… 겠지?"

상소충이 고개를 슬쩍 떨궜다.

"오는 길에 산에서 멧돼지 세 마리를 사냥했습니다. 마침 유 대장님께서 군진에 남았다는 얘기를 전해 들은 대장님께서 저를 보내셨습니다."

"뒤처리는?"

"일단 뒤처리반이 움직였습니다. 마무리 보고가 아직 없었으나……."

"이런 얼빠진 자식!"

상소충을 향한 욕설이 아니었다. 상소충 또한 그러한 사실을 알고 있었다. 그가 고개를 더욱 깊게 숙여 보이자 유겸호가 고개를 가볍게 흔들고 냉철한 눈빛을 던졌다.

"총단에서 중요한 연락을 받아 나는 지금부터 총사령께 가봐야 하네. 자네 대장한테도 내공을 운기하든 물로 입가를 행구든 술 냄새 없애고 따라오라고 전하게!"

"알겠습니다."

상소충이 다시 허리를 접어 보였다. 평상시 침착 냉정하기로 이름 높은 유겸호가 이만큼 말했으니 반론을 던진다는 건 있을 수 없는 일이었다.

　호북출정군의 본진에 위치한 사령 막사에 도착한 유겸호가 앞을 정자세로 지키고 있던 당번 무사에게 눈짓을 던졌다. 절대고수인 단백경이 그의 등장을 모를 리 만무하건만 예의를 갖추기를 게을리 하지 않는 모습이었다.
　얼른 막사 안으로 들어갔다 달려나온 당번 무사가 조심스런 표정으로 고했다.
　"유 대장님, 안으로 드시지요."
　"곧 곽 대장도 올 테니까 바로 들이도록 하게나."
　"존명!"
　당번 무사의 어깨를 한 차례 토닥여 준 유겸호가 막사 안으로 들어갔다. 호피의가 덧씌워진 태사의에 앉아 있던 단백경이 입가에 미소를 띤 채 그를 반겼다.
　"유 대장의 성격은 전쟁터에 와서도 변함이 없소이다."
　"상황이 변했다 하여 본성을 바꾼다면 소인배가 아니겠습니까?"
　"소인배라……."
　단백경이 천천히 고개를 끄덕였다.
　"그렇지요. 그러니 곽 대장의 성격이 변함이 없는 것은 그가 소인배가 아니기 때문이겠군요."
　"그건……."
　유겸호는 말끝을 흐리고 단백경을 바라봤다. 방금 전 곽채량의 느슨한 모습에 화를 냈던 일이 이미 단백경의 귀에 들어갔다는 생각이 들었다.

"전쟁터에서 내분만큼 위험한 일은 없습니다. 속하도 그러한 점을 충분히 알고 있으니 무상께서는 크게 염려하실 필요가 없습니다."

"그렇다면 다행한 일입니다."

단백경이 근처의 자리를 손으로 가리키자 유겸호가 다시 고개를 숙여 보이고 착석했다. 바로 그때 미친 황소와 같은 격한 목소리와 함께 곽채량이 막사 안으로 들어섰다. 상소충의 보고를 듣자마자 무장도 채 차리지 못하고 달려온 그의 옷차림은 다소 흐트러져 있었다.

그 모습에 유겸호가 눈살을 가볍게 찌푸리자 대거리하듯 인상을 긁어 보인 곽채량이 단백경에게 포권했다.

"곽채량이 무상을 뵈오이다!"

단백경이 유겸호의 맞은편 자리를 손으로 가리켰다.

"곽 대장도 일단 착석하시지요."

"명에 따르지요."

자리에 앉은 곽채량이 슬쩍 눈짓을 해 보였으나 유겸호는 그것을 외면했다. 코앞까지 풍겨 나오는 술 냄새가 그를 그리 만들었다. 평소처럼 곽채량은 유겸호의 충고를 가볍게 발로 걷어찬 후 짓밟아 버린 것이다.

단백경이 두 사람을 살피곤 입을 열었다.

"유 대장이 먼저 말해 보시지요."

유겸호가 얼른 곽채량에게서 시선을 떼곤 자세를 바로 했다.

"드디어 총단에서 전쟁에 대한 전권을 호북출정군에게 부여했습니다."

"하!"

곽채량은 탄성을 토하곤 얼른 입을 다물었다. 중요한 군정을 보고하는데 중간에 끼어드는 건 상관 앞에서 취할 도리가 아니었다.

유겸호가 보고를 계속했다.

"이미 총단을 수호하는 오천군세가 움직이기 시작했다고 합니다. 그 말은 즉……."

"오천군세의 실질적인 중추라 할 수 있는 내성 삼각의 각주들께서도 이번 대전에 끼어들 수 있다는 뜻이겠지요?"

단백경이 한마디 거들자 유겸호의 눈에서 강한 기운이 번뜩였다.

"그렇습니다. 총단에서는 이번 기회를 빌어 강남으로의 역정벌도 고려하고 있는 듯합니다."

"확실히……."

단백경이 눈매를 가늘게 만들자 이미 잔뜩 흥분된 얼굴이 되어 있던 곽채량이 주먹을 불끈 쥐어 보였다.

"삼각의 각주들께서 움직인다면 강남의 쥐새끼들을 쓸어버리는 건 일도 아닙니다! 어차피 반검맹의 오지만 그분들께서 맡아주신다면 주력이라는 월영전단이나 오패무적단(五覇無敵團) 정도는 저희가 박살낼 수 있으니까요."

유겸호가 눈살을 찌푸려 보였다.

"어찌 암살이나 특수 파괴 등을 목적으로 하는 월영전단과 반검맹의 최정예가 모인 오패무적단을 같이 둘 수 있느냐! 오패무적단이 상대라면 백건, 흑건의 두 개 부대가 전력을 기울여도 승패를 장담치는 못할 것이다."

"네 녀석은 싸우기도 전에 벌써 쫄아버린 것이냐! 아무리 오패무적단이 반검맹의 주력이라곤 하나 천하에 알려지기론 월영전단과 어깨를 나란히 한다. 지들이 세봤자 얼마나 더 세겠냐? 요 며칠 월영전단을 사낭하러 다녔는데 별 볼일 없었다."

"반검맹과 싸우는 걸 두려워하는 게 아니라 적을 얕잡아봐서 스스로 위험을 자초해선 안 된다고 말하는 것이다."

"그 말이나 이 말이나……."

"이 무식한 녀석이!"

결국 참지 못하고 곽채량에게 목소리를 높인 유겸호의 모습에 단백경이 피식 웃었다. 항상 아옹다옹하지만 서로가 서로를 인정하는 두 사람을 볼 때마다 조금쯤 부럽다는 생각이 들었다. 그 같은 사람이 단백경에게도 한 명 있었으나 지금은 생사조차 알지 못하고 있었다.

'물론 그 지독한 사내가 죽었으리란 생각은 전혀 들지 않지만…….'

천권 화굉요를 떠올리고 내심 고개를 가로저은 단백경이 입가의 미소를 지웠다. 이제 두 사람 간의 싸움을 말려야 할 때가 왔다는 판단이었다.

"그렇다면 이제부턴 우리도 슬슬 움직이기 시작해야겠군요?"

서로를 노려보던 곽채량과 유겸호가 동시에 단백경에게 시선을 모으고 복명했다.

"명령만 내려주십시오!"

"모든 준비는 이미 끝난 상태입니다!"

단백경이 고개를 끄덕였다.

"하긴 그동안 너무 많이 놀았지요."

곽채량이 으르렁거리며 이를 드러냈다.

"너무 놀아 우리 아이들은 지들끼리 피를 내며 싸우는 판국입니다."

"그건 네 녀석이 매일같이 투전(鬪牋)을 열고 도박판을 벌이기 때문이잖아!"

“흥, 애들은 본래 계속 싸우게 만들어야 한다! 힘이 남아돌면 무슨 짓을 벌일지 누가 알겠냐?”

“대장이 이 모양이니 그렇지.”

“시비 거는 거냐?”

“이제 알았냐?”

그 말을 끝으로 두 사람은 서로에게서 시선을 뗐다. 단백경 앞에서 말싸움을 해봤자 별 무소용이란 판단이었다.

단백경이 유겸호에게 시선을 던졌다.

“그동안 우리가 부순 반검맹의 호북 거점이 몇 개지요?”

“오늘 부순 월영전단의 거점 두 군데를 포함해 일곱 군데입니다.”

“그렇다면 이젠 슬슬 저들도 움직이기 시작하겠군요?”

“그러리라 봅니다.”

“그때까지 기다리긴 그렇고…….”

곽채량이 허리를 바짝 세웠다.

“제가 나서겠습니다.”

“목표는 무당산 부근입니다. 아무리 무당이 봉문을 선언했다 해도 문제가 될 수도 있는데 괜찮겠습니까?”

“본래 무당의 비겁한 말코들과 별로 친하고 싶진 않았습니다. 만약 지들 앞마당에서 난리 친다고 지랄하면 몽땅 묻어버리겠습니다. 턱밑에 월영전단의 총지휘부가 있으니 그놈들한테 죄를 덮어씌우면 그만입니다.”

“무식한 놈!”

유겸호는 투덜거리면서도 그냥 입을 다물었다. 단순 무식하나 곽채량의 방법은 병법의 기본을 따르고 있었다. 특별히 더욱 좋은 방법도 떠오르지 않는 만큼 이번 일은 그에게 맡기는 게 낫겠다는 판단이었다.

단백경 역시 그렇게 생각했다. 입가에 만족스런 미소를 보이며 그가 명령했다.

"오지 중 통천명 제갈현빈은 무공 면에서 가장 떨어진다고 알고 있습니다. 그래도 혹시 모르니 그는 본인이 맡겠소이다. 나머지는 곽 대장이 알아서 하십시오."

"맡겨주십시오!"

단백경이 유검호에게 후속 명령을 내렸다.

"유 대상은 지금까지처럼 본진을 맡아주십시오. 상대가 통천명이니 역습이나 대규모 암습이 있을 수도 있습니다."

"믿어주서서 감사합니다."

"그럼 유 대장만 믿고 곽 대장과 한번 날뛰고 오겠습니다."

단백경의 마지막 말에 곽채량이 크게 웃음을 터뜨렸다.

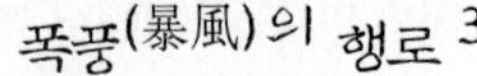

깊은 밤.

천하무림을 경동시킨 무당산으로부터 삼십여 리 떨어진 방현(房縣)의 산중, 평범한 산장 주변엔 어느새 새카맣게 인마(人馬)가 몰려들어 있었다. 천하맹의 주력이라 불리는 양대 부대, 그중에서도 흑건질풍대를 대변하는 기동력이 한껏 발휘된 결과였다.

전마에 앉아 산장이 위치한 산중의 주변, 점점이 보이는 불빛을 물끄러미 올려다본 단백경이 팔짱을 낀 채 곽채량에게 시선을 던졌다.

"유 대장이 입수한 정보에 의하면 눈앞의 산장이 바로 월영전단의 호북성 총지휘부가 분명합니다. 정보를 입수한 지 아직 하루가 채 지나지 않았으니 재수가 좋다면……."

"흐흐, 반검맹의 머리라 불리는 통천명이란 여우를 사냥할 수도 있겠지요."

곽채량의 얼굴엔 독이 바짝 오른 독사처럼 전의가 흘러넘쳤다. 천하맹의 상징인 삼각의 각주와 동급으로 분류되는 반검맹의 오지를 친다는 건 천하에 별로 두려울 게 없는 그로서도 결코 쉬운 일이 아니었다. 목숨을 건다 해도 성공하기 어려운 일인 것이다.

하지만 오늘은 상황이 달랐다. 그의 옆에는 맹주인 창천무극검제 모문환이 폐관한 현재 당금 천하맹 최강의 고수라 해도 과언이 아닌 단백경이 함께하고 있었다. 승리가 확실한 상황에서의 전투처럼 무인에게 즐거움을 주는 일은 그리 많지 않을 터였다.

곽채량의 얼굴을 보고 단숨에 그의 내심을 읽은 단백경이 신중한 표정을 지어 보였다.

"방심은 금물입니다. 통천명 제갈 가주가 머문 장소인 만큼 어떤 매복이 숨어 있을지 알 수 없는 일이니."

"물론입니다."

"그럼 한 식경이 지난 후 산장 주변에 대한 제압에 들어가 주십시오."

그 말을 끝으로 단백경이 전마 위에서 신형을 날렸다. 어차피 흑건질풍대의 전투 지휘권은 곽채량에게 있었다. 총사령인 그가 일일이 전투의 세세한 부분까지 관여할 필요는 없었다.

오늘 그가 이곳에 온 목적, 앞으로의 강호대전 시 최강의 골칫거리가 될 게 분명한 통천명 제갈현빈을 만나는 게 지금 가장 시급한 일이었다.

쇄액!

권법을 익힌 사람에게 가장 중요한 것 중 하나가 신법과 보법이다. 최강의 권법가인 단백경의 경공은 당연히 가공할 지경이었다.

짙은 어둠 속에 점점이 불빛이 보였다 한들 산속이었다. 적어도 십여 리 정도는 산길을 헤매야 도착할 거리이나 단백경은 신형을 날린 지 일 다경도 되지 않아 산장 앞에 도착했다.

예상대로 산장으로 이르는 길 중간중간에는 몇 개의 기문진과 기관이 펼쳐져 있었다. 당연한 일. 단백경은 뒤에 도착할 곽채량과 흑건질풍대를 위해 그것들 대부분을 파해하는 여유까지 부렸다.

그렇게 산장 앞에 도착한 단백경은 잠시 눈살을 찌푸렸다. 기관진식과 매복을 파해하며 신형을 날릴 때는 간과한 일이 떠올랐기 때문이다.

'이건 너무 쉽지 않은가? 아직 만나본 바는 없으나 통천명 제갈 가주의 명성은 문상과 맞먹는다고 들었다. 그 정도쯤 되는 사람이 이토록 어수룩하게 주변을 방비한다는 건 이치에 맞지 않는 일이다.'

단백경은 우상처럼 여겼던 한상월을 떠올리곤 곧 눈에 힘을 줬다. 한상월을 상대한다는 생각을 떠올린 순간 전신의 모공이 열렸다. 그에 잠들어 있던 투기가 스멀거리며 기지개를 켜고 일어섰다.

'그래도 이대로 물러설 순 없는 노릇이다.'

스으!

언제 망설임을 보였냐는 듯 단백경의 신형이 바람처럼 산장의 높은 담장을 뛰어넘었다. 타고난 무인답게 먼저 몸으로 부딪친 후 생각하자는 판단이었다. 설혹 이곳에 적의 함정이 펼쳐져 있다 해도 개의치 않겠다는 마음을 굳힌 채.

단백경이 산장의 담장을 뛰어넘은 시각.

천하맹 호북출정군의 본진이 위치한 양양으로부터 백여 리 떨어진 양번(襄樊)에 위치한 호북지부를 찾은 불청객이 있었다.

평범한 남색 장포에 두 자루의 쌍검.

옷차림에 버금가는 평범한 인상.

그러나 중년 검객이 뿜어내는 살기는 천하를 온통 핏빛 구름으로 덮이게 만들 지경이었다. 그의 앞에선 일류고수조차 공포에 젖고 말리라.

천하맹 호북지부장인 적양수 염극빈 역시 마찬가지였다. 돈으로 호북지부장의 직위를 사기는 했으되 당당한 일류고수이자 열양장공(熱陽掌功)의 고수인 그는 중년 검객이 쌓아 올린 시체의 산 앞에서 토악질이 나오는 걸 간신히 참고 있었다. 이미 마음속 깊이 질려 버린 상황이나 두려움을 얼굴에 드러낼 순 없는 노릇이었다.

중년 검객이 이를 드러냈다.

"네 녀석이 적양장에 제법 조예가 있다지?"

"보, 본인은……."

"이곳이 천하맹 호북지부란 건 알고 찾아왔다. 예전에도 다른 천하맹 지부를 부순 적이 있으니 굳이 설명할 필요는 없다."

염극빈의 안색이 붉게 물들었다.

"역시 반검맹에서 오신 분이시오?"

"뭐, 그렇다고 할 수 있겠지. 그러니 빨리 네놈이 익혔다는 적양수나 전력으로 펼쳐 보아라. 내 보기에 그럴듯하다면 개 같은 목숨만은 살려주도록 하마."

"……."

염극빈의 안색이 일시 붉게 물든 건 분노 때문이 아니었다. 그가 익힌 적양수의 공력이 양강 계통의 내공이라 전력으로 운기하자 그 같은 변화를 보였을 따름이다.

그런데 이미 중년 검객은 염극빈의 무공 내력을 손바닥 보듯 알고 있었다. 벌써부터 중년 검객이 뿜어내는 살기에 기가 질려 있던 염극빈은 등줄기로 식은땀이 솟는 걸 느꼈다. 오늘 자신이 사신을 만났다는 걸 인정하지 않을 수 없었다.

그때 염극빈의 표정을 살피곤 미미하게 고개를 가로저은 중년 검객이 검갑을 가볍게 두드렸다.

투퉁!

그리고 빠져나온 혈검광!

순간 적양수를 극성까지 끌어올리고 있던 염극빈의 팔뚝이 선연한 피보라와 함께 날아갔다. 어느새 중년 검객은 삼 장 이상이나 떨어져 있던 거리를 단축해 들어온 상태였다. 염극빈의 적양수는 그의 일검조차 받아낼 수 없었다.

"으으……."

그때 다시 한 걸음 앞으로 나선 중년 검객이 다른 검을 빼 들었다.

"반검!"

염극빈의 절규가 터진 것과 동시였다. 오직 뇌정경혼 단백경만이 어깨를 나란히 할 수 있다는 핏빛 반검이 반원을 그리더니 유성처럼 떨어져 내렸다.

파슷!

머리가 두부처럼 쪼개진 염극빈이 힘없이 쓰러져 내렸다. 천하맹 호북지부가 끝장나는 순간이었다.

"쓸모없는 것!"

비릿한 조소와 함께 신형을 돌려세운 반검경혼 여만해가 어느새 주변으로 몰려든 핏빛 전포의 무사들에게 서늘한 목소리로 소리쳤다.

"오늘 밤 중으로 양양까지 달려가야 한다. 식량고와 마차를 몽땅 태운 후 바로 철수다!"

"존명!"

손에손에 횃불을 든 무사들이 귀영처럼 움직이기 시작했다.

삐걱!

미로처럼 복잡하던 산장의 중문이 열린 순간 단백경의 신형이 움직임을 멈췄다. 공교로웠다. 마치 단백경이 이곳까지 도착하길 기다리다 문을 연 것처럼.

지익!

뒤로 한 걸음 물러선 단백경의 외눈에서 빛이 일었다. 전혀 뜻밖의 인물이 대문 안쪽에서 모습을 드러낸 것이다.

"여 선배?"

중문을 열고 모습을 드러낸 이는 반검경혼 여만해, 강남제일의 살성이라 불리는 천인혈검의 난을 일으킨 주인공이었다. 전날 섬서지부 사건으로 만난 후 처음으로 여만해와 조우한 단백경의 외눈이 가늘어졌다. 예상치 못했던 이를 만났으니 오늘 밤 길보단 흥이 많겠다는 생각이 들었다.

그때 여만해가 칼날 같은 눈빛을 빛내며 입가에 흐릿한 미소를 띠었다.

"뜻밖인가?"

단백경이 부인하지 않았다.

"솔직히 그렇습니다. 여 선배께서 반검맹에 들어갔으리라곤……."

"나 역시 그렇게 생각하네. 하지만 곰곰이 생각해 보니 천하맹이란 그늘에 숨어 있는 모문환이나 자네를 상대하자면 내게도 세력이 있어 야겠다는 생각이 들더군."

"그렇군요."

"인정하는 것인가?"

단백경이 가볍게 고개를 가로저었다.

"제가 아는 여 선배는 자부심이 강한 분으로 천하의 어떤 것에도 머리를 숙이지 않을 분이었습니다. 상대가 어떤 거대 세력에 속해 있다 해도 홀로 검을 들이밀 수 있을 정도로."

"그런데 단지 복수심에 미쳐 반검맹에 투신했으니 지조를 꺾었다고 말하고 싶은 건가?"

"선배의 뜻을 존중할 뿐입니다."

"흐, 그렇다는 뜻이군."

여만해가 중문을 벗어나 한 걸음 앞으로 나섰다. 흐릿한 달빛에 비추인 그의 얼굴엔 진득한 살기가 번들거리고 있었다. 침착 무심한 단백경과 비교되는 모습이었다.

일순 단백경의 눈에 이채가 떠올랐다.

"당신은……."

여만해가 흐릿하게 웃었다.

"왜 그러는가?"

달빛이 구름에 갇혔다. 그 순간 미로와 같던 산장의 담벼락 사이로 서른 개가 넘는 연노(連弩)가 모습을 드러냈다. 일반 화살과 달리 십 장 밖의 철판마저 꿰뚫을 수 있는 위력을 지닌 군용 병기가 등장한 것이다.

여만해를 바라보는 단백경의 시선이 싸늘해졌다.

"통천명 제갈 가주이십니까?"

다소 놀란 표정이 된 여만해가 미미하게 고개를 끄덕이더니 목소리와 말투를 바꿨다.

"천하맹의 영웅 중 뇌정경혼을 따를 자가 없다더니 과연 명불허전이군요."

"그렇다면 여 선배는……."

"단 대협이 짐작한 바와 같을 것이오."

단백경의 안색이 침중하게 가라앉았다. 그의 짐작대로 여만해가 호북출정군의 후방을 끊고 본진을 치러갔다면 유겸호만으론 상대하기가 쉽지 않을 게 분명했다. 여만해 정도 되는 절대고수에게 어울리는 반검맹의 전투 부대를 그는 이미 알고 있었다. 또다시 예상 밖의 일을 만난 것이다.

여전히 여만해의 얼굴을 한 채 제갈현빈이 친절하게 설명해 줬다.

"여 대협은 본 맹 최강의 전투 조직인 오패무적단의 단주가 되셨습니다. 맹주께서 그분이 은거한 곳을 찾아 삼고초려(三顧草廬)를 하신 덕분이지요."

"그러니 오늘 본인은 이곳에서 뼈를 묻어야 하는 겁니까?"

"설마요!"

가볍게 미소 지은 제갈현빈이 슬썩 한 설음 뒤로 물러서며 중얼거렸다.

"단지 단 대협은 오늘 함께 온 흑건질풍대의 주력이 궤멸될 때까지만 이곳에서 이 사람과 쉬고 있으면 됩니다. 머나먼 강남에까지 울려 퍼진 단 대협의 명성을 이 사람은 꽤나 흠모하고 있었으니까요."

"여 선배의 부탁이 있었던 것이겠지요?"

"뭐, 부인하진 않겠습니다. 하지만 이 사람이 단 대협의 신권에 흠모의 감정을 품은 건 한 치의 거짓도 없는 사실입니다. 강남무림엔 권법의 고수가 그리 많은 편이 아니니까요."

"친절한 말씀 마음으로만 받겠소이다."

단백경이 제갈현빈에게 포권을 해 보인 것과 동시였다. 연노를 든 채 담벼락 사이사이에 모습을 드러낸 흑의복면인들의 전열이 일순 크게 흐트러졌다. 그들이 모습을 드러낸 담벼락이 연달아 폭발음을 내며 무너져 내렸기 때문이다. 천하무적의 뇌극령에 의해서.

■ 제43장 ■

쌍웅(雙雄)

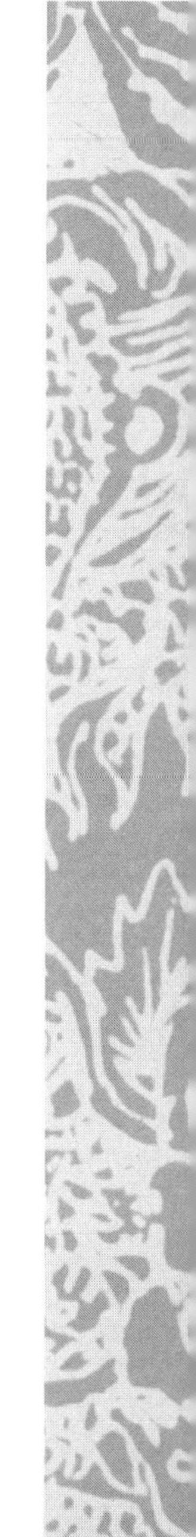

쌍웅(雙雄) ₁

우르르!

단백경이 주먹을 내치자 뇌성벽력과 같은 소리가 일었다. 마치 하늘에서 곧바로 떨어진 벼락과 같은 위세. 연노를 떠난 철시들이 사방으로 튕겨 날아올랐다. 단백경에게서 뿜어진 권력을 뚫지 못하고.

다음 단백경이 움직이기 시작했다. 만년거암과 같이 주먹을 휘두를 때와 달리 그의 신형은 일순 흐릿한 그림자로 바뀌었다. 재장전된 연노의 철시가 일시 목표를 잃어버린 건 순식간이었다.

퍼퍽! 퍽!

목표를 잃어버린 대가는 처참했다. 연노와 함께 모습을 드러냈던 복면인들의 머리가 연달아 폭발했다. 단백경의 신형이 종횡무진하기 시작한 것과 동시였다.

마치 눈에 보이지 않는 무언가에 얻어맞는 듯한 모습!

단백경이 뇌극령으로 담벼락을 무너뜨린 순간 재빨리 뒤로 신형을 날렸던 제갈현빈이 목소리를 높였다.

"일진이 무너졌다!"

제갈현빈의 말을 받듯 무너진 담벼락 저편에서 우렁찬 함성이 터져 나왔다.

"이진이 공격한다!"

제갈현빈은 더욱 뒤로 신형을 날렸다. 여전히 단백경 쪽을 바라본 채였으나 뒤로 뽑아 올려지는 그의 신형은 바람처럼 표홀했다. 이진의 공격으로부터 빠져나오기 위함이었다.

그러나 수없이 많은 사마외도와 싸워왔던 단백경이 그런 순간적인 변화를 눈치 채지 못할 리 없다. 단숨에 십여 명의 복면인들을 쓰러뜨린 그의 신형이 곧바로 제갈현빈을 쫓았다. 처음부터 제갈현빈에게서 눈을 떼지 않고 있었던 것이다.

파스슷!

단백경은 무려 삼 장 밖에서 뒤로 물러서는 제갈현빈을 향해 권력을 뿜어냈다. 제갈현빈의 걸음을 잠시 늦추려는 의도였다. 그럼에도 권력이 만들어낸 회오리는 무시무시할 정도로 거셌다.

쾅!

제갈현빈은 발길을 늦출 수밖에 없었다. 일시 숨이 막혀 진기가 흐트러졌기 때문이다.

그 순간 단백경이 코앞까지 다가섰다. 그의 쌍권은 어느새 제갈현빈의 태양혈을 노리고 있었다.

생사의 갈림길!

제갈현빈은 수장을 들어 대응하는 대신 작게 속삭였다.

"방금 전의 한 수를 다시 한 번 펼칠 수 있겠습니까?"

"열 번이라도 펼칠 수 있소이다."

"그럼 지금입니다!"

제갈현빈은 단백경의 쌍권에 대항하는 대신 신형을 빙그르 돌리며 쌍검을 뽑아 현란한 검화(劍花)를 일으켰다. 그는 쌍검으로 일시 비바람조차 뚫지 못할 만한 검막을 펼쳐 냈다. 그리고 단백경 또한 제갈현빈을 노리던 쌍권을 거뒀다. 다시 뇌극령을 펼쳐 내기 위함이었다.

번쩍!

단백경의 주먹에서 일어난 뇌광이 하늘로 치솟은 순가, 우박과도 같은 화살비가 낙하했다. 최고조까지 치솟았다가 떨어진 만큼 연노의 철시에 비견되는 강전 수백 발이 십 장에 걸쳐 쏟아져 내린 것이다.

'호신강기가 흔들린다!'

단백경은 연달아 뇌극령을 토해냈다. 처음 수백 발이라 생각했던 강전의 양이 수천 발로 늘어났기 때문이다. 필시 과거 몽고기병의 예와 같이 거리 조정을 한 몇 발의 화살을 연달아 쏟아냈음이 분명했다.

물론 단백경은 그러한 공격이 무의미함을 몸으로 보여주었다. 검막을 펼쳐 낸 제갈현빈조차 안색이 창백해져 결국엔 신법으로 낙하하는 화살 세례를 피했으나 그의 두 다리는 대지에 뿌리내린 채 한 치의 움직임도 허용치 않았다. 살아 있는 천신의 모습 그대로였다.

화살의 비가 끝났다. 그사이 단백경과 다시 오 장가량 거리를 떨궈 낸 제갈현빈이 쌍검을 미미하게 떨어 보였다. 그는 가볍게 숨결을 고르며 고개를 가로저었다.

"참으로 멍청한 짓을 했음이야! 어찌 천하무적의 고수를 사로잡을 생각을 품었더란 말인가!"

단백경은 주변을 한 차례 훑고 눈살을 찌푸려 보였다. 최초 그를 공격했던 복면인을 비롯한 주변은 수많은 화살의 공격에 초토화가 되어 있었다. 현재 이곳에 두 다리로 버티고 서 있는 건 제갈현빈과 그 자신 밖엔 없으니 마음 한 켠에 무거운 돌덩이 하나가 짐 지워지고 있었다.

'처음부터 제갈 가주는 첫 번째 투입한 아군 모두를 희생할 각오를 하고 있었다. 내 무위를 인정했다고 볼 수도 있겠으나 이처럼 잔혹 냉정한 성품을 지닌 자를 적으로 뒀으니 곽 대장이 걱정이다.'

단백경이 다시 주먹을 들어 올리자 제갈현빈이 탄식을 멈추고 입가에 비릿한 미소를 띠었다.

"아무리 단 대협의 무위가 천인합일의 경지에 올랐다곤 하나 이 사람 또한 오지의 한 명입니다. 이 사람의 손에 검이 들렸으니 적어도 백 초는 단 대협의 주먹을 받아낼 수 있다는 뜻이지요."

"그 후엔?"

"지금쯤 단 대협 덕분에 완성된 건곤기변오행진(乾坤奇變五行陣)에 갇혀 방황하고 있을 흑건질풍대의 정예 백여 명과 질풍검호 곽 대협을 고혼(孤魂)으로 만든 월영전단의 정예가 몰려들겠지요."

단백경의 미간이 꿈틀거렸다.

"내 덕분에……."

제갈현빈의 미소가 짙어진 순간 단백경은 깨닫는 바가 있었다. 산장으로 오르던 중 그는 몇 개나 되는 기관과 기문진을 파해했다. 생각보다 지나치게 수월하다고 느꼈던 일들이 모두 눈앞, 제갈현빈의 머리 속에서 계산된 일이었다.

우둑!

단백경의 주먹에서 소음이 일자 제갈현빈이 슬며시 고개를 가로저었다.

"그래선 안 됩니다!"

단백경의 얼굴에 굳센 표정이 떠올랐다.

"제갈 가주가 이처럼 긴 얘기를 늘어놓은 것은 본인이 양패구상(兩敗俱傷)을 각오할 것을 두려워하는 것이오?"

"역시 말이 통합니다."

"반 각의 시간을 드리겠소이다."

"반 각이라?"

반문한 제갈현빈이 어깨를 으쓱해 보였다. 단백경에게서 피어오르고 있는 가공지경의 기세를 한 켠으로 흘리기 위함이었다. 그러고도 단백경의 기세는 남아 있었다.

결국 내력을 동원하고서야 평정을 유지하는 데 성공한 제갈현빈의 눈빛에 현기가 떠올랐다.

"어차피 오늘의 일전에서 이 사람은 몇 가지 중대한 실수를 범해 돌이킬 수 없는 지경에 이르렀습니다. 지난 수개월 간 은인자중하며 펼쳐 놓은 건곤기변오행진과 천살지계(天殺之計)로도 잘해봐야 단 대협과의 양패구상이라면 선조와 맹주를 대할 면목이 없지요. 그래서 일단 오늘은 서로 무승부로 하는 게 좋을 것 같습니다."

"무승부?"

"어차피 이 사람은 단 대협의 놀라운 무위를 견식했고 단 대협은 이 사람의 천살지계를 깨뜨렸으니 서로 비긴 셈 치자는 겁니다."

"그렇지만……."

"아아, 건곤기변오행진은 철저하게 상대방을 분산시키고 헤매게 만드는 진세입니다. 설혹 완벽하게 빠졌다 해도 귀 맹의 곽 대협이라면 수하들을 분산시켜 길을 찾는 우를 범하진 않을 겁니다."

"아직 진세의 변화를 완벽하게 펼치지 않았다는 뜻으로 이해해도 되겠소이까?"

"단 대협의 무위를 확신할 수 없어서 뒤로 미뤄뒀지요."

단백경은 눈앞의 제갈현빈을 인정할 수밖에 없다고 생각했다. 이처럼 그의 전후 행동까지 예측해 함정을 파는 수법은 평생 처음으로 보는 바였다. 적어도 머리만 따진다면 제갈현빈은 문상 한상월의 아래가 아닌 것이다.

'다시 뇌극령을 펼친다면 오 장의 거리를 격하고서도 한번 승부를 걸어볼 만하다. 하지만 제갈 가주는 이미 뇌극령을 견식한 데 반해 나는 아직 제갈 가주의 진신절학을 보지 못했다. 성공보다는 실패의 확률이 높은 방법이야.'

단백경의 외눈에 은은히 감돌던 살기가 수그러들었다. 그 자신의 생사는 도외시할 수 있었으나 곽채량을 비롯한 흑건질풍대 정예들의 생명에 고개를 돌릴 순 없었다.

제갈현빈이 미미하게 고개를 끄덕였다.

"단 대협 같은 이를 상관으로 둔 천하맹의 무사들은 행운아들입니다."

"이곳을 에워싼 수하들을 물리도록 하시오!"

"예, 그렇게 하지요."

제갈현빈이 품 안에서 화통 하나를 꺼내 들더니 공중으로 쏘아 올렸다. 퇴각 명령을 내린 것이다.

제갈현빈의 예상은 틀리지 않았다.

곽채량은 전마를 돌볼 십여 명을 산 밑에 남겨둔 채 휘하의 흑건질 풍대와 함께 산을 오르던 중 이상한 낌새를 채고 발길을 멈췄다.

그는 평소 괄괄한 직선적인 성격에 전장에선 항상 선봉에 서야만 성에 차곤 했으나 백전(百戰)을 치른 맹장이었다. 진세의 변화 정도를 눈치 채지 못할 사람이 아니었다.

재빨리 날랜 수하 둘을 뽑아 염탐을 보냈으나 한 식경이 지나도록 돌아오지 않았다. 진세에 빠졌다는 생각이 확신으로 바뀌는 순간이었다.

'빌어먹을 역시 통천명이라는 여우새끼가 설치해 둔 덫에 걸린 건가?'

이미 단백경이 명령했던 시간은 지난 지 오래였다. 벌써 산장을 덮쳤어야 하는데 산의 중턱도 이르지 못해 발길이 묶이자 마음이 다급해졌다. 전쟁 중 군령을 어기는 건 참수형에 해당되는 일이었다.

그러나 곽채량은 얼굴을 가로지른 검상을 몇 차례 꿈틀거리곤 잔뜩 긴장한 수하들에게 주변 경계를 명했다. 진세에 갇힌 상태에서 주변을 배회하는 것만큼 위험천만한 일은 없었다. 일단은 기력을 남겨둔 상태에서 원군이 오기를 기다리는 게 최선이란 판단이었다.

"흥! 조금만 있으면 무상께서 구원하러 오실 것이다! 어쩌면 통천명이란 여우새끼의 수급을 들고 돌아오실지도 모르지. 그러니 아그들아! 주변에 대한 경계는 늦추지 않되, 마음은 턱 놓고 대기하고 있어라!"

"존명!"

복명과 함께 흑건질풍대의 정예들이 빛의 산란을 막기 위해 검게 칠한 장검을 뽑아 들었다. 그리고 어깨와 어깨를 맞붙인 그들은 오직 동료의 체온만을 믿고서 숨결을 죽였다. 어떤 습격을 받는다 해도 물리칠 수 있다는 각오를 다지며.

제갈현빈이 시야에서 사라진 순간 단백경은 움직였다. 이미 그와 일진을 맡은 동료들에게 수없이 많은 화살을 쏘아댔던 이진의 모습은 종적을 감춘 지 오래였다. 주변을 둘러싼 건곤기변오행진을 이용해 빠져나갔음이 분명했다.

'그렇다 한들 제갈 가주가 애써 심력을 소모해 가며 만든 진세를 파해하고 사라졌을 리 없다. 그렇다면 내가 파해해야 한다는 건데……'

단백경은 잠시 염두를 굴리다 입가에 굵은 미소를 떠올렸다. 제갈현빈과 나눴던 대화를 되새기다 건곤기변오행진의 파해법을 발견한 것이다.

"분명 내가 진세를 완성시켰다고 했으렷다!"

단백경은 산을 오르는 동안 자신이 건드렸던 기문진과 기관의 위치를 대충 떠올리곤 신형을 날렸다. 보통 명가의 절진들은 대개 톱니바퀴와 같은 정교함이 생명이었다. 진세를 발동시키기 위해 행했던 일을 되돌린다면 그것이 바로 파진법이 되리란 건 미뤄 짐작할 수 있는 일이었다.

단백경이 건곤기변오행진을 파해하는 데는 채 반 시진이 걸리지 않았다. 산을 오르며 무심코 진세를 발동시키는 데 걸렸던 시간의 배가 족히 넘었다. 중간중간 발동하는 진세의 변화를 회피하느라 걸린 시간 때문이었다.

그렇게 단백경이 산의 중턱에 이르렀을 때다. 신경이 곤두설 대로 곤두서 있던 흑건질풍대원 한 명이 검격을 펼치려다 엉덩방아를 찧고 말았다. 진세가 깨지며 모습을 드러낸 달빛에 비추인 단백경의 얼굴을 확인하고 급하게 검세를 되돌리려다 벌어진 일이었다.

재빨리 수장을 뒤집어 엉덩방아를 찧은 수하를 일으켜 세운 단백경
이 담담한 웃음을 던졌다.

"힘있는 일검이었네."

"가, 감사합니다."

"곽 대장은?"

단백경의 말이 채 끝나기도 전이었다. 수하가 일으킨 바스락거리는
소리를 쫓아 모습을 드러낸 곽채량이 이를 드러내며 다가왔다.

"늦으셨습니다. 너무 모습을 보이지 않으셔서 막 산장으로 진격하려
던 참이었습니다."

"피해는?"

"몇 명 다친 게 전부입니다."

"그럼 지금 당장 퇴각입니다."

"퇴각? 설마……."

"그 설마가 기우이길 빕니다만……."

단백경이 미간을 꿈틀거리곤 바람같이 신형을 날렸다. 그러자 곽채
량이 얼른 두 갈래로 산개되어 주변을 경계하던 수하들을 집결시켰
다.

단백경의 예상이 맞다면 지금쯤 산 아래에서 말을 지키고 있던 예비
대는 재앙을 맞고 있을 게 분명했다. 바로 단백경이 구원을 위해 달려
갔으나 제때 시간에 맞출 수 있을지는 의문이었다. 그들이 진세에 갇
혀 허비한 시간은 그리 적지 않았기 때문이다.

'찢어 죽일 통천명 녀석! 언제고 만날 기회가 있으면 결코 살려두지
않을 테다!'

이를 부드득 갈면서도 곽채량은 후속 행동에 만전을 기했다. 진세가

풀렸다 하여 익숙지 못한 산속에서 경계를 게을리 할 순 없었다. 병법을 조금만 아는 자라면 군사를 몰아칠 때보다 후퇴 시에 더욱 조심해야 한다는 사항쯤은 기본적으로 숙지하고 있어야 했다.

쌍웅(雙雄) 2

천하맹의 호북출정군 중 통천명 제갈현빈을 잡으러 양양의 본진을 떠난 병력은 총 일백이십오 명이었다. 호북출정군 전체 인원에 비하면 소수이나 총사령인 단백경과 부장인 곽채량이 선두에 섰다.

뒤에 남아 본진을 지키는 임무를 맡은 유겸호로선 신경이 쓰이지 않을 수 없는 대목이었다. 앞서 단백경과 얘기를 나눴듯 상대는 제갈현빈이니, 본진으로의 기습 역시 염두해 둬야만 했기 때문이다.

'현재 총단에서 양양으로 이르는 보급선에 투입된 인원은 오백 명, 본진에는 천이백 명가량이 집결해 있다. 근처인 양번에 위치한 호북지부의 병력을 염두해 두지 않더라도 본진을 칠 만큼 대담한 세력은 없을 것이다. 하지만 그 점이 더욱 마음에 걸리니 곽가 녀석의 말처럼 내 노파심이 너무 심한 것인가?'

본진의 수비 계획서를 꼼꼼히 살피고 있던 유겸호가 고개를 흔들며 입가에 쓴웃음을 머금었다. 이번 기습 작전에 곽채량이 기용된 일에 대해 큰 불만은 없었다. 그 자신이 총사령이었다 해도 공격에는 곽채량을 기용했을 터였다. 곽채량이 선두에 선 흑건질풍대의 파괴력에는 내심 감탄하고 있었다.

다만, 유겸호는 꽤나 오랫동안 이어진 평화에 물든 본진의 분위기가 마음에 안 들었다. 비록 흑백 양 부대가 천하맹의 주력이라곤 하나 꽤나 오랫동안 실전을 경험하지 못했다. 천하맹의 주력 부대가 나설 정도로 대규모 전투가 강북에서 벌어진 일이 별로 없었기 때문이다.

그런 터에 호북 출정이 감행됐고 얼마간 팽팽한 긴장을 유지할 수 있었으나 오래갈 수 없었다. 지루하게 계속된 대치 상황이 그렇게 만들었다.

"어쨌든 이대로는 안 된다. 내일부터 소부대 전투 계획을 연속적으로 편성해서 좀 더 조여야지. 그래서……."

유겸호의 혼잣말이 채 끝나기도 전이었다. 개미 소리 하나 없을 정도로 조용하던 막사 주변에서 가벼운 웅성거림이 일었다. 평소 이맘때 느낄 수 없는 일이었다.

휘릭!

재빨리 수비 계획서를 덮은 유겸호가 사령 막사 밖으로 나섰다. 기다렸다는 듯 야풍이 얼굴로 휘감아왔다. 아직 밤바람은 세차 몸을 으슬거리게 만들었다.

그때 사령 막사 바로 앞까지 다가든 야행복 차림의 무사가 재빨리 바닥에 부복하며 고개를 숙였다.

"대주님을 뵙습니다!"

유겸호의 눈에 이채가 떠올랐다. 부복한 무사는 백건영웅대에 속한 자로 총단으로 향하는 보급선에 투입된 오백 명 중 한 명이었다. 현재 이곳에 있어서는 안 될 자였다.

"보고하게!"

무사가 고개를 들더니 안면 근육을 가볍게 떨어 보였다.

"보급대가 습격을 당했습니다."

"자네가 속한 곳은?"

"제삼보급대입니다."

"제삼? 그렇다면 양번에서 가까운 곳인데… 호북지부에서 내응이 없었다는 건가?"

"예, 호북지부에서의 내응은 전혀 없었습니다. 보급 물품을 잃기는 했으나 제삼보급대 자체로는 그리 큰 타격을 입지 않은 탓에 보급 부장은 보급대 수칙에 의거해 속하를 본진에 보낸 것입니다."

"그건 제삼보급 부장의 판단이 옳다. 한시도 쉬지 않고 본진으로 돌아왔을 테니 잠시 쉬도록 하게."

"존명!"

무사의 복명을 바라보며 유겸호가 생각에 잠겨 있을 때였다. 다시 삼엄한 경계가 펼쳐진 진영 저편에서 소란이 일었다. 가벼운 말 울음 소리가 바람을 타고 날아들었다.

스윽!

유겸호는 지체없이 신형을 날렸다. 이미 제삼보급대가 습격을 당했다는 보고를 들은 직후니 평소와 다른 대응을 취하는 게 당연했다.

단숨에 말 울음소리가 들린 곳에 도달한 유겸호의 안색이 가볍게 변했다. 말 울음소리와 함께 웅성거림이 인 까닭. 보기에도 처참한 패잔병의 모습이 십여 기나 아프게 그의 눈을 파고들었다.

"자네들은 양번에서 온 것이겠지?"

패잔병 중 가장 앞에 섰던 무사가 힘겹게 바닥으로 내려섰다. 팔 하나와 얼굴을 가로지른 검상을 아무렇게나 감싼 무사는 힘겹게 부복한 채 고개를 숙였다.

"호북지부 수석검사 지상원입니다."

"지부장께서는?"

지상원의 눈에서 비분에 찬 눈물이 흘러내렸다.

"느닷없이 달려든 적들에 맞서 용전분투하시던 중 장렬히 전사하셨습니다."

"으음."

유겸호의 입에서 가벼운 신음이 흘러나왔다. 이미 제삼보급대가 습격을 당했다는 말을 들었을 때부터 짐작하던 바였으나 현실로 드러나자 난감한 기분이 들었다.

호북지부 자체는 별다른 전력이 되지 않으나 그동안 총단과 호북출정군 본진 간의 보급선을 잇는 중요한 역할을 수행했다. 호북지부가 지워진 이상 호북출정군은 더욱 많은 병력을 보급선으로 차출해야만 했다. 반검맹과의 전쟁이 장기전이 될 경우 이번 일은 큰 타격이 될 터였다.

'보급선부터 때렸다? 과연 통천명은 병법을 아는 자로군. 하지만 이번 습격 작전이 노린 바가 설마 그 정도에 불과하진 않을 테지?'

유겸호는 아직 부복한 상태인 지상원에게 다가가 어깨를 다정히 두드리며 작은 목소리로 속삭였다.

"참 잘해주었네. 내가 호북지부장인 적양수 염극빈이 수하들을 살려둔 채 용전분투할 자가 아니란 사실을 몰랐다면 자칫 깜빡 속을 만큼 멋진 연기였어. 무사가 진짜 자기 팔을 자르다니……."

부르르!

지상원의 몸이 가볍게 떨렸다. 유겸호가 손바닥에 주입한 내력에 이미 심맥이 진동했기 때문이다.

그러나 순간 유겸호의 신형이 이형환위를 일으키며 뒤로 물러섰다. 바닥을 짚고 있던 지상원의 수장이 뒤집히는 것과 동시에 수백 개나 되는 비침이 쏟아졌다. 유겸호의 신형이 이형환위를 펼쳐 내기 바로 직전의 변화였다.

스파앗!

이형환위가 만들어낸 두 개의 환영. 그 환영을 뚫고 바람같이 뽑혀 든 유겸호의 장도(長刀)가 지상원의 하나 남은 팔을 끊어냈다.

발도와 동시에 벌어진 일!

뒤로 주춤거리며 물러서는 지상원을 쏘아보며 유겸호가 이미 패잔병을 포위한 백건영웅대의 도객들에게 차게 외쳤다.

"물어볼 게 많으니 죽여선 안 된다!"

스스로를 호북지부의 수석검사 지상원이라 칭한 자의 얼굴에 발악적인 어둠이 떠올랐다.

"신호는?"

전마 위에 올라탄 여만해의 물음이 있자 붉은 전복을 걸친 무사가 작게 고개를 흔들어 보였다. 그는 오패무적단에서 뽑힌 선발대 중 전령의 임무를 띤 자였다.

여만해의 오만한 입가에 미미한 웃음이 번져 나왔다.

"괜히 쓸데없이 타초경사(打草驚蛇)의 우만 범한 셈인 건가?"

　여만해의 옆에 말 머리를 나란히 하고 있던 오패무적단의 부단주—그는 이전의 오패무적 단주였다—무적마창(無敵魔槍) 언찬연이 부연하듯 설명했다.

　"군사의 정보전의 결과로 천하맹 호북출정군의 총사령 단백경과 흑건질풍대주 곽채량이 떠났으니 현재 본진을 맡은 자는 백건영웅대주인 영웅신풍 유겸호일 겁니다."

　"그자에 대한 소문은 들은 바 있다. 특이하게 천하맹 삼각 중 천도각에서 도법을 수학하고 독립한 자로 무인답지 않게 지모가 출중하다고 했던가?"

　"곽채량이 창이라면 유겸호는 방패입니다. 호북출정군의 본진을 그에게 맡긴 건 총사령 단백경이 본 맹의 습격을 이미 예견했다는 의미일 겁니다."

　"흥, 통천명 제갈 군사를 붙잡으러 가면서 그 정도도 예상치 못했다면 천하맹의 무상이 아니라 밥 버러지일 테지."

　"그러니 어찌시겠습니까? 군사는 보급선을 끊는 선에서 물러서라고 하셨습니다만?"

　여만해의 시선이 언찬연을 향했다. 그의 놀라운 마검을 무려 오십 초식이나 받아내고도 살아남은 사내의 눈에는 전의가 넘실거리고 있었다.

　"부단주는 싸우고 싶은 게로군?"

　"어찌 전쟁에 임한 장수가 사적인 감정을 내세우겠습니까!"

　"사적인 감정? 유겸호란 자에게 개인적인 빚이 있는가?"

　"삼 년 전 장강에서 수적질을 하고 사는 장강수로채(長江水路寨)를 장악하는 일에 천하맹과 본 맹이 동시에 손을 쓴 일이 있습니다."

"그때 백건영웅대와 오패무적단이 맞섰다?"

언찬연이 슬쩍 고개를 저어 보였다.

"그때 그는 백건영웅대주가 분명했지만 저는 언가(彦家)를 대표하고 있었습니다. 그래서 싸워보지도 못하고 장강수로채에서 손을 떼야만 했습니다."

"그건 화나는 일이었겠군."

"후일 반드시 복수하겠다고 생각하고 있습니다."

"흠."

지그시 언찬연의 안색을 살핀 여만해가 입가에 슬쩍 살기 어린 미소를 떠올렸다.

"그러고 보니 제갈 군사는 되도록 퇴각하란 말을 했을 뿐이잖는가?"

"단주의 뜻은?"

"우리가 이곳까지 밤이슬을 맞고 달려왔는데 이대로 물러서는 건 재미없는 일이란 뜻일세."

언찬연은 여만해의 뜻을 바로 알아듣고 역시 입가에 흐릿한 미소를 떠올렸다. 여만해에 못지않을 잔혹함이 담긴 미소를. 별호에 '마' 자가 들어갈 정도로 패도적인 성품의 그가 과거의 부채를 청산할 싸움을 마다할 리 없었다.

"선봉은 제가 서겠습니다."

"영웅신풍의 목 정도는 쉽사리 잘라오겠지?"

"그가 싸움을 회피하지만 않는다면."

"그럼 망설일 것 없겠지."

여만해의 말이 끝난 순간 언찬연이 기다렸다는 듯 손을 들어 올렸다. 적진으로의 돌격이 있기 전, 전열을 정비하는 동작이었다.

두두두두!

떠날 때와 달리 단백경의 뒤를 따르는 인마의 숫자는 십여 기를 넘지 못했다. 그의 예상대로 제갈현빈이 전마들이 집결한 장소를 노렸기 때문에 벌어진 일이었다.

처음의 예상이 맞자 단백경은 마음이 조급해졌다. 첫 번째 예상은 이 시각, 양양의 본진이 기습받으리란 두 번째 예상에 기초한 것이었다. 첫 번째 예상이 맞았다면 두 번째가 틀리리란 기대는 품지 않는 게 옳았다.

평소와 달리 연신 말의 박차를 가하는 단백경을 힘들게 따라붙으며 곽채량이 목소리를 높였다.

"무상, 아무리 본진 쪽이 급하다 해도 우리 십여 기만 말을 타고 이동한다는 건 너무 심한 것 같습니다! 유가 녀석, 아니, 사령 대행을 맡은 유 대장은 병법에 능하고 침착해서 쉽사리 적에게 함락당하진 않을 것인데……."

단백경이 시선도 던지지 않은 채 대답했다.

"나는 유 대장의 능력을 의심하는 게 아닙니다. 단지, 그가 적으로 삼은 인물을 존중할 뿐."

"적이라면?"

"내 예상이 맞다면 현재 본진을 공격 중인 부대는 반검맹 최강이라는 오패무적단이고, 단주는 반검경혼 여 선배가 분명할 것이오."

"반검경혼? 그 천인혈검의 난을 자행했다는 대마두를 말하시는 겁니까?"

"그렇소이다. 제갈 가주에게 확인한 정보이니 틀리진 않을 겁니다."

“그런…….”

곽채량의 안색이 딱딱하게 굳었다. 그 역시 인구에 회자되는 북의 뇌정경혼, 남의 반검경혼이란 말을 들어본 바 있었다. 하룻밤 새 천 명의 무림인들을 도살한 사건으로 유명한 여만해가 오패무적단과 함께한다는 의미가 어떤 것인지 모를 리 없었다. 무림 문파끼리의 전쟁은 일반적인 병법을 무시하는 요소가 끼어들어 승패를 뒤바꾸는 일이 종종 있었는데 그중 한 가지가 절대고수의 존재였던 것이다.

“이 씹어 먹을 반검맹의 여우새끼! 일부러 자신이 있는 곳을 흘려서 무상을 본진에서 끄집어냈구나!”

곽채량 역시 애꿎은 말의 박차를 연신 걷어차기 시작했다. 항상 아웅다웅 다투긴 하나 유겸호는 괴팍한 곽채량의 일생 중 가장 좋은 친구였다. 그가 칠공에서 피를 뿜는 장면이 눈앞에서 선연하니 마음은 갈수록 다급해지기만 했다.

그때 여전히 앞서 달리던 단백경의 담담한 목소리가 곽채량의 타는 속을 달래주었다.

“곽 대장이 말했다시피 유 대장은 병법을 아는 사람입니다. 그래서 나 역시 본진을 맡겼던 것이고요.”

“그렇지만 상대가…….”

“확실히 이번에는 상대가 나쁩니다. 어쩌면 유 대장은 우리가 도착할 때까지 심한 고전을 경험할지도 모르겠습니다. 하지만…….”

잠시 말끝을 흐린 단백경이 힘있게 박차를 가하며 입가에 미소를 담았다.

“유 대장이라면 명민하게 판단을 내려 방어에 치중하리라 봅니다.”

“유 대장이라면? 그럼 저라면 달려나가 싸우다가 목숨을 잃을 거란 뜻입니까?"

"그야……."

곽채량이 인상을 찡그리며 소리쳤다.

"말끝을 흐리지 말고 바른대로 말하십쇼! 정말 그렇게 생각해서 절 끌고 나온 겁니까?"

"곽 대장은 창, 유 대장은 방패! 나는 세간의 평에 순응했을 뿐입니다."

한마디로 곽채량의 질문을 일축한 단백경의 마음이 양양의 본진을 향했다. 곽채량에게 웃음을 담아 했던 말치고 그의 마음은 꽤 다급했다. 세상에 알려진 것과 달리 나아갈 때와 물러설 때를 아는 여만해의 기량을 이미 섬서성에서 경험한 바 있었기 때문이다.

'어쨌든 지금은 할 수 있는 일에 최선을 다할 뿐!'

단백경이 다시 말의 박차를 가했다. 동료들처럼 불화살에 타 죽거나 놀라 도망가지 않은 죄로 밤새 혹사와 구타를 동시에 당하게 된 전마였다.

쌍웅(雙雄) 3

천하맹에는 고수가 셀 수 없이 많으나 단일조직으로 가장 막강한 무투 조직은 흑건질풍대와 백건영웅대였다. 다른 조직보다 고수의 수가 많기 때문이 아니었다. 가장 많은 군사적 훈련을 감당했고 병진에 능한 까닭이었다.

개인과 개인의 대결이 주를 이루는 무림!

고수가 하수를 이기는 게 당연한 무림의 대결사에 있어 천하맹의 흑백 양 부대는 등장과 함께 집단전의 위력을 천하에 전파했다. 일반 병사들마저 병진을 이루면 막강해진다는 사실을. 그러니 고수들이 병진을 이룰 경우 그 위력은 더욱 막강해지리란 아주 기본적인 원칙을 제시한 것이다.

그러나 반검맹 최강의 무투 조직인 오패무적단은 애초부터 천하맹의 흑백 양 부대의 눈부신 활약 이후에 창설됐다. 언젠가 맞붙을 가능성이 높은 천하맹에 대항하기 위함이었다. 전쟁 시 자신들의 상대가 될 상대에 대한 철저한 연구와 분석이 없었을 리 만무했다.

슈슈슈슈슉!

새카맣던 하늘을 환히 밝히며 쏟아져 내린 화전은 일차보다 이차가 무서웠고 삼차 때는 천하맹 호북정벌군 본진에 꽤 심각한 타격을 입혔다.

야풍을 타고 일어난 불길을 잡는 것만큼 골치 아픈 일은 세상에 별로 많지 않았다. 그것도 돌격을 바로 코앞에 둔 기마대병의 눈앞에서.

"허, 꽤 하는걸?"

십 리 밖부터 설치해 뒀던 연락망이 두절된 시각, 이미 최악의 상황을 가정하여 본진의 병진을 구축한 유겸호의 입가에 쓴웃음이 떠올랐다.

십 리에서 일 리까지 설치한 연락망이 두절되는 속도가 워낙 빨랐기에 바로 기습이 있으리라 판단했는데 느닷없는 불화살 세례에 한 방을 얻어맞았다. 마음이 편할 리 만무했다.

그때 군정을 살피러 사령 막사를 떠났던 네 명의 부대주 중 머리에 흑건을 맨 상소충이 빠른 걸음으로 다가왔다.

"총사령 대리, 이미 본진 주변에 쌓아놓은 목책 중 절반이 불타 없어졌습니다. 이미 흑건질풍대의 사백 기마가 외곽으로 이동해 있으나 적 기마의 확실한 병력을 파악치 못해 관망 중입니다."

"현재 사백 기마를 이끄는 건 팔비쾌검(八臂快劍) 강위, 강 부대주겠군?"

"그렇습니다. 저보다는 강 부대주가 기마전 능력이 뛰어난지라……."

"그럼 계속 대기하라고 전하게."

"그럼 망가진 목책은 어떻게……."

"망가진 목책은 백건영웅대의 전차 부대가 대신한다. 이미 부대주들에게 지시를 내렸으니 상 부대주는 지금 즉시 나머지 이백 기마를 이끌고 강 부대주와 합류하도록!"

만약 명을 내린 자가 직속상관인 흑건질풍대주 곽채량이었다면 상소충은 한마디 반론을 재기했을 것이다. 그만큼 방금 유겸호가 내린 명령은 백건영웅대의 희생을 전제로 한 우회 타격전을 펴기 위한 것이었다.

'유 대장님께서 그러한 점을 모를 리 만무하다. 그러니 내가 한마디 한다는 건 이분을 모욕하는 것이다!'

정중히 군례를 취해 보인 상소충이 유겸호의 군건한 얼굴을 눈에 담은 후 신형을 돌려세웠다. 지금 그가 할 수 있는 최선은 한시라도 빨리 본진의 기마를 수습해 강위와 합류하는 것이었다. 오늘과 같은 대병끼리의 접전 시 기마의 운용은 전투의 성패를 좌우한다는 걸 그는 알고 있었다.

상소충의 뒷모습을 눈으로 배웅한 유겸호가 잔뜩 써 갈겼던 방어 계획 중 일부를 구겼다. 상대는 대충 짐작이 갔다. 이렇게 빠르고 정확하게 달려들 만한 무투 조직은 천하를 통틀어도 몇 없었다. 잔뜩 불화살 세례까지 맞고서 파악이 안 된다면 그게 우스운 일이었다.

'오패무적단이 상대라? 내가 총사령 대리를 맡은 첫 번째 상대로 나쁘진 않군. 일제 돌격은 해가 뜨는 것과 동시겠지?'

머리를 한 차례 두드려 보인 유겸호가 연락망이 두절된 것과 동시에

써 갈긴 암호문이 담긴 철통을 비둘기 다리에 매달았다. 백여 년간 없었던 강호대전의 개시일을 가장 먼저 알아야 할 사람에게 보낼 녀석이었다.

"부탁한다!"

사령 막사를 나선 유겸호는 비둘기의 머리를 한 차례 쓰다듬어 주곤 손을 놨다. 벌써 십수 차례나 양양과 천하맹 총단 간을 오고 간 녀석인지라 적의 습격이 임박한 시점이나 별로 걱정은 되지 않았다. 일단 충성을 바치기로 맹세한 문상 한상월에 대한 도리를 다했으니 이젠 코앞으로 닥쳐온 전투에 집중할 때였다.

푸드득!

비둘기가 날아올랐다.

지급으로 전달된 암호문을 받아 들자마자 천밀당 당주 장지량은 내성의 천원으로 향했다.

평소 같았으면 먼저 암호문을 해독한 후 면밀한 검토에 들어갔을 터이나 이번에 받아 든 정보는 좀 달랐다. 정보 전문가인 그의 손안에서 다뤄질 만한 사안이 아니라는 판단이었다.

장지량은 최대한 빨리 걸어 천원의 문상 집무실 앞에 도착했다. 그가 재빨리 손짓하자 문 앞을 지키고 있던 호위무사들이 평소와 달리 얼른 안쪽으로 고했다. 장지량이 요즘 들어 뻔질나게 문상 집무실을 드나드는 걸 알고 있는 자들임에 분명했다.

바로 문상 집무실의 문이 열렸다. 여전한 걸음으로 안으로 들어선 장지량의 눈에 기광이 번뜩였다. 이미 문상 집무실 안에는 손님이 있었다. 그것도 대단한 귀빈이.

"사, 삼각주님들께서 어찌?"

장지량을 힐끔 돌아본 삼 인 중 검무각주 모연경이 입가에 비릿한 미소를 담았다.

"마치 장 당주가 제 집처럼 드나드는 천원을 우리는 올 수 없다는 듯 들리는구려?"

장지량이 얼른 허리를 조아렸다.

"그럴 리가 있습니까! 저는 그저……."

"아아, 됐소이다! 지금 문상과 긴요한 군정에 대해 의견을 나누고 있던 중이니 얼른 중요한 보고나 전하시오."

"예예."

장지량은 허리를 펴며 모연경과 좌우에 늘어앉은 권왕각주 양무결, 천도각주 기득렬 등을 살펴봤다. 천하맹의 세 기둥이라 불리는 만큼 자존심이 강한 그들이 문상 집무실을 찾은 이유를 확인하기 위함이었다.

'역시 본 맹의 호북정벌군과 반검맹 사이에 격전이 벌어진 사실을 알고 달려온 것이겠지?'

장지량은 내심 기분이 상하는 걸 느꼈다. 천하맹 최고의 정보 전문가라 불리는 자신이었다. 만약 반검맹과의 전쟁이 벌어졌다면 그 사실을 가장 먼저 알아야 할 사람은 바로 자신이었다. 그것이 바로 천밀당과 자신의 존재 이유였다.

그런데 어느 정도 예상했던 바이지만 눈앞 내성 삼각의 각주들은 이미 각자 직속의 정보 조직을 가동시켰음에 분명했다. 그리고 그 외의 사실을 캐묻고자 문상 집무실로 몰려들었으리라. 자신과 천밀당을 무시하고서.

꿈틀!

안면 근육을 가볍게 실룩거린 장지량이 평소의 사무적인 표정을 해 보이며 품 안에서 암호문을 꺼내 들었다. 방금 전 받아 든 전쟁 발발에 관한 보고서였다.

"방금 전 호북의 양양 부근에 잠입한 천밀당의 그림자로부터 특 일 급의 서신을 받았습니다."

"특 일급 서신?"

모연경이 눈을 빛내자 한상월이 설명하듯 말했다.

"천밀당에선 전쟁에 준하는 정보를 특 일급으로 분류합니다."

모연경의 입가에 담긴 조소가 더욱 짙어졌다.

"그렇습니까? 천밀당의 특 일급 서신이라니, 정말 기대되는군요?"

양무결과 기득렬이 눈살을 가볍게 찌푸렸다. 비록 평소 천하맹의 삼 각과 오당의 사이가 썩 좋은 편은 아니나 한 당의 당주를 눈앞에서 모 욕한다는 건 모양새가 좋지 못했다. 특히 직책상 삼각 각주의 위인 한 상월의 앞에선.

한상월과 친한 양무결이 나섰다.

"모 각주, 장 당주께서 직접 문상 집무실에 방문할 정도면 화급을 다 투는 사안일 것이오. 중간에서 말을 거는 건 문상에 대한 예가 아닐 것 이오!"

"아, 그렇군요. 문상 앞에서 제가 큰 실수를 했습니다."

한상월에게 슬쩍 고개를 숙여 보이는 모연경의 입가엔 여전히 가벼 운 조소가 담겨 있었다. 전혀 윗사람을 대하는 태도가 아니었다.

그러나 한상월은 그저 흐릿한 미소로 고개를 끄덕일 뿐이었다. 조소 를 던지며 시비를 건 모연경의 얼굴이 무색해질 정도의 태도였다.

한상월은 안색이 가볍게 창백해진 장지량에게 시선을 던지며 담담하게 말했다.

"호북출정군에 관한 사항이겠지요?"

"예, 그렇습니다."

"보고하시오."

장지량이 얼른 한상월에게 다가가 수중의 암호문을 올렸다. 그 자신만큼 암호문 해독에 일가견이 있는 한상월이니만큼 원문 그대로였다.

암호문을 스윽 훑어본 한상월이 미미하게 고개를 끄덕였다.

"역시 삼각 각주님들의 말처럼 호북출정군과 반검맹 간에 전투가 벌어진 게 사실이군요."

모연경의 검미가 슬쩍 치켜 올라갔다.

"문상, 그게 무슨 말씀이십니까? 설마 하니 본인과 다른 각주님들의 정보가 틀릴 수도 있다고 생각하신 겁니까?"

"그야……."

"말을 흐리지 말고 똑바로 말씀해 주십시오!"

한상월이 냉정한 표정으로 반문했다.

"그럼 모 각주는 천하맹 최고의 정보 전문가의 정보보다 실체조차 알 수 없는 곳의 정보를 믿겠소이까?"

"시, 실체조차 알 수 없는 곳이라니요!"

"실체조차 알 수 없는 곳이지요."

한마디로 잘라 말한 한상월의 무심한 시선이 모연경을 떠나더니 양무결과 기득렬 등을 훑어갔다. 그리고 느긋한 태도로 한마디를 덧붙였다.

"삼각 각주들에게 정보 제공자나 제공처에 대해 묻는 바보 같은 짓은 하지 않겠소이다. 어차피 대답도 들을 수 없을 테니. 하지만 그러기에 본인은 천하맹 최고의 정보 전문가인 천밀당주의 보고가 우선이 됩니다. 그렇지 않고선 맹이 굴러가질 않을 테니까요.”

“흐음.”

“그…….”

모연경의 얼굴이 일그러졌고 양무결과 기득렬이 신음을 토했으나 그뿐이었다. 한상월의 완벽한 논리 앞에 그들은 반 마디도 항변을 할 수 없었다. 언제나와 같이.

‘속 시원하다!’

어느새 장지량의 창백해졌던 안색은 은은한 혈색이 돌아와 있었다. 막힌 속이 뚫리고 저절로 어깨가 으쓱해져 옴을 주체할 수 없었다.

그때 끝까지 암호문을 훑어본 한상월이 무심한 시선을 장지량에게 던졌다.

“물론 천밀당주는 암호문에 적힌 내용을 읽어봤겠지요?”

장지량이 얼른 고개를 숙여 보였다.

“일단 확인한 후 제가 처리할 사안이 아니다 여겨 이곳으로 달려왔습니다.”

“흠, 그렇소이까? 그렇지만 외성에서 이곳까지 오는 동안 많은 생각이 있었으리라 봅니다. 대략적인 내용을 삼각 각주들에게 설명해 주시오.”

“그건…….”

“천하맹 최고의 정보 전문가는 그저 날아드는 정보만 취합하는 사람이 아닌 걸로 아오만.”

장지량이 주먹을 가볍게 말아 쥐었다. 정보의 중요성이나 처리에 관해서라면 천하에서 천원을 맡은 한상월을 뛰어넘는 자가 없다고 생각하고 있었다. 자기 자신보다 더. 그런 그가 기회를 주는 까닭은 어렵지 않게 짐작할 수 있었다.

'눈앞의 무공 귀신들에게 정보 전문가의 위대함을 일깨워 주라는 뜻이렷다!'

장지량은 눈빛을 가라앉히곤 침을 한 차례 삼켰다. 본때를 보여줘야 한다면 쉬이 넘어갈 순 없었다.

"먼저 오늘 제가 받아 든 특 일급 서신의 내용을 삼각의 각주님들께서도 알고 있다는 걸 전제로 말씀드리자면 크게 두 가지를 생각할 수 있다고 봅니다."

"물론 삼각 각주들께선 알고 계시오."

"그럼 제가 생각한 바를 말하겠습니다. 그냥 참고만 해주시길 바랍니다. 첫째로 현재 호북출정군의 보급선이 심각한 타격을 받았다는 걸 알 수 있습니다. 반검맹의 군사라 불리는 통천명 제갈 가주가 전면에 나선 이상 호북출정군과 전투를 벌이기로 했다면 먼저 대군의 발을 묶기 위해 보급선을 공격했을 게 분명하기 때문입니다."

"일리있는 판단이오. 두 번째도 말하시오."

"둘째로는 아마도 반검맹에 예상외의 절대고수가 영입됐으리란 판단을 내릴 수 있습니다. 반검맹에서도 본 맹의 최대 전력인 흑백 양 부대와 맞붙을 만한 전력은 오패무적단 정도를 예상할 수 있습니다. 그 외 다른 오지의 전력은 강남의 다른 세력을 압박하기 위해 빼낼 수 없기 때문입니다. 그러나 여기에는 한 가지 맹점이 있는데 검무각주께서는 아시겠습니까?"

장지량이 도전적으로 바라보자 모연경의 얼굴에 떨떠름한 표정이 떠올랐다. 장지량이 말한 내용은 대부분 아는 바이나 그가 예측해 낸 사항까지는 생각해 본 바 없었기 때문이다.

"이 사람이 우둔하여 잘 모르겠소이다."

"정보를 그냥 정보 그 자체로만 보는 분들에겐 쉬운 일이 아니겠지요."

처음 모연경에게 받은 조소를 살짝 되돌려준 장지량이 끊었던 설명을 계속했다.

"반검맹의 오패무적단이라면 전력상으로 본 맹의 흑백 양 부대와 대적할 만합니다. 하지만 이번 호북출정군에는 본 맹 최강의 고수 중 한 분인 무상께서 총사령으로 참가하셨습니다. 반검맹의 오지 중 제갈 가주의 무공이 가장 떨어진다고 알려졌을뿐더러 다른 가주들이 강남을 떠날 수 없다는 걸 감안한다면……."

모연경이 그제야 깨달았다는 듯 소리쳤다.

"그래서 장 당주는 무상에 버금가는 절대고수가 반검맹에 들어갔다고 생각한 것이구려!"

"그것도 오패무적단의 단주를 맡았으리라 봅니다. 그리고 그 절대고수란……."

한상월이 확인해 주듯 고개를 끄덕였다.

"반검경혼 여만해!"

"제 생각엔 그밖엔 없다고 봅니다."

"흐음, 그러니 결국 호북에서 남북의 쌍웅(雙雄)이 맞붙는 걸로 강호대전은 시작된 셈인가? 그렇다면 앞으로 꽤 재밌게 된 셈이군."

한상월의 혼잣말에 주변의 시선이 몰렸다. 그의 얼굴에 떠오른 재밌다는 표정이 밝혀진 사실과 너무 동떨어져 보였기 때문이다.

그러나 이곳에 모인 사람 중 한상월의 본심을 물을 만한 담량을 가진 자는 아무도 없었다. 그의 본색이 얼마나 무시무시한지 그들은 충분히 알고 있었다. 다시 들추어내고 싶은 생각이 추호도 없을 만큼.

한상월이 주변을 둘러보며 씩 웃었다.

"그럼 우리는 이제부터 어떻게 호북출정군의 끊긴 보급선을 회복시킬지에 대해 의논하여 볼까요? 지금쯤 여태까지 수고해 준 호북지부는 쑥대밭이 됐을 테고 배고픈 병사들은 천하맹을 위해 싸우지 않을 테니까."

제44장

전야(前夜), 연옥대전

전야(前夜), 연옥대전

최초, 호북정벌군과 반검맹의 오패무적단 간의 교전이 벌어졌다는 소식을 접한 천하맹 총단의 반응은 결국 터질 것이 터졌다는 것이었다. 갈수록 긴장이 고조되는 나날의 연속이었다. 언제까지 서로 칼끝만을 겨눈 채 눈을 부릅뜨고 있을 순 없는 노릇이었다.

대강남북을 나눠 가진 양대 세력 간 최초가 될 대전의 임박, 천하맹 총단은 여태까지보다 훨씬 분주해졌다.

실제 호북출정군에 대한 지원만으로 바빴던 실무자들의 움직임이 비로소 수면 위로 떠오르고 있었다. 그동안 천하맹의 음지에서 일개미처럼 봉사하던 그들은 밝은 태양 아래 활개치기 시작했다.

그런 와중에 용문은 또 다른 문제로 크게 활기를 띠고 있었다. 삼 년마다 개최되는 등용문의 장, 일명 연옥대전이 바로 코앞으로 다가왔기 때문이다.

연옥대전!

천하를 건 천하맹과 반검맹의 강호대전보다 용문의 수련생들에겐
더욱 중요한 일이었다. 이 한 차례의 비무대회로 용문을 상징하는 연
옥백강의 서열이 가려질뿐더러, 훗날 천하맹이나 강북무림 내의 입지
가 결정됐다.

야망을 가진 자라면 결코 놓칠 수 없는 기회. 대회가 가까워져 올수
록 용문 내 수련생들 간에 긴장과 흥분은 최고조를 향해 질주하고 있
었다. 과거 연옥대전의 예를 보더라도 대회 전에 무언가 커다란 사건
이 연이어 벌어지지 않으리란 보장이 없을 정도로.

화락!

어느새 용문 내 이대세력으로 떠오른 패왕회의 중심. 나날이 삼엄함
이 더해지고 있는 막사의 휘장이 걷혀졌다. 그 사이로 오랫동안 패왕
회를 비웠던 두 사람, 철면검객─그 자신은 여전히 청성일수란 옛 별호를
고집하고 있으나, 대세는 이미 정해져 있었다─안환과 홍안마도 기소천이
막사 안으로 들어섰다.

막사 안에는 이미 네 사람이 모여 있었다. 단천엽과 무쌍창 금난주,
칠무검의 대형인 파쇄검 사도진영, 봉황구전 연아상이 그들로 안환과
기소천을 더하니, 패왕회의 주축이 모두 모인 셈이었다.

늦게 막사에 들어선 두 사람을 향해 사도진영이 책하는 말투로 반겼
다.

“두 사람, 너무 늦었다!”

“아, 기다리셨습니까?”

안환이 고개를 슬쩍 조아리자 사도진영 옆 자리에 앉아 다리를 까닥

이고 있던 금난주가 입술을 불쑥 내밀었다.

"늦었어요! 회주님이나 여기 사도 공자는 어떨지 몰라도 난주나 아상은 어엿한 숙녀라고요. 숙녀를 기다리게 한다는 게 얼마나 무서운 의미인지 모르진 않겠지요?"

"난주 선배, 저는 그다지……."

"아아, 아상이 너는 나설 필요 없어! 이런 일은 확실히 해놔야 한다구. 자칫 우리 아미파와 아상의 봉황문이 남들한테 갈보일 수도 있는 문제니까."

연아상은 얼른 입을 다물었다. 사문의 이름까지 거론되는데 반론을 펼칠 순 없었다.

그저 입가에 실실 미소를 매단 안환과 금세 얼굴이 붉어진 기소천을 향해 단천엽이 부드럽게 미소 지었다.

"늦은 이유가 있을 테지요?"

안환이 얼른 금난주와 연아상에게 고정되어 있던 시선을 떼고 얼굴에 진중한 표정을 만들어냈다.

"회주의 고견이 맞습니다! 기 소제와 나는 오늘 회합에 늦을 충분한 이유가 있었소이다."

"낭인회의 습격이라도 받았나요?"

금난주가 눈을 굴리며 묻자 안환이 얼른 고개를 가로저었다. 그는 심각한 표정을 해 보이며 목소리를 깔았다.

"그 정도의 문제로 어찌 늦을 수 있었겠습니까? 금 소저같이 총명절륜한 분이라면 충분히 짐작할 줄 알았는데, 제가 오판한 것 같군요."

"흥, 난주의 머리를 시험하겠다는 건가요?"

"어찌 안모가 감히 금 소저에게 그런 불측한 마음을 품겠습니까? 그건 오해올시다."

"맞는 걸 뭐!"

눈을 샐쭉하게 치켜떠 보인 금난주가 미간을 슬쩍 좁혀 보았다. 반드시 안환과 기소천이 늦은 연유를 밝혀내겠다는 모습이었다. 그러다 눈을 옆으로 데구르 굴려 보인 그녀의 입가에 생긋 미소가 떠올랐다.

"헤헷, 난 또 뭐라구! 두 사람이 오늘 늦은 건 철검회의 떨거지들 때문이었구나?"

"철검회의 떨거지?"

얼마 전까지 철검회에 속해 있던 사도진영이 금난주를 향해 눈살을 찌푸려 보았다. 철검회의 지낭이며 공식적인 서열 이위였던 금난주가 너무 심하게 말을 한다는 판단이었다.

그러나 금난주는 사도진영의 시선 따윈 가볍게 무시하고 기소천을 뚫어지게 바라봤다. 너구리같이 실실거리지만 만만찮은 안환과 달리 기소천은 감정이 얼굴에 그대로 드러난다는 걸 그녀는 이미 파악하고 있었다.

눈치를 보던 안환이 슬쩍 기소천 앞을 가리며 고개를 가로저었다.

"금 소저, 그래선 안 되지요!"

"뭐가 안 된다는 거예요?"

"기 소제의 얼굴을 살핀다는 건 금 소저가 스스로의 의견에 자신이 없다는 걸 자인하는 거나 다름없는 일이 아니겠소이까? 그래선 만화가 무색할 만큼 빼어난 미모와 더불어 쌍절이라 불리는 금 소저의 총명절륜함이 빛을 발할 수 없게 되지요."

"그러니까 안 소협이 기 소협의 앞을 가로막아 선 건 모두 난주를 위한 것이로군요?"

"그렇다고 볼 수 있지요."

시치미를 뚝 떼고 고개를 끄덕여 보이는 안환을 금난주는 생글거리며 바라봤다. 웃음 속에 칼이 있다면 안환의 능청스런 얼굴을 몇 차례 찔러주고 싶다는 표정이었다.

그때 두 사람의 설전을 재밌다는 듯 지켜보고 있던 단천엽이 나섰다.

"이번에는 금 소저가 안 대형에게 패한 것 같으니 이만 물러나는 게 좋을 것 같습니다."

금난주의 미소가 단천엽을 향했다.

"난주의 세상이 틀렸다는 거가요?"

안환이 밉살맞게 끼어들었다.

"틀렸지요!"

금난주가 안환에게 톡 쏘아붙였다.

"시끄러워요!"

"금 소저의 명령이시라면!"

허리까지 굽신거려 보이는 안환의 모습에 좌중이 일시 웃음바다가 되었다. 얼굴에 골난 표정이 떠오른 건 금난주 정도밖에 없었다.

웃음이 잦아들기를 기다려 단천엽이 입을 열었다.

"만약 철검회의 잔존 세력이 시비를 걸었다면 안 대형이나 소천이 적당히 처리할 수 있었을 테고, 다른 일은 두 사람의 걸음을 늦출 수 없었을 테니. 흐음, 두 사람이 오늘 회의에 늦은 건 제 교두님 때문이겠군요?"

"엇!"

"찍었는데 맞았습니까?"

안환이 떨떠름한 표정을 지어 보였다.

"어떻게 아셨소이까?"

"방금 전에 말한 대로 안 대형과 소천, 두 사람을 한꺼번에 잡아둘 만한 사람이 용문 내에 제 교두님밖엔 없다는 판단을 내린 것이죠."

안환이 고개를 가로젓자 금난주가 입술을 삐쭉이며 소리쳤다.

"색마!"

"사나이의 고뇌라고 전해주십시오!"

"호색한!"

다시 좌중에 웃음꽃이 피어났다. 이곳에 모인 사람 중 몇 명은 안환이 제운영에게 완전히 반한 상태라는 걸 알고 있었기에 놀려먹는 재미를 만끽한 것이다.

철면검객답잖게 안색을 가볍게 붉힌 안환이 품 안에서 서신 하나를 꺼내 단천엽에게 내밀었다.

"여기 연서(戀書)가……."

"연서가 아니라고 말해야겠지요?"

서신을 받아 든 단천엽이 씩 웃어 보이자 안환의 입가에 흐릿한 미소가 떠올랐다. 조금쯤 안심한 듯한 표정과 함께.

단천엽이 서신을 품에 챙긴 후 담담한 시선으로 좌중을 둘러보곤 고개를 끄덕였다.

"그럼 회의를 시작할까요?"

'필체가 예전 같지 않았다. 운영 누님한테 무슨 일이라도 생긴 것인가?'

패왕회의 월간 회의가 끝난 후 바로 제운영의 서신을 살펴본 단천엽의 눈에는 부드러운 안광이 담겨 있었다. 서신에 쓰인 제운영의 글씨에 평소와 다른 떨림이 담겼음을 눈치 챘기 때문이다. 단천엽으로선 처음 경험하는 일이었다.

약속 장소로 향하는 단천엽의 걸음은 자연스레 빨라지고 있었다. 제운영은 그에게 친인이나 다름없는 사람이니 당연한 반응이었다.

약속 장소인 사자의 길 한 켠에는 이미 제운영이 기다리고 있었다. 겨울을 넘기며 더욱 훤칠해진 단천엽의 걸음은 표홀했고 절도가 있었다.

그 모습을 살피고 입가에 슬그머니 미소를 머금은 제운영이 고개를 끄덕여 보였다.

"후훗, 어째서 용문의 미녀란 미녀는 모두 패왕회에 몰려드나 했더니 천엽의 미남계에 걸려 그렇게 된 게로구나!"

"미… 남계?"

"헤에, 이젠 얼굴도 안 붉히네? 못 본 사이에 천엽도 꽤나 뻔뻔해졌구나?"

단천엽이 빙긋 미소 지었다.

"부끄러움을 소천에게 모두 내줘서 이젠 전혀 귀엽지 않게 됐습니다."

"예전부터 천엽은 전혀 귀엽지 않았어."

"그런가요?"

"암~ 그렇구말구. 워낙에 애늙은이 같고 속이 으뭉해서 내 속을 무던히 썩였잖아."

"죄송하게 됐습니다."

"뭐, 그래도 난 그런 천엽이 좋았으니까 사과할 필요는 없어. 패왕회로 몰려든 녀석들도 나랑 비슷하겠지만."

말을 마친 제운영이 자신이 앉은 석사자상 옆 자리를 손으로 툭툭 두드렸다. 와서 앉으라는 뜻이었다.

'그냥 서 있겠다고 하면 필시 화를 내겠지?'

단천엽이 말없이 제운영 옆에 앉았다. 두 사람이 나란히 앉은 모습은 한 폭의 그림처럼 어울려 봄바람마저 부끄러운 듯 한동안 다가서지 못했다.

제운영이 살짝 눈을 감은 채 봄볕에 몸을 맡기고 있다 툭 던지듯 말했다.

"나, 이번에 호북 쪽으로 떠나게 됐다."

"호북… 이라면?"

"참전이야. 총단에서 호북출정군이 주둔한 양양까지를 잇는 보급선이 끊겨서 급히 보충 부대가 출발하기로 했거든."

"용문의 교두님들까지 참전해야 할 정도로 전황이 급박해진 겁니까?"

"글쎄? 천하맹에서 녹봉을 받는 처지인지라 명령을 받으면 따를 뿐, 윗분들이 내놓은 계획 따윈 알 도리가 없네. 이번에 후속 부대에 속한 용문 교두가 나뿐인 것도 아니고."

"그렇군요."

단천엽이 슬쩍 고개를 숙여 보이자 제운영이 어깨를 한 차례 들썩이곤 크게 웃었다.

"와하하, 뭘 그렇게 심각한 표정을 짓는 거야? 대강남북을 종횡하고 다니던 나 귀검참마도가 그깟 보급선을 수습하는 일 따위를 못할 리 없잖아! 다만, 한 가지 걱정이 되는 건……."

말끝을 가볍게 흐린 제운영이 단천엽의 얼굴을 뚫어지게 바라보더니 갑자기 다른 질문을 던졌다.

"천엽은 내가 갑자기 순찰당을 그만두고 용문의 교두가 된 까닭을 알고 있어?"

"문상께서 명령하신 게 아닙니까?"

"역시 짐작하고 있었구나."

고개를 몇 차례 끄덕여 보인 제운영이 말을 이었다.

"그래, 문상은 내게 천엽을 부탁한다는 말과 함께 용문의 교두 직을 받아들이도록 종용했어. 나로선 거부할 수 없는 명령이었지. 그런데 어젯밤 문상은 날 비롯한 십여 명의 용문의 교두들을 불러 참전 명령을 내린 거야. 용문의 가장 중요한 행사인 연옥대전이 코앞으로 나가온 이 시점에. 그 점이 이상하단 생각이 들지 않니?"

"문상께서 행하시는 일은 항상 보통 사람이 파악하기 힘든 면이 있습니다."

"그래, 나 역시 보통 사람이라 이번 참전 명령의 속뜻이 무언지는 알지 못해. 전혀 모르겠어. 하지만 천엽은 문상처럼 보통 사람이 아니잖아. 분명 그 속에 담긴 의미를 짐작할 수 있을 거야. 분명히!"

"……."

단천엽의 침묵 속에 제운영이 석사자상을 떨치며 벌떡 신형을 일으켰다. 속에 담고 있던 말을 모두 끝마쳐서인지 그녀의 얼굴에 어려 있던 작은 수심은 이미 자취를 감추고 있었다. 평소의 쾌활 호탕한 여장부로 돌아간 것이다.

"뭐, 덕분에 천엽이 연옥대전에서 무시무시한 사성들과 혈전을 벌이는 모습을 보지 않게 돼서 다행이다! 천엽이라면 그 괴물들과 붙더라도 절대 호락호락 물러서진 않으리라고 생각하지만 내 심장도 이젠 제법 나이 먹은 값을 하거든."

"운영 누님은 여전히 젊고 아름답습니다. 안 대형만 해도 누님한테 홀딱 반했는걸요."

"안 대형? 그 느물거리는 청성파의 안환 녀석을 말하는 거야?"

"예."

"하아, 우직한 바보가 아니면 발랑 까진 꼬맹이만 걸리다니! 뭐, 내 나이엔 그것만 해도 고마워해야 할려나?"

단천엽에게 한쪽 눈을 찡긋해 보인 제운영이 춤을 추듯 한 바퀴를 돌고는 크게 숨을 들이마셨다. 늦봄의 풋풋한 내음이 그녀의 코끝을 간지럽히며 파고들었다.

전야(前夜), 연옥대전 2

'이번 연옥대전에는 무언가가 있다!'

제운영의 얘기를 들은 순간 단천엽의 뇌리에 떠오른 생각이었다. 특별히 머리를 굴리지 않더라도 육감이 아우성치고 있었다.

그러나 단천엽은 일단 그 문제를 한 켠으로 밀어놓기로 했다. 그에겐 연옥대전을 치르기 전 처리해야 할 문제가 산적해 있었다. 지금은 거기에 전력을 기울여도 시간이 모자랄 판국이니, 딴 곳으로 신경을 분산하긴 힘들다는 판단이었다.

제운영과 헤어진 단천엽이 향한 곳은 과거 철검회의 구역이었다. 칠무검과 금난주를 비롯한 정예가 빠져나온 뒤에도 그곳에는 십수 명이나 되는 호화검수들이 자리를 지키고 있었다. 그들은 철검회 그 자체보다 회주인 모어언을 지킨다는 사명에 더욱 목숨을 건 골수분자들이었다.

‘낭인회에 맞서기 위해선 한 명의 전력이 아쉬울 때이다. 연옥대전의 예선 접수가 시작되기 전에 그들 모두를 패왕회에 흡수해야 한다.’

염두를 굴리는 단천엽의 눈빛이 묵빛 강철의 빛을 띠었다. 파군성 서문휘강과의 일전 이후 달라진 마음가짐이 만든 변화였다.

그렇게 단천엽이 일군의 막사군 앞에 도착했을 때다. 과거 용문 삼대세력의 텃밭이라곤 믿어지지 않을 정도로 허술하고 나태하게 늘어져 있던 몇몇 호화검수들이 신형을 일으켜 세웠다. 단천엽이 일부러 낸 기척에 반응을 보인 것이다.

그들 중 한 명이 단천엽의 얼굴을 알아보고 소리를 질렀다.

“패왕회주!”

“뭐?”

“패왕회주다! 패왕회주가 쳐들어왔다!”

잔뜩 겁에 질린 외침은 엄청난 파급 효과를 냈다. 여기저기 기운을 잃고 늘어져 있던 자들이 단천엽 주변으로 모여들더니 어느새 십수 명을 훌쩍 넘겼다. 손에손에 검을 빼 들고 살기등등한 철검회의 마지막 호화검수들이 모여들었다.

웅성거림 끝에 모여든 자들 중 제법 나이가 들어 보이는 검수 한 명이 앞으로 나섰다.

“패왕회주가 우리 철검회에는 어쩐 일로 왕림하신 것이오?”

‘연옥 서열 팔십구위인 사형은검(蛇形隱劍) 연소경, 철검회에 남은 마지막 연옥백강인가?’

안환이 알려준 정보 덕분에 한눈에 상대방을 알아본 단천엽이 슬쩍 포권해 보였다.

“뒤늦게 모임을 만들고도 철검회에 인사가 늦었습니다. 현재 이곳의 책임자인 사형은검 연 선배가 맞겠지요?"

단천엽을 포위한 호화검수 사이에서 강한 웅성거림이 터져 나왔다. 마음이 넓은 사람이라도 듣기 괴로운 욕설이 섞인 웅성거림이었다. 그들에게 단천엽은 철검회의 해체를 부채질한 원흉이나 다름없었기 때문이다.

그러나 연소경은 연옥백강에 속한 자인 탓에 그동안 단천엽을 중심으로 뭉친 패왕회의 세력에 대해 충분히 인식하고 있었다. 그 역시 단천엽에 대한 감정은 썩 좋지 않았으나 다른 후배들과 같은 모습을 보일 순 없었다.

손을 들어 웅성거림을 없앤 연소경이 고개를 옆으로 살짝 돌린 채 포권을 받았다.

"패왕회주에게 선배란 칭호를 듣다니, 감당할 수 없는 일입니다. 용문은 강자존이란 무림의 원칙이 그대로 적용되는 곳인 만큼 입문의 선후로 지위가 결정되진 않습니다. 특히 연옥백강에 든 자들이라면 더더욱."

"그렇다면 더 이상 선배라 부르진 않겠습니다. 대신 한 가지 청이 있는데 들어주시겠습니까?"

"청이라? 패왕회 덕분에 우리 철검회는 쭉정이밖에 남지 않은 상황인데 무슨 청을 또 넣겠다는 겁니까? 설마 나를 비롯한 나머지 철검회의 인원 모두를 원하는 건 아니겠지요?"

단천엽이 포권을 풀고 입가에 미소를 담았다.

"바로 그렇습니다. 오늘 제가 이곳을 찾은 건 패왕회와 철검회의 완벽한 합병을 이루기 위함입니다."

"역시!"

"그럼 그렇지!"

단천엽을 향한 호화검수들의 살기가 더욱 강렬해졌다. 연소경의 명만 있다면 바로 합공을 펼쳐 단천엽을 천참만륙(千斬萬戮)하겠다는 기세였다.

연소경이 눈살을 찌푸려 보였다.

"이런 말을 하긴 뭐하지만, 현재 우리 철검회의 정예들은 대부분 패왕회로 자리를 옮겼습니다. 이곳에 남은 우리는 회주님께서 폐관을 끝마치고 돌아오길 기다릴 뿐인데 그것조차 눈에 거슬린단 말입니까?"

"낭인회를 이기기 위해선 어린애의 손이라도 빌리고 싶은 심정입니다. 그 점 양해해 주셨으면 고맙겠습니다."

"허, 어린애라……."

"용문은 강자존의 세상이라고 하셨지요?"

"그래서 힘으로라도 우리를 눌러보겠다는 뜻이오?"

"철검회를 얻을 방도가 그것밖에 없다면 도리가 없겠지요."

연소경의 눈에 살기가 깃들었다. 내심의 분노를 참고 그동안 단천엽에게 양보를 거듭했는데도 오히려 적반하장으로 나오자 더 이상 참기가 어려웠다.

연소경이 손을 들어 올렸다. 그러자 다소 어지럽게 포진해 있던 호화검수들이 재빨리 엄중한 진형을 이뤘다. 전적으로 강자를 포위 공격해 힘을 빼고 격살시키는 차륜의 검진이었다.

슥!

진형이 갖춰진 순간 연소경이 뒤로 한 걸음 물러섰다. 차륜검진에 참가한 것이다. 그가 참가한 것으로 차륜검진은 비로소 완성되어 위력을 발휘하기 시작했다.

"미안하지만 차륜전을 펼치겠소이다!"

단천엽이 양팔을 늘어뜨린 채 고개를 끄덕였다.

"사양하지 마십시오!"

단천엽의 말이 떨어진 순간 완벽한 포위망을 구축한 차륜검진이 움직이기 시작했다.

팟! 파파파파팟!

차륜검진이 변화를 일으킨 것과 동시였다. 단천엽은 주변이 갑자기 뿌옇게 흐려지는 걸 느꼈다. 느닷없이 때늦은 황사라도 몰려온 듯 황색 진운이 일어나더니 벼락같은 검격이 연달아 쏟아졌다.

차륜검진이 일으킨 변화였다.

그런 상황에서 단천엽은 최초, 열 번의 공격을 그냥 맨몸으로 받아내기로 마음먹었다. 구양구음검공의 신공(神功)편에 수록된 건곤무극신기(乾坤無極神氣)를 이용해 검기는 흡수하고 검풍은 흩어버렸다. 일단 압도적인 힘으로 기선을 제압하려는 의도였다.

그런 단천엽의 의도는 바로 효과를 봤다.

처음 절도있고 격렬한 위세를 자랑하며 단천엽의 요혈을 파고들던 검격들은 십 초식이 지나자 위력이 크게 감소했다. 단천엽이 펼친 건곤무극신기에 몇몇 호화검수들이 깜짝 놀라 진세가 흐트러진 것이리라.

그 순간을 단천엽은 놓치지 않았다. 마음속으로 검격의 숫자를 세며 공격을 받기만 하던 그는 비로소 움직임을 보였다. 수세에서 공세로의 전환. 연달아 파탄을 보이기 시작한 차륜검진 속으로 단천엽이 뛰어들었다.

가중된 혼란!

　단천엽을 포위한 차륜검진은 엄중한 기세와 변화에 비해 고작해야 연소경 정도만 검기를 다룰 줄 아는 고수였다. 약점은 눈에 빤히 드러나 보였다.

　비권 천류영의 보법을 밟으며 단천엽이 쏟아지는 검격들을 파검식으로 연달아 퉁겨내자 진세는 대혼란에 빠졌다. 차륜검진을 이룬 호화 검수들 간의 무공 격차가 만들어낸 당연한 결과였다.

　'하지만 이대로 무너뜨린다 한들 완벽한 승복을 받아내긴 힘들 것이다!'

　단천엽이 몇 차례 손을 쓰는 사이 연소경조차 제어하지 못할 만큼 차륜검진의 중심은 크게 흔들려 있었다. 이대로 그가 마음대로 날뛰기만 하여도 진형은 스스로 붕괴를 보일 터였다. 가장 확실하고 안전하게 진형을 격파하는 방법이었다.

　하지만 단천엽은 그것만으론 부족하다고 생각했다. 그가 진형을 상대한 이상 아예 빼도 박도 못할 정도의 패배감을 느끼게 만들어야 한다는 판단이었다.

　힐끔!

　갈수록 가중되는 진형의 혼란을 되돌리고자 정신없는 연소경을 슬쩍 바라본 단천엽이 갑자기 발길을 멈췄다. 차륜검진의 중심을 선점한 채 마음대로 끌고 다니기를 포기한 것이다. 물론 그 의미는 놀라운 것이었다. 진법을 조금만이라도 아는 자라면 그 위험성을 충분히 알 수 있었다.

　연소경 역시 알았다. 그는 느닷없이 발길을 멈춘 단천엽을 바라보며 눈살을 찌푸렸다.

　'어째서? 이미 차륜검진을 완벽하게 제압한 상태이니 조금만 끌고

다니면 내력이나 숙련도가 떨어지는 자들 때문에 진형은 저절로 무너지고 말 텐데…….'

염두를 굴리던 연소경의 눈에 살기가 떠올랐다. 그는 발길을 멈추고 차륜검진의 힘이 집중되는 가장 위험한 위치에 버티고 선 단천엽의 얼굴을 빠르게 훑어봤다. 그의 얼굴에 담긴 표정을 보자 내심 짐작이 갔다. 단천엽이 의도하는 바를.

"설마 철검회의 차륜검진 정도는 힘만으로 굴복시킬 수 있다는 거냐!"

울부짖음과 같은 분노성! 그와 동시에 연소경이 비로소 안정된 진형의 힘을 한곳으로 집중시켰다. 진형의 중심. 오연히 버티고 서 있는 단천엽 쪽으로.

번쩍!

단천엽이 적수공권을 들어 올린 것과 동시였다. 한줄기 강렬한 기광이 일어나 차륜검진 전체를 휘감았다. 무형무극검의 진의(眞意)가 담긴 태허도룡검이 펼쳐진 것이다.

그 다음 드러난 광경!

차륜검진은 이미 산산조각나 있었다. 진형을 이루던 열여섯 개의 장검은 흔적을 찾을 수 없었고, 바닥에 쓰러지지 않은 이는 연소경뿐이었다.

그조차 최후의 순간 단천엽이 신검의 예기를 회수하지 않았다면 목숨을 구할 수 없었으리라!

"어, 어떻게……."

이미 반 토막 난 검, 간신히 늘어뜨린 채 입술을 떼어낸 연소경에게 단천엽이 담담한 표정으로 답했다.

"진세의 힘이 제 일격을 감당하지 못한 것입니다."

"그럴 수가……. 웩!"

연소경이 말을 채 끝맺지 못하고 입에서 울혈을 토해냈다. 검게 죽은 핏덩이가 바닥에 쏟아졌다.

스윽!

홀연히 다가선 단천엽이 연소경의 단전과 전중혈을 한꺼번에 제압하곤 엄중한 표정을 지어 보였다.

"마음을 안정시키고 기력을 돌보십시오!"

"……."

연소경은 대답 대신 눈을 감을 수밖에 없었다. 이미 그의 단전과 전중혈 쪽으로 무지막지한 힘이 쏟아져 들어오고 있었다. 크게 진동되어 타격을 입은 그의 내상을 회복시키기 위해서.

"나와 다른 후배들의 내상을 치료해 준 건 고맙습니다. 하지만……."

"제가 여러분의 내상을 치료해 준 일로 마음 쓸 필요는 없습니다. 결자해지(結者解之)한 것에 불과하니까요."

"그렇게 생각해 준다면 고마운 일입니다만."

"단, 연 소협을 비롯한 다른 분들은 오늘부로 패왕회에 입부해 주셔야겠습니다."

연소경의 눈빛이 가볍게 흔들렸다. 이미 각오하고 있었던 바이지만 단천엽의 일방적인 통보에 기분이 상했다.

"비록 우리 철검회가 오늘 단 회주에게 일패도지했다곤 하나 패왕회로의 입부를 강요할 순 없소이다!"

"물론 저 역시 처음 이곳에 올 때 여러분의 입부를 억지로 강요할 생각은 없었습니만, 지금은 상황이 바뀌었습니다."

"우리가… 우리가 약했기 때문입니까?"

"그렇습니다."

단호히 대답한 단천엽이 비분으로 고개를 숙인 다른 호화검수들을 둘러보곤 말을 이었다.

"현재 용문은 연옥대전을 앞두고 패왕회와 낭인회로 세력이 갈려져 있습니다. 거의 세력만으로만 보면 오십 대 오십, 백중세지요. 하지만 여기에는 회주들 간의 진신 실력이 포함되어 있지 않습니다."

"그렇다는 건……."

"용문 내의 소문과 같이 저는 지난번에 낭인회주 서문휘강과 손속을 겨뤄본 일이 있습니다."

"역시!"

주변에서 탄성이 터져 나왔다. 그만큼 낭인회주인 파군성 서문휘강이란 이름이 용문 내에서 갖는 의미는 대단했다. 다른 사성과도 비교가 되지 않을 정도로. 그러니 그와 손속을 겨루고도 무사하다는 것만으로 놀라움을 주기에 충분했다.

단천엽이 입가에 쓴웃음을 담고 설명을 계속했다.

"그때 저는 소문과 달리 서문 회주에게 크게 당했습니다. 목숨을 건진 것만 해도 천우신조라 할 수 있을 정도지요."

"단 회주조차……."

"그렇습니다."

고개를 끄덕여 보인 단천엽이 말을 이었다.

"그렇기에 저는 그 후로 잠심연무를 계속했고 결과는 여러분들이 보는 바와 같습니다만, 아직도 서문 회주와의 대결에서 반드시 승리할 확신은 없습니다.”

“그래서 세력으로라도 낭인회를 압도해야겠다는 뜻입니까?”

“그건 본 회의 군사인 금 소저가 내놓은 의견이고, 저의 의견은 좀 다릅니다.”

“다르다는 건?”

“저는 모 회주를 따르는 철검회 분들이 낭인회에 화를 입는 걸 원치 않습니다.”

“그건…….”

“저 역시 모 회주에 대한 마음은 여러분들과 동일하다는 뜻입니다.”

말을 마친 단천엽이 털썩 주저앉아 있던 자리를 털고 일어섰다. 그러자 치료를 받느라 주변에 옹기종기 모여 앉아 있던 호화검수들의 시선이 일제히 그를 향했다.

단천엽이 씩 웃어 보이며 말을 끝맺었다.

“이런 사실은 여러분들만 아셔야 합니다. 본 회의 다른 사람들의 귀에 들어가면 골치 아파지니까요.”

“그야…….”

“우리는 입을 다물겠습니다!”

“그렇습니다!”

이구동성으로 소리치는 호화검수들을 향해 단천엽이 슬쩍 고개를 끄덕여 보였다.

“고맙습니다. 여러분들을 믿겠습니다.”

“단 회주는 염려 마십시오!”

"그렇습니다!"

단천엽과 철검회의 마지막 잔존 세력인 호화검수들 간에 끈적끈적한 공통분모가 형성되는 순간이었다.

전야(前夜), 연옥대전 3

단천엽이 호화검수들을 제압한 이후, 몇 마디만으로 능숙하게 회유하는 장면을 몰래 숨어서 지켜보던 만자탈혼 연사홍은 내심 혀를 찼다.

그는 잠정적으로 반룡회가 문을 닫은 현 시점에도 은밀하게 활동을 계속하고 있었다. 당연히 반룡회주인 주천학이 서문휘강에게 패해 폐관에 들어간 이후 무서울 정도로 성장한 패왕회에 대한 감시를 늦출 순 없었다.

그는 세력 확장에 큰 관심이 없는 낭인회보다 패왕회가 후일 더욱 무서운 적이 될 소지가 다분하다는 잠정적인 결론을 내리고 있었다.

그런데 오늘 그가 지켜본 바 패왕회주인 단천엽은 지나칠 정도로 무서웠다. 사람을 회유하고 세력을 형성시키는 수법의 고명함은 이미 예상을 몇 배나 뛰어넘을 정도였고, 무공 역시 무시무시하여 그로서는 가늠할 수 없을 지경이었다.

생각을 거듭할수록 연사홍의 눈빛은 연달아 변화를 일으켰다. 사실 그가 용문에 들어온 이유는 어디까지나 주인인 주천학을 보좌하기 위함이었다. 용문은커녕 천하맹 전체조차 그에겐 특별한 존재가 아니었다. 그의 주인은 후일 천하의 주인으로 우뚝 설 사람이었기 때문이다.

그러나 용문에 들어서고 몇 년이 지나자 그는 처음 먹었던 생각을 바꿔야만 했다. 애초 예상했던 것보다 용문 내에는 놀라운 능력을 숨긴 잠룡들이 셀 수 없을 정도로 많았다. 주천학과 어깨를 나란히 하는 사성을 제외하고서도 모어언을 비롯한 몇몇은 어느 하나 만만하게 볼 자들이 아니었다.

와호장룡(臥虎藏龍)의 대지!

연사홍은 용문을 그렇게 정의 내렸다. 장차 천하를 다스릴 주천학이 한낱 무림 세력의 인재 육성 기관에 몸을 담은 까닭을 그제야 납득할 수 있었다. 천하맹과 용문에는 무언가 특별한 점이 있다는 판단이었다.

그러던 차 커다란 파장과 함께 용문에 입문한 단천엽이란 존재는 요주의 대상이었다. 처음만 해도 그저 조금 특출한 인재 중 한 명에 불과했으나 지금에 이르러선 용문 최대 세력 중 하나인 패왕회의 주인이었다.

그 같은 지위는 주인인 주천학조차 이룩하지 못했던 바니, 연사홍으로선 바짝 긴장하지 않을 수 없었다.

낭인회주 서문휘강이야 어쩔 수 없다손 쳐도 단천엽이란 또 다른 기린아(麒麟兒)가 주천학의 앞을 가로막아선 곤란했다. 주인인 주천학에겐 천하를 놓고 경쟁하는 형제들이 몇 명이나 있었고, 용문에서의 업적이나 패착은 그들의 귀에도 전해질 게 분명했기 때문이다.

'역시 그때 회주님을 어떻게 해서든 말렸어야 했다! 서문휘강 같은 괴물은 한신이 초패왕(楚霸王) 항우를 대하듯 함정에 빠뜨려 죽여야지 회주님같이 고귀한 분이 상대하게 해선 안 될 일이었는데……'

주천학이 서문휘강을 찾아간 날을 떠올리며 연사홍은 연신 혀를 찼다. 그날 결정을 망설였던 탓에 반룡회가 붕괴되고 패왕회가 욱일승천 성장할 빌미를 제공한 걸 생각하니 애간장이 끊기듯 아파왔다. 현재 패왕회가 이룩한 모든 것이 꼭 반룡회와 주인인 주천학을 위해 마련되어졌던 것 같아 마음이 괴로운 것이다.

그러나 이미 지나간 일에 연연하는 건 모사가 취할 도리가 아니었다. 금세 마음을 되돌린 연사홍이 눈매를 가늘게 만들었다. 올 때와 달리 호화검수들의 열렬한 환영을 뒤로하고 철검회의 영역을 벗어나는 단천엽을 눈으로 쫓자니 머리가 휙휙 돌아가기 시작했다.

"험!"

재빨리 단천엽의 뒤를 쫓은 연사홍은 일부러 헛기침을 터뜨렸다. 고수가 아니라 해도 알아차리지 못할 리 만무했다.

슬쩍 고개를 뒤로 돌린 단천엽이 입가에 미소를 띠었다.

"기다리고 있었습니다."

연사홍의 이마에 작은 주름이 생겨났다. 극도로 조심했다고 생각했는데 단천엽은 이미 그가 따르는 것을 눈치 채고 있었다는 걸 깨달았기 때문이다.

"단 소협, 아니, 이젠 단 회주라고 해야 하려나?"

혼잣말을 내뱉으며 고개를 몇 차례 끄덕여 보인 연사홍이 단천엽에게 정중하게 포권해 보였다.

“반룡회의 군사 연사홍이 패왕회의 단 회주에게 인사드리오.”

“반룡회의 ‘전’ 군사인 걸로 기억하는데 제가 잘못 알고 있었던 건가요?”

“그건…….”

단천엽이 입가의 미소를 더욱 짙게 했다.

“농담입니다.”

“그, 그렇소이까?”

“연 소저로부터 반룡회의 일에 대해선 대충 듣고 있었습니다. 내심 주 선배를 크게 걱정하고 있었는데, 오늘 연 선배를 만나고 보니 조금 마음을 놓았습니다.”

“날 만나고 보니?”

“주 선배께서 중상을 당했다면 측근인 연 선배가 한가하게 저 같은 사람의 뒤나 쫓고 있진 않을 거라 짐작한 것이지요.”

“…….”

연사홍은 잠시 입을 다물었다. 단천엽의 능란한 화술에 이대로 끌려 들어 갈 순 없다는 판단이었다.

그때 단천엽이 화제를 바꿨다.

“그런데 오늘은 어쩐 일이신지요? 설마 주 선배의 명령을 받고 찾아오신 겁니까?”

“그건 아닙니다.”

“그럼?”

연사홍이 조금 과장된 모습으로 주변을 둘러봤다.

단천엽이 바로 알아듣고 고개를 끄덕였다.

“이런 곳에서 대화를 나누기엔 적절치 않겠군요. 자리를 옮기시지요.”

"이 사람의 막사로 안내하겠소이다."

"부탁하겠습니다."

단천엽의 대답이 떨어진 순간 미미하게 고개를 끄덕인 연사홍이 바로 신형을 날렸다. 이미 단천엽의 담백한 성정을 어느 정도 파악했음을 보여주는 모습이었다.

'역시 반룡회의 군사란 건가?'

단천엽이 따라 신형을 날렸다. 반룡회에 관한 것은 그가 처리하기로 마음먹은 사항 중 맨 윗자리에 해당하는 일이니, 내심 잘됐다는 판단이었다. 연옥대전에서 서문휘강과 재대결을 갖기 위해선 많은 정보가 필요한데 주천학은 가장 최근에 그를 상대한 사람이었던 것이다.

위잉!

검이 움직이자 사람은 사라지고 오직 검영(劍影)만이 남았다.

심혼을 떨어 울리는 검 그림자!

수십, 수백 개로 나뉘었던 검영이 일순 천지 사방으로 퍼져 나갔다. 검끝이 변화를 일으키기 시작한 것과 동시였다.

그와 함께 만개한 수백 송이의 매화(梅花)!

꽃잎은 피워졌다 금세 바람에 흩날려 낙화(落花)의 아픔을 맞았다. 화무십일홍(花無十日紅). 검끝이 만들어낸 변화가 이미 조화의 경지에 이르렀음을 보여주는 모습이었다.

그때 다시 바람이 이니, 낙화했던 꽃잎들이 부활한 듯 천지를 온통 휘감았다. 꽃이 핌이 사람이 만든 것인지, 천지 조화에 의한 것인지 짐작키 어려웠다. 화산 매화검의 정수가 펼쳐지지 않고선 볼 수 없는 기경이었다.

그리고 정적!

도저히 인간 세상의 것이라곤 볼 수 없는 매화 향기가 일었다. 그와 동시, 마치 한바탕 꿈을 꾼 듯 천지를 가득 메웠던 매화 송이들이 자취를 감췄다. 홀로 춤을 추던 검끝이 동작을 멈추고 고개를 조아렸다.

스륵!

꽃의 정령처럼 사뿐사뿐 내딛던 보보를 멈춘 모어언은 가벼운 한숨을 입가에 담았다. 공(功)을 이룬 자만이 느낄 수 있는 공허함이 담긴 한숨이었다.

그녀는 오랜 잠심연무 끝에 드디어 화산 매화검을 십성 대성하는 데 성공했다. 얻음과 함께 잃어버림의 묘(妙) 또한 느낄 수밖에 없었다.

그러나 그것도 잠시, 모어언은 검을 거두고 공허 속에서 몸을 일으켜 세웠다. 평생 다시 찾아오지 않을지도 모를 진일보의 때에 불청객 한 명이 천무서각을 찾아들었다. 진경에만 계속 집중하고 있을 수는 없었다.

‘도대체 누가?’

모어언은 이마에 송골거리며 매달린 땀방울을 닦을 생각도 잊고 진세 쪽으로 시선을 던졌다.

진일보의 때에 잠시 멍청해진 탓에 그녀는 아직 세상에 오롯이 발을 내딛고 있지 못했다. 진세를 바라보는 그녀의 얼굴에 그래서 묘한 백치미가 흘렀다.

그때 매화 향기를 쫓아 천무서각에 도착한 거한, 서문휘강이 모어언을 발견하고 이마에 한 줄 주름을 잡았다. 그는 한눈에 모어언이 도달했던, 그래서 붙잡기 직전까지 이르렀던 경지를 엿볼 수 있었다.

"이런, 내가 때를 잘못 잡았구나!"

모어언의 눈에 한 겹 드리워졌던 운무가 걷혔다. 그녀는 드디어 세상에 양 발을 모두 내딛게 되었다.

"모든 것이……."

"응?"

"모든 것이 다 저의 복입니다."

모어언의 신형이 풀썩 바닥으로 쓰러졌다. 방금 전의 검무에 전신 공력을 모조리 쏟아 부었기에 벌어진 일이었다.

그렇게 막 모어언의 신형이 바닥에 쓰러지려는 찰나 서문휘강의 거구가 쏟아지듯 다가왔다.

스윽!

섬세한 모어언의 교구를 바로 안아 든 서문휘강의 전신에서 강렬한 기파가 솟구쳤다. 무언가를 파괴하는 힘이 아닌 치유를 위한 내력의 방출이었다.

모어언이 스륵 감겼던 눈꺼풀을 떴다. 그녀는 서문휘강의 굴강한 얼굴을 올려다보며 입가에 미미한 미소를 매달았다.

"언제나 어언은 오라버니에게 신세만 지게 되는군요."

서문휘강이 손을 뻗어 모어언의 이마를 쓰다듬고는 하얀 이를 드러냈다.

"소매를 이 오라비가 보호하는 건 당연한 일! 어찌 신세를 진다고 말하는 것이냐?"

"후훗, 정말 오랜만에 들어보는 말이네요."

"이젠 소매라 불리는 게 싫은 것이냐?"

"그럴 리가 없잖아요."

“암, 그러는 게 옳다! 천하에 나 서문휘강의 하나밖에 없는 누이 자리 마다할 사람이 어딨겠는가!”

“오라버니…….”

“왜?”

“여전히 ‘서문’이란 성을 쓰시는 건가요?”

서문휘강이 안면 가득 떠올라 있던 웃음을 지웠다. 사람이 갑자기 바뀐 듯이. 그리고 조심스레 모어언을 품에서 떼어낸 그가 거구를 일으키며 다소 퉁명스레 말했다.

“나는 서문휘강이다. 네가 나의 소매인 것과 마찬가지로 절대 변함이 없을 일이니, 그 일에 관해선 재론하지 말거라.”

“그치만…….”

“후일 천하맹을 장악한 후 양심도 없는 아비란 자를 한 대 후려 팰 때가 온다면, 그때가 바로 내가 서문휘강이 아니게 될 날일 것이다.”

“죄송해요. 제가 주제넘은 말을 했네요.”

“알았으면 됐다.”

한마디로 모어언의 입을 다물게 만든 서문휘강이 주변의 흔적을 살피곤 슬쩍 눈살을 찌푸려 보였다.

“네가 화산검파의 매화검을 이와 같은 경지까지 익힌 건 대단한 일이다. 아무리 회언의 가르침이 있었다지만 내 예상을 훨씬 벗어난 성취야. 하지만 이쯤에서 그만두는 게 좋다.”

“오라버니…….”

“이번 연옥대전은 다른 때와 다르다. 네가 아무리 전심전력을 다한다 해도 결코 회언이 차지했던 천괴성, 연옥일좌를 되찾을 순 없을 것이야.”

“오라버니는 아직도 연옥일좌에 미련을 가지고 계신 건가요?”

“당연하다! 연옥일좌에 오를 생각이 없었다면, 어찌 내가 그동안 이런 좁아 터진 용문에서 아이들하고 병정 놀이나 하고 있었겠느냐? 회언이 살아 있을 때 연옥일좌에 오르지 못한 건 분한 노릇이지만, 그렇다고 포기할 생각은 없다. 그리고⋯⋯.”

잠시 말을 멈춘 서문휘강이 모어언을 지그시 바라봤다.

“패왕회주에 오른 단가 애송이가 회언의 자리를 채울 수 있다는 생각은 품지 말도록 해라!”

“그, 그건⋯⋯.”

“네가 그 애송이 녀석과 특별한 인연을 맺었다는 건 알고 있다. 천랑성 아난을 각성시킬 때 한 번 만나봤을 뿐이지만 꽤나 괜찮은 녀석이더구나. 하지만 이번 연옥대전에서 녀석에게 사정을 봐줄 생각은 추호도 없다. 녀석이 강하게 덤벼든다면 죽일 수도 있다는 거다.”

“하지만 오라버니, 단 공자는⋯⋯.”

“문상의 아들이란 걸 나도 알고 있다. 그렇지만 이번 연옥대전을 위해 악귀들을 키워온 문상이나 가장 훌륭한 악귀가 된 나나 그런 것에 신경 쓸 사람들이 아니다. 그러니 네가 정말 녀석을 좋아한다면 그만 회언의 그림자를 떨치고 녀석을 말려라. 그 말을 하기 위해 나는 오늘 이곳을 찾은 것이다.”

“⋯⋯.”

서문휘강이 모어언의 창백해진 얼굴을 커다란 손으로 살며시 쓰다듬었다.

“이번만은 나도 어쩔 수가 없구나. 그러니 그 예쁜 눈에 눈물을 담아 내 마음을 아프게 하진 말거라.”

“예, 그럴게요.”

대답과 달리 모어언의 두 볼로 구슬 같은 눈물 한줄기가 흘러내렸다. 코앞으로 다가온 연옥대전에서 벌어질 참극을 차마 지켜볼 수 없다는 듯.

■ 제45장 ■
빙하탄(氷河灘)

빙하탄(氷河灘) 1

단천엽이 패왕회로 돌아온 건 저녁이 다 된 무렵이었다. 목표로 했던 주천학과의 만남은 이룰 수 없었으나 소득이 아예 없었던 건 아니다.

오랫동안 서문휘강에 대해 조사해 온 연사홍에게서 그에 대한 정보를 꽤 많이 얻을 수 있었다. 물론 그렇게 모인 정보들이 의미하는 바는 단천엽이 이미 알고 있던 것과 별로 다르지 않다는 게 문제긴 했다.

'서문휘강, 역시 일반적인 방법으론 대항할 수 없는 괴물이란 건가?'

단천엽은 염두를 굴리다 슬쩍 입가에 미소를 띠었다. 생긴 듯 만 듯 입가에만 머문 미소.

서문휘강에 대해 알아갈수록 그 벽은 높고 두터웠다. 직접 몸으로 맞붙고도 살아날 수 있었던 전날의 대결이 요행이란 생각밖엔 들지 않

을 정도로. 하지만 그럴 때마다 그는 뜨겁게 타올랐다. 결코 그런 감각
이 싫지 않았다.

그때 단천엽의 막사 주변을 서성거리고 있던 금난주가 고개를 갸웃
해 보이더니 팔짝거리며 다가왔다. 단천엽이 미처 대비를 하기도 전
에.

"왜 이렇게 늦은 거예요!"

단천엽은 바로 코앞까지 다가선 금난주가 발을 구르자 뒤로 한 걸음
물러섰다. 그녀가 고개를 불쑥 앞으로 내미는 서슬을 피하기 위함이었
다.

금난주의 두 볼이 곧 통통하게 부풀어 올랐다.

"이젠 난주를 완전히 피하기로 작정한 건가요? 그런 거예요? 난주는
별로 회주님한테 잘못한 게 없는데……."

"그게 아니라……."

"그게 아니라면 어째서 난주를 피하는 거죠? 난주 같은 미인이 남자
한테 달려드는 때란 극히 드물다구요."

단천엽의 입가에 머물러 있던 미소가 얼굴 전체로 퍼졌다. 얼마 전
부터 금난주는 스스로를 자칭 미소녀에서 미인으로 바꿔 부르고 있었
다. 새해 들어 생긴 변화였다. 그 점을 얼마 전부터 눈치 챈 단천엽은
마음이 상쾌해지는 걸 느꼈다.

"나는 금 소저의 방문을 항상 즐거운 마음으로 기다리고 있습니다.
오늘은 그저 조금 놀랐을 따름이니 이해해 주시길 바랍니다."

"정말요?"

단천엽이 고개를 끄덕이자 금난주가 아이처럼 깡충거리곤 뒤통수
를 긁적였다. 그녀의 얼굴에는 이미 함박웃음이 물방울처럼 매달려

있었다.

"에헤헤, 그럼 다행이네요. 전 회주님이 바람이라도 났는 줄 알고……."

"바람?"

"요즘 들어 회주님은 아무 말도 없이 살짝살짝 사라지곤 했잖아요. 난주가 보기에 그건 바람난 남자들이 보이는 전형적인 모습이었다구요."

"흠, 그렇군요. 하지만 나같이 재미없는 사람하고 바람날 소저 분이 어딨겠습니까? 금 소저는 너무 지나친 생각을 한 것입니다."

"회주님이 뭐가 어때서요? 회주님 정도면……."

슬그머니 말꼬리를 내린 금난주가 삽사기 미간 사이를 좁혀 보이곤 단천엽 주변을 후닥닥 몇 바퀴 돌았다. 처음 단천엽을 용문 삼십육방 앞에서 보았을 때와 다름없는 모습이었다.

그런 후 몇 차례 고개를 끄덕여 보인 금난주의 얼굴에 담뿍 미소가 떠올랐다.

"뭐, 이만하면 괜찮아요. 아무리 멋져진다 해도 우리 회주 언니와 짝을 이루기엔 한참 부족하지만 그럭저럭 기준점은 통과했어요. 이 난주가 인정하는 바이니까 회주님은 좀 더 스스로에 대한 자신감을 갖는 게 좋아요."

"그렇군요."

"암요! 요 근래 용문 내의 계집아이들 사이에선 회주님이 떠오르는 신성(新星)이라구요. 난주하고 아상이 주변을 단단히 지키고 있지 않으면 연서를 가지고 패왕회를 찾을 가시내들이 꽤 될걸요?"

"하하하……."

결국 단천엽의 얼굴에 떠올라 있던 웃음이 대소로 변했다. 스스로 주체할 수 없을 정도로. 금난주와 대화를 나누다 보면 항시 벌어지는 일이었다.

"헤헷!"

살짝 혀를 내밀며 웃어 보인 금난주가 그제야 본론으로 들어갔다.

"오전에 철검회의 잔당을 제압한 이후 난주의 정보망에서 사라지셨던데, 설마 반룡회의 속이 시커먼 너구리를 찾아간 건가요?"

"속이 시커먼 너구리? 만자탈혼 연 선배의 별명이 그러했습니까?"

"역시 그 녀석이 회주님을 찾았었군요. 자미성 주 공자가 폐관한 이후 잔뜩 웅크리고 앉아 뭔 흉계를 꾸미나 궁금했는데……."

"연 선배와 감정이 많은 것 같습니다?"

"감정? 많고말고요! 그 녀석은 자나 깨나 우리 철검회를 흡수하려고 했다구요. 그래서 회주 언니와 난주가 얼마나 많은 고초를 겪었게요. 그걸 생각하면 당장 패왕회의 주력을 이끌고 가서 난주의 십팔계를 펼쳐 보이고 싶다구요. 뭐, 그랬다가는 회주님께서 난주를 길가에 굴러다니는 돌처럼 취급하게 될 테지만요. 시집가기도 그를 테고."

단천엽은 금난주가 말한 십팔계에 대해 호기심이 일었으나 일단 덮어두기로 했다. 여기서 그 문제를 들추면 한참이나 이야기가 본론에서 벗어날 게 분명했기 때문이다.

단천엽의 대응이 없자 금난주가 뒤통수를 긁적이곤 다시 본론으로 돌아갔다.

"암튼, 그래서 소득은 있으셨나요? 그 속 검은 너구리가 정보 수집력 하나는 제법이니까……."

"별로 없었습니다."

“…쓸모없는 놈!”

다시 바닥을 한 차례 구른 금난주가 골난 표정을 지우고 단천엽에게 웃어 보였다.

“그럼 그런 쓸모없는 녀석에 대한 얘기는 그만 하고, 이제부터 회주님하고 난주는 아주 쓸모있고 건설적인 논의를 펼치기로 하죠?”

뒤이은 논의는 단천엽의 막사로 옮겨져 속개됐다. 막사 한쪽에 마련된 나무 의자에 풀쩍 뛰어 앉은 금난주가 품속에서 몇 장의 서류를 끄집어냈다. 지난 며칠간 그녀가 밤잠을 자지 않고 작성한 결과물이었다.

“그건……”

단천엽의 눈빛을 받은 금난주가 눈을 한 차례 굴리곤 빠르게 대답했다.

“이번 연옥대전에 출전할 패왕회 측의 인원과 방어를 맡을 인원, 그리고 낭인회 측의 명단이에요.”

“연옥대전은 연옥백강에 든 전 인원이 참가해서 우열을 가리는 비무 대회로 알고 있습니다만?”

“저번 대회까진 그랬죠.”

“그럼 이번 대회는 다른 무언가가 있다는 뜻입니까?”

금난주가 고개를 끄덕이곤 반문하듯 말했다.

“물론이에요. 회주님도 이미 알고 있었던 일 아닌가요? 이번 연옥대전이 여태까지와는 사뭇 다른 의미를 함유하고 있다는 걸.”

“……”

“뭐, 대답하기 싫으면 하지 않으셔도…….”

“아닙니다. 확실히 나는 이번 연옥대전의 다른 점을 알고 있었습니다. 그러니 금 소저는 마음속에 담은 말을 거리낌없이 하십시오.”

“역시, 난주의 회주님이시네요!”

엄지손가락을 곧추세워 보인 금난주가 눈빛을 반짝이곤 끊었던 설명을 이었다.

“요 일 년간 천하맹이 반검맹과의 전쟁에 돌입한 사실은 용문 내에선 알려지지 않은 사실이에요. 의도적으로 용문 수련생들에게 정보를 공개하지 않은 거죠. 하지만 조금만 정보를 다룰 수 있는 위치의 수련생이라면 앞으로 일어날 일을 충분히 짐작할 수 있을 거예요. 그러니 거기서 조금만 더 머리를 굴려보면 그 밖의 진행 상황도 충분히 짐작할 수 있어요. 이번 연옥대전에서 상위 서열에 뽑히는 사람들은 여태까지와 달리 바로 전쟁에 투입될 가능성이 높다는 것을.”

“충분히 일리가 있는 의견이지만 거기엔 한 가지 간과한 사항이 있는 것 같군요.”

“간과한 사항? 상위 다섯 명이 천하맹 총단의 호위를 맡은 오천군세의 수장이 된다는 사실을 말씀하시는 건가요?”

“그렇습니다. 암묵적으로 연옥대전에서 뽑힌 상위 다섯 명, 그러니까 연옥일좌부터 오좌까지는 총단의 호위를 번갈아 맡는 최정예의 오천군세를 각기 하나씩 맡기로 되어 있습니다. 그렇기 때문에 용문 내에서 무공 수련 외에 엄격한 군사 훈련을 병행하는 것이고.”

“그러니 오성을 제외한 나머지를 전쟁에 투입해 봐야 별다른 성과를 기대하긴 힘들다는 뜻인가요?”

“현실적으로 그렇다고 생각합니다.”

“에휴, 정말 대놓고 말하시니 난주로서도 딴말을 할 수 없네요.”

한숨을 토해낸 금난주가 고개를 끄덕였다.

"맞아요. 오성을 제외한다면 나머지 십강에 드는 자들이라 해도 실제 전쟁에서 활약할 가능성은 극히 드물어요. 무공이 높다 해서 실제 전쟁에서도 뛰어난 건 아닐 테니까요."

"그런데도 금 소저는 자신이 내놓은 의견에 확신을 가지고 있는 듯하군요?"

"반검맹과의 대전을 천하맹에서 빨리 끝내고 싶다면 당연히 천하맹 최강의 정예를 투입시킬 거라 믿고 있으니까요."

"오천군세를 말하시는 겁니까?"

"오성을 말하는 거예요."

"그건……."

금난주의 눈이 빛을 발했다.

"난주는 용문에 입문한 후 항상 생각했어요. 용문에서 오성으로 군림하는 사람들과 다른 수련생들의 차이가 너무 현격하다는 것을. 오성과 다른 수련생들은 사실 같이 수련을 한다는 것 자체가 우스운 일이었어요. 수준 자체가 다르니까요. 그런데도 천하맹에서 오성을 그대로 용문에 방임한 건 그들이 스스로 세력을 형성하는 걸 지켜보고 연옥일좌를 결정하려 함이 아니었나 생각해요. 어차피 오성이 후일 오천군세의 수장이 된다 해도 우두머리는 필요한 거니까요."

"그리고 때가 드디어 이르렀나는 거겠지요?"

"한동안 비워져 있던 연옥일좌 천괴성에 오를 회주님, 아니, 단 공자가 용문에 입문했으니까요."

"……."

"그러니 이번 연옥대전이 끝나면 회주님을 비롯한 오성은 용문을 떠나 오천군세를 맡게 될 거예요. 어쩌면 난주나 회주 언니를 비롯한 연옥십강에 포함된 수련생들이 부관 자격으로 따라나설지도 모르죠. 좌우지간에 천 년의 세월, 꿈쩍도 않고 있던 북해(北海)의 빙하는 움직이는 게 기정사실이 된 거예요.”

“빙하?”

“빙하탄(氷河灘)의 전설을 모르시나요?”

“빙하 밑을 흐르는 여울을 말하는 겁니까?”

“그래요. 천 년 세월 움직임이 없는 빙하를 균열시키고 더 나아가선 움직이게 만드는 건 만년빙 아래 아주 깊숙한 곳을 흐르는 한줄기 여울이에요.”

“그러니 결국 용문은 여울이고, 천하맹과 반검맹을 비롯한 천하는 빙하가 되는 것이군요.”

“뭐, 그런 셈이죠.”

하고자 했던 말을 모두 끝낸 것이리라. 언제 딱딱한 얘기를 나눴냐는 듯 얼굴에 다시 생글거리는 미소를 만든 금난주가 만지작거리고 있던 서류를 단천엽 앞으로 내밀었다.

“연옥대전에 참가할 자와 방어할 자라……”

“난주가 고심 끝에 결정한 거니 다른 사람들도 별다른 불만은 없으리라 생각해요.”

“만약 불만이 있다면?”

“거야 회주님께서 처리해 주셔야죠.”

“내가 할 일이란 그런 겁니까?”

“헤헷.”

비슷한 시각, 낭인회의 군사인 조홍은 회주인 서문휘강에게 금난주
가 단천엽에게 내민 서류에 쓰인 것과 별로 다를 게 없는 내용을 열심
히 보고하고 있었다.

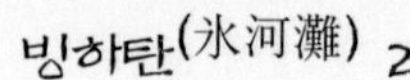

"…그렇기 때문에 회주님은 이번 연옥대전에서 반드시 연옥일좌에 올라 오천군세 중 최강인 금천검군의 수장이 되어야만 합니다. 금천검군은 파천도군, 철혈권군 등과 함께 천하맹 내성 삼각의 정예가 모인 곳일뿐더러, 최강인 검무각을 뒷배경으로 하기 때문입니다."

"검무각이 아니라 창천검문이라고 함이 옳겠지."

처음이었다. 기나긴 보고 중 한 마디 말도 없이 침묵하던 서문휘강이 입을 열자 조홍의 눈에 이채가 떠올랐다. 검무각을 굳이 창천검문이라 지칭하는 부류의 사람들을 그는 알고 있었기 때문이다.

그러나 조홍은 내심의 의혹을 곧 머리 속에서 지워 버렸다. 그는 서문휘강 개인을 추종할 뿐이지, 뒷배경이나 다른 요인은 관심 밖이었다.

조홍이 다시 보고에 들어가자 서문휘강은 두툼한 입술을 한일 자로 만들었다. 어차피 조홍의 보고 중 관심있는 분야는 단천엽 개인에 관한 것밖에 없었지만, 그는 열심히 듣는 척했다. 불철주야 패왕회에 관한 정보를 얻기 위해 고생한 조홍에 대한 작은 배려였다.

'그나저나 며칠 전 받은 문상의 호출은 뜻밖이었다. 이번 연옥대전이 여태까지완 다른 의미를 지닌다는 건 알고 있었지만, 문상까지 나설 줄은 몰랐는데. 역시 철혈의 문상이라 해도 핏줄 앞에선 어쩔 수 없는 건가?'

조홍이 조사한 패왕회에 속한 연옥백강에 관한 분석을 들으며 서문휘강은 입가에 흐릿한 미소를 매달았다. 그에겐 당면한 상대인 단천엽보다 미지의 거인인 한상월 쪽이 더욱 매력적으로 다가오고 있었다.

빙하가 움직일 때는 전조가 있기 마련이다.

연옥대전 역시 그러했다.

등용문의 장 참가 신청이 있던 첫 번째 날. 용문을 두 패로 나눈 패왕회와 낭인회는 결국 서로를 향해 이빨을 드러냈다. 이유는 어느 쪽이 먼저 참가 신청서를 접수시키느냐였으나 구실에 불과함은 누구라도 알 수 있었다.

처음, 하급 수련생 중 몇몇이 서로의 멱살을 잡는 것에서 시작한 시비는 단숨에 수십 명 대 수십 명, 대규모 항쟁으로 발전했다. 그리고 잔뜩 긴장해 있던 고슴도치는 기어이 날카로운 가시를 일으켜 세웠다.

"부상자 각기 열다섯 명과 스무 명. 게중 삼 개월 이상의 장기간 요양 부상자가 양측 합쳐 열 명에 이른다? 비무대회가 시작하기도 전에?"

쾅!

말이 끝난 것과 동시였다. 읽고 있던 보고서 채로 책상을 부숴 버린 태악일협 임천생이 눈앞의 칠독수 기진악을 힐난하듯 쏘아봤다. 얼마 전 이차 출정군에 참가한 철사자 장선홍과 다정쾌검 윤문환 없이 홀로 용문을 맡고 있는 그로선 갑자기 발생한 유혈 사태를 용납키 어려웠다.

그러나 기진악은 하급 교두의 대표로 이번 패왕회와 낭인회 간의 항쟁을 큰 피해 없이 차단하는 데 선봉을 선 사람이었다. 그가 표정의 변화조차 없이 힐난을 참아내자 임천생은 더 이상 목소리를 높일 수 없었다.

'으음, 이차 출정군에 용문의 교두 상당수가 차출된 상황에서 등용문의 장을 치르려면 하급 교두들의 힘이 절대적으로 필요하다. 기진악이 하급 교두들을 대표하는 자니 너무 심한 문책은 반발을 부를 수 있을 것이다.'

염두를 굴린 임천생이 목소리를 조금 누그러뜨렸다.

"물론 기 교두가 빠르고 정확하게 유혈 사태를 종결시킨 건 내 알고 있네. 아주 훌륭한 판단이고, 대처였어. 하지만 아무리 훌륭한 사태 수습도 예방보다는 못한 것이야. 좀 더 자네들이 수련생들에 대한 관리를 철저히 했으면……."

"…그러긴 힘듭니다."

"뭐라고?"

"현재 구룡무각에 남은 교두들만으론 간신히 하급 수련생들을 관리할 수 있을 뿐입니다. 상급 수련생, 그중에서도 연옥백강에 든 녀석들은 이미 교두들의 관리를 벗어난 지 오래입니다."

임천생의 안색이 다시 격노의 빛을 띠었다.

"그게 무슨 소린가! 아무리 용문에 모인 녀석들이 뛰어나다지만 아직 스물도 안 된 애송이들인데 일류고수들로 이뤄진 용문 교두들이 밀린다는 게 말이 되는가!"

"연옥백강에 든 녀석들의 무공 수준은 이미 하급 교두와 동격입니다. 물론 십강에 든 녀석들의 경우는 말할 것도 없고."

"그 무슨……."

"하급 교두들이라면 누구나 공감하는 내용입니다."

잠시 기진악을 노려보던 임천생의 안색이 비로소 심각해졌다. 그는 그제야 자신이 용문에 대해 아는 바가 무척 적다는 걸 깨달은 것이다.

"그러한 사항이 어째서 우리 대교두들에게 보고되지 않은 것이지?"

"연옥백강, 그중에서도 십강에 대한 사항은 총교두인 무상께서 직접 챙기셨습니다."

"그 뒤는?"

"총교두께서 출정하신 뒤로는 천원에서 나온 자가 챙겼습니다."

"천원? 문상께서 직접 연옥백강을 챙기셨단 말인가?"

"그런 줄로 압니다. 몇 년 전부터, 그러니까 오성이라 불리는 절대기재들이 입문한 이후 용문은 완전히 바뀌었습니다. 지난번 등용문의 장에 참가하지 않고도 연옥일좌에 올랐던 천괴성 모회언이 갑자기 미쳐 버린 사건 이후엔 더욱 그러했고요."

"천괴성 모회언?"

"맹주님 일가 중 한 명으로 용문의 연옥백강 중 우두머리이자 철검회의 회주였으나 어느 날 갑자기 미쳐 버렸지요."

"그럼, 몇 년 전 전대 삼대교두를 홀로 죽이고 총교두의 한쪽 눈을 앗아갔다던……."

"맞습니다. 그때 총교두와 총단의 경비를 맡고 있던 금천검군이 나서지 않았다면 용문의 교두들 중 살아남은 사람은 아무도 없었을 겁니다."

"어찌, 어찌 그런 괴물이 있을 수 있단 말인가?"

"그런 괴물은 아직도 넷이나 더 남아 있습니다. 아니, 얼마 전 용문에 입문해 패왕회를 조직한 단천엽이 있으니, 이젠 다섯 명이라 함이 옳겠군요."

"그, 그런……."

기진악이 얇은 입술에 한숨을 매달았다.

"그렇기에 저는 이번에 치러질 등용문의 장에서 우리 용문 교두들의 역할은 승자와 패자를 결정하는 것, 즉 심판관의 역할 이상은 될 수 없으리라 봅니다."

"그, 그……."

갑자기 십 년쯤 늙어버린 듯한 얼굴이 된 임천생을 향해 정중히 고개를 숙여 보인 기진악이 미련없이 신형을 돌려세웠다. 용문 내의 직책이나 무림에서의 위치는 임천생이 위이나 짠밥은 기진악이 두 배는 많이 먹었다. 이번과 같은 사태의 처리와 뒷수습은 자신이 맡아야 한다는 판단이었다.

'일단 이번 사태를 뒤에서 조종하고 있을 두 괴물을 불러 조용히 타일러 볼까?'

기진악의 입가가 비틀려 올라갔다. 현재로선 타이르긴커녕 무릎 꿇고 사정이라도 해야 할 판이었다. 단정한 단천엽은 모르겠으되, 광포한 야수와 같은 서문휘강은 뱀의 심장을 지녔다는 그조차 상대하고 싶지 않았다. 무림에서의 위치는 나이나 연륜이 아니란 점이 뼈아프게 다가왔다.

잠시 후 구룡무각을 벗어나 주변을 서성이던 기진악은 천천히 패왕회 쪽으로 향했다. 연무장의 한가운데엔 어느새 대규모의 비무장이 뚱땅거리며 만들어지고 있는데, 그의 발걸음은 천근만근 무겁기만 했다.

오랜만에 문상 집무실을 찾은 거산은 슬쩍 얼굴 근육을 꿈틀거렸다. 문상 집무실 앞을 지키고 선 호위무사들의 근무 태도가 마음에 들지 않았기 때문이다.

"근무 중 한눈을 팔다니!"

벽력같은 대갈이 터지자 무료한 표정을 짓고 있던 호위무사들의 상체가 뻣뻣하게 굳었다. 그들은 모두 거산이 손수 키워 문상 한상월의 주변을 지키게 만든 정예였다. 거산의 목소리와 부쇠 같은 주먹의 위력을 똑똑히 기억하고 있는 건 당연했다.

"호위대장님!"

"대장님께서 어떻게?"

자세를 바로 한 호위무사들의 외침에 거산이 히죽 웃었다. 호통은 쳤으나 그 역시 오랜만에 반가운 얼굴들을 보자 마음 한 켠이 흔쾌했다.

"문상의 명을 받고 왔다."

"아, 그러셨군요."

호위 한 명이 고개를 끄덕이는 사이 나머지 한 명은 재빨리 안쪽으로 거산의 도착을 알렸다. 거산이 오랫동안 가르친 기본대로의 모습이었다.

'흠, 문상의 곁을 떠나며 조금 걱정을 했는데 이만하면 큰 문제는 없겠구나. 귀비도 항상 문상의 주변을 맴돌고 있으니.'

내심 고개를 끄덕여 보인 거산이 안쪽에서 허락이 떨어지기를 기다려 길을 튼 호위무사의 어깨를 두들겼다. 믿음의 표시였다. 어깨를 얻어맞은 호위무사의 얼굴이 일순 새빨갛게 물들 정도로 강렬한.

그렇게 집무실 안으로 들어선 거산이 부동 자세를 취하자 한상월이 심드렁한 표정으로 소리쳤다.

"그 커다란 덩치, 숨을 곳이 어딨다고 볼썽사나운 짓을 하는 것이냐?"

"무슨?"

거산의 얼굴에 의혹이 떠올랐다. 현재 문상 집무실 안에는 의자에 비스듬이 기대어 앉은 한상월을 제외하면 그밖엔 없었다. 한상월이 누구에게 호통 쳤는지 알 도리가 없는 것이다.

'설마 이곳에 나 외의 다른 누군가가 숨어 있단 말인가?'

거산은 뒤늦게 내력을 집중해 주변을 살폈다. 그 정도 되는 고수라면 웬만한 기척은 눈을 감고도 찾을 수 있다. 고수의 싸움이란 상대방의 기척을 먼저 발견하는 데서 시작되니, 당연한 바였다.

그럼에도 기척이 발견되지 않는다면?

거산의 몸에서 강렬한 기파가 발출됐다. 그리고 자연스럽게 이어진 동작. 그는 진신절기인 철수산형의 기수식을 펼치며 한상월의 앞을 가로막아 섰다. 철저히 자신을 능가하는 고수에 대비한 행동이었다.

그때 한상월이 거산의 경각심을 돋웠다.

"거산, 자네가 상대할 만한 녀석이 아니다. 옆으로 물러서 있게."

"문상?"

"물러서래도."

한상월의 말꼬리가 올라갔다. 거산으로선 절대 거역할 수 없는 명령이었다.

거산이 한상월의 앞에서 한 걸음 옆으로 물러서자 갑자기 바닥이 불쑥 솟아올랐다. 거산은 분명 그렇게 느꼈다. 그러나 그는 곧 불신에 가까운 표정이 됐다. 방금 전까지만 해도 바닥이었던 공간이 사람의 형상을 만들어냈기 때문이다. 그것도 칠 척이 넘을 정도로 커다란.

"너, 너는……."

말을 더듬거리는 거산을 향해 서문휘강이 이를 드러내며 웃어 보였다.

"문상의 주변에 한 명의 권법고수가 있다는 말은 들었지만 생각보단 몸집이 작군요."

"몸집이 작아?"

거산으로선 태어나 처음으로 들어본 소리였다. 그러나 그의 눈앞에 모습을 드러낸 서문휘강은 확실히 몸집이 보통이 아니었다. 거산보다도 머리 하나는 더 커 보일 정도였다.

'끙! 건방진 녀석!'

내심 못마땅하게 끌탕을 친 거산이 눈매를 가늘게 만들었다.

"용문의 수련생이 어찌 문상 집무실에 모습을 드러낸 것이지? 그것도 모습을 숨긴 채로."

한상월이 서문휘강 대신 대답했다.

"내가 불렀다!"

"예?"

거산이 놀라 고개를 돌리자 한상월이 눈살을 찌푸려 보였다.

"그런 위험천만한 녀석 앞에서 시선을 돌리면……."

"컥!"

“…안 된다고 해봤자, 이미 늦었나?”

한상월의 중얼거림이 채 끝나기도 전이었다. 철수산형의 기파로 전신을 휘감고 있던 거산의 신형이 크게 흔들렸다. 어느새 코앞까지 파고든 서문휘강의 철산고가 가슴에서 작은 폭발을 일으킨 직후였다.

스륵!

뒤로 한 걸음 물러선 서문휘강이 놀람의 휘파람을 불었다.

“휘이, 버틸 수 있다니 놀랍군요.”

“이, 이놈!”

“그렇지만 그만 뒤로 물러나 주시죠, 선배!”

“컥!”

거산의 입을 뚫고 비명이 튀어나온 것과 동시였다. 검지 하나로 거산의 입 안쪽을 낚시걸이한 서문휘강이 손가락을 튕겼다. 마치 쓰레기를 집어 던지듯.

우당탕!

비참한 모양새로 집무실 한쪽 구석으로 날아간 거산은 던져지기 전마혈을 제압당한 듯 미동도 하지 못했다. 평소 거산이 지닌 무위를 알고 있는 사람이라면 경악할 만한 모습이었다.

물론 거산과 처음으로 손속을 겨룬 서문휘강에게 그런 모습을 기대한다는 건 어림도 없는 일이었다. 힐끔 거산을 곁눈질하고 한상월 앞으로 다가선 그가 처음 등장했을 때와 마찬가지로 이를 드러냈다.

“그럼 더 이상 방해꾼은 없는 거겠지요?”

한상월이 여전히 비스듬한 자세를 한 채 조소하는 듯한 눈빛을 서문휘강에게 던졌다.

“멍청한 녀석, 설마 그 정도로 거산을 이겼다고 생각하는 건 아닐 테지?”

“예?”

“거산은 천하에서 외문기공을 가장 완벽하게 익힌 무인이란 뜻이
다.”

서문휘강의 눈에 가벼운 이채가 떠올랐다. 한상월의 말에서 무언가
깨달음을 얻은 것이다. 그리고 그는 깨달음을 헛되이 여기지 않는 사
람이었다.

스팟!

외문기공을 이용해 마혈을 풀고 막 신형을 일으키던 거산의 신형이
다시 주저앉았다. 바람처럼 뛰어오른 서문휘강의 거구에 짓뭉개진 채.

그 뒤 서문휘강이 큼직한 주먹을 거산의 태양혈에 갖다 댄 채 한상
월을 바라봤다.

“천하제일의 외문기공을 익힌 무인이라면 태양혈이 박살나는 정도
는 그닥 대수롭지 않은 일이겠지요?”

한상월이 다시 눈살을 찌푸렸다.

“제 아비를 닮아 무지막지한 놈!”

“그분 얘기는…….”

“알았다.”

고개를 끄덕인 한상월이 거산을 향해 손을 휘저어 보였다. 옆으로
물러서란 뜻이었다.

우직!

순간 세 군데나 꺾인 관절을 무시한 채 서문휘강의 거구를 한 켠으
로 밀친 거산이 옆으로 물러섰다. 서문휘강의 얼굴에 얼핏 떠오른 감
탄의 기색을 외면한 채.

한상월이 비로소 앉은 자세를 고쳤다. 비로소 서문휘강의 존재를 인정한 것이다.

'이거이거, 역시 아들만큼이나 만만찮은 양반이로군. 어쩌면 바람둥이 아비보다 더.'

내심 고개를 가로저은 서문휘강이 다시 한상월에게 다가가 옆에 마련된 의자에 털썩 주저앉았다. 평소같이 오만한 표정이나 처음과 달리 한상월과 거산에 대한 경의가 조금쯤 포함되어 있는 태도였다.

"일단 세이경청해 보겠습니다."

"세이경청?"

"총교두님께서 어른에게 가르침을 구할 땐 그렇게 말하는 거라고 하더군요."

"흠, 백경에게 아주 교육자의 자질이 없는 건 아니군."

"총교두님은 최고의 무인이고, 최고의 교육자이십니다."

"그랬던가?"

고개를 약간 갸웃해 보인 한상월이 책상 위에 쌓인 서류 더미들 중 한 장을 빼 들었다.

"자네, 연옥일좌를 원하는가?"

"예?"

"난 두 번 말하는 걸 좋아하지 않아."

서문휘강의 눈 깊숙한 곳에서 작은 불꽃이 번뜩였다. 마침 한상월의 입가에 떠오른 흐릿한 미소와 비슷한 종류의 빛깔을 띤 채.

　"대주, 어째서 오랫동안 공을 들인 천하맹의 오천군세를 통째로 넘기시려는 겁니까?"

　거산의 목소리엔 불만이 가득했다. 그가 한상월을 따른 뒤 보인 적이 없는 모습이었다. 그만큼 한상월과 서문휘강 간에 오고 간 거래에 그는 수긍키 어려웠다.

　그러나 한상월의 태도는 평소와 전혀 다름이 없었다. 오히려 입가에 빙글거리는 미소를 담은 채 그는 보고서 더미를 정리하곤 짧게 대꾸했다.

　"오천군세는 본래 오성 중 전쟁의 별이라 할 수 있는 파군성에게 맡길 생각이었다. 특별히 서문휘강 녀석에게 특혜를 주려는 건 아니야."

　"그렇지만 서문휘강은 모 맹주의 핏줄이 아닙니까!"

　"버려진 핏줄이지."

거산의 얼굴이 꿈틀거렸다.

"설마 부자상잔을 생각하시는 겁니까?"

"부자상잔?"

보고서 정리 작업을 멈춘 한상월이 거산을 바라봤다. 그의 얼굴은 여전히 웃고 있었으나 눈빛은 차디차게 가라앉아 있었다. 거산이 일순 움찔하며 어깨를 떨어 보였을 정도로.

"그거 재밌을 수도 있겠군."

"대, 대주님!"

한상월이 눈빛을 거둬들였다.

"거산, 자네가 염려할 일은 벌어지지 않을 테니 걱정 말게. 아무리 서문휘강 그 녀석이 모 맹주에 대한 증오가 뿌리 깊다 해도 파불에서 키워진 아이야. 패륜을 행할 만한 그릇은 못되는 게 당연하지."

"그렇다면 어째서?"

"자격이 있으니까. 녀석은 아주 어릴 때부터, 어쩌면 태어났을 때부터 증오를 알고 힘을 쌓았다. 그 점에서 천엽보다는 한 수 위라고 할 수 있지. 만약 둘 중 하나에게 최강의 강병을 맡겨야 한다면 나는 녀석을 택할 거야."

"그래서……."

"뭐, 그 외에 천엽 녀석에겐 따로 시킬 일이 있으니까 오천군세를 맡길 순 없지."

거산은 한상월에게서 단단하고 커다란 벽을 느꼈다. 세상의 어떤 것으로도 부술 수 없고 넘어설 수 없는 벽. 그럴 때의 한상월을 설득한다는 건 불가능하다는 걸 알기에 거산은 내심 한숨을 토해냈다.

그때 한상월이 문득 화제를 바꿨다.

"금마부는 조용하겠지?"

"조용합니다. 마두들은 쥐 죽은 듯 생활하고 있습니다."

"날개가 꺾인 쥐새끼들다운 생활일 테니 당연하겠지."

"명하실 일이라도?"

"그들 중 몇 명을 뽑아 내일부터 벌어질 등용문의 장에 투입시켜야 겠어."

"예? 하지만 그들은……."

"그들이 할 일은 비무장 밖에서 날뛸 녀석들을 조용히 잠재우는 작업이야. 그런 작업에 그들 이상 가는 전문가는 없을 테니까. 그리고 자네는 용문 교두들과 함께 심사위원이 돼서 그들이 눈에 띌 정도로 날뛰지 못하게 감시하도록!"

"제가 심사위원이 되는 겁니까?"

"자네는 천하맹의 내외에서 제법 인정받는 사람이잖아. 심사위원이 된다 한들 큰 문제는 없을 거야. 물론 심사위원인 주제에 시합 중 부정행위를 돕는다면 문제가 될 테지만."

"그럴 리가 있겠습니까!"

"천엽 녀석이 부탁한다 해도?"

"그, 그건……."

한상월이 피식 웃었다.

"자네나 천엽 녀석이 그럴 주제가 못된다는 건 내가 이미 살 알고 있는 사실이야. 하지만 이미 서문휘강 녀석에게 내가 약속한 바가 있으니 행동에 조심하는 게 좋을 거야. 나중에 귀비의 대침에 옆구리를 찔리기 싫다면."

"며, 명심하겠습니다!"

"그럼 이만 나가봐! 이차 호북출정군이 요 며칠간 회복한 보급망을 재편하는 작업 때문에 일거리가 꽤나 많이 밀렸다."

"존명!"

바닥에 닿을 정도로 허리를 접어 보인 거산이 뒷걸음으로 문상 집무실을 벗어났다. 다시 시선을 보고서 더미에 던진 한상월의 신경을 최대한 거슬리지 않게 발꿈치를 살짝 든 채로.

천원을 벗어나자마자 금마부로 향한 거산은 곧바로 연옥대전에 투입할 인원 인선 작업에 들어갔다.

금마부에 소속된 마두의 숫자는 총 백오십 명. 백여 세가 넘은 노마(老魔)로부터 갓 서른을 넘긴 살성까지 다양했으나, 한 가지 공통점이 있었다. 하나같이 세상에 풀어놓으면 큰 사고를 칠 인간들이라는 점이다. 그런 탓에 거산의 인선은 엄격해질 수밖에 없었다.

그는 첫째로 인상이 험악하여 한눈에 악당이나 마두로 보이는 자들을 제외했고, 둘째로 음행(淫行)의 전력이 있거나 극도로 잔혹한 살인을 자행한 살인귀를 뺐다. 혹여라도 발생할지 모를 사고를 미연에 방지하기 위함이었다.

그러다 보니 본래 극악무도한 대마두들만 모인 금마부인지라 후보가 단숨에 줄어들었다. 악당들 중에서 평범함을 자연스레 풍길 사람을 찾으려니 당연한 일이었다.

'그렇다곤 하나 이렇게 인재가 없을 줄이야!'

거산은 최종 후보로 뽑힌 다섯 마두를 바라보며 조금 한심한 기분이 되었다. 모산파 출신의 좀도둑인 영환도사 최필은 개중 나았으나 정체불명의 벽안승 간다르나 항상 둘이서 붙어다니는 흑백쌍검귀, 벽혈마도(碧血魔刀) 장염무 같은 이는 한숨이 나올 뿐이었다. 도대체 용문 수련생들 틈에 온전히 숨어들어 임무를 수행할 만한 인재들론 보이지 않았다.

거산이 한참 동안 한숨만 푹푹 내쉬자 한때 신강(新疆)의 고독한 별이라 불리던 장염무가 눈썹을 치켜 올렸다.

"기분 나쁜 표정을 하고 왜 한숨을 내쉬는 것이냐? 본좌에게 불만이라도 있는 것이냐?"

"……."

거산이 장염무를 바라보곤 다시 한숨을 내쉬었다. 일견 평범하다고 봤던 그의 미간 사이로 도드라진 실핏줄과 눈가에 어린 살기를 발견했기 때문이다.

순간 장염무의 눈에서 불끈 살기가 치숫았다.

"이 녀석, 날 무시하는 것이냐!"

그제야 자신의 실수를 깨달은 거산이 얼른 고개를 가로저었다.

"아니오! 아니오! 내게 한 가지 고민이 있어서 한숨을 내쉰 것이오. 어찌 내가 장 공을 무시하겠소이까!"

"고민?"

"그렇소이다. 내게 고민이 있어 급하게 일을 처리하려다 보니 결례를 범한 것 같소이다."

"흥, 그렇다 해도 사람을 이렇게 무안주다니!"

장염무가 차갑게 코웃음 치며 소맷자락을 털어냈다. 여전히 불쾌함이 남았는 듯 살기 어린 눈빛을 거두지 않은 채였다.

그때 연신 입가에 헤픈 미소를 머금고 있던 최필이 화굉요로부터 쥐새끼 같다는 말을 듣던 눈알을 반짝였다. 그는 시정의 밑바닥을 다년간 굴러다닌 경험으로 거산의 내심을 넘겨짚었다.

"천사대제! 거산 대협이 오늘 우리 오 인을 부른 건 혹시 모종의 임무 때문이 아닙니까?"

최필을 바라보는 거산의 얼굴에 이채가 떠올랐다. 결코 인정하긴 싫지만 이곳에 모인 자들 중 그만큼 정상적인 사람은 없었다. 안타깝게도.

그런데 최고의 적임자인 그가 갑자기 도관에서 점을 봐줄 때와 같은 얼굴을 해 보이며 고개를 끄덕이고 나섰다. 시선이 향하는 건 인지상정이었다.

"최 도사가 내 마음속의 어려움을 아는 것이오?"

거산의 말투는 평소와 전혀 달랐다. 그것으로 자신의 판단이 옳다고 확신한 최필이 모든 걸 안다는 듯 염소 수염을 매만지며 크게 고개를 끄덕였다.

"흠, 역시 그렇구려. 하긴 오늘 이곳에 모인 오 인의 면면을 보자면 금마부 내에서도 인물과 재지, 능력에 있어 다른 자들보다 한 수 위인 사람들이니……."

"……."

"그런 분들을 급히 불러 모은 건 거산 대협이 내릴 임무가 매우 위험하기 때문이 아닙니까?"

"아니, 꼭 그런 건 아니고……."

최필이 얼른 말을 바꾸며 표정을 달리했다.

"아, 그래도 확실히 문제가 있는 게 아닙니까? 거산 대협은 어려워 마시고 빈도에게 말씀해 주십시오. 이래 뵈도 빈도는 위로는 천신천장을 모시고 땅으로는 지신과 안면을 튼 사이올시다. 거산 대협께서 하문하시면 어떡해서든 방도를 구하오리다.”

은근슬쩍 스스로의 얼굴에 금칠하는 최필의 말에 거산은 눈살을 가볍게 찌푸렸다. 그러나 다른 대안이 없었다. 내심 한숨을 내쉰 그가 쓴 입맛을 다시며 말했다.

“최 도사가 그렇게까지 말하니 내 마음속의 고충을 털어놓겠소이다.”

“거산 대협은 염려 붙들어 매시고 말씀하십시오.”

“그게……”

거산이 한상월의 명령을 나름대로 윤색하여 설명하자 최필을 비롯한 오 인은 각기 다른 반응을 보였다. 최필이 눈을 반짝이며 입가에 미소를 띤 데 반해, 간다르는 여전히 표정의 변화가 없었고, 흑백쌍검귀와 장염무는 와락 인상을 구겼다. 각자가 생각하는 바가 그대로 얼굴에 드러난 셈이다.

잠시 동안 침묵이 흐르자 최필이 도호와 함께 나섰다.

“천사대제! 거산 대협께서는 여태까지 전혀 쓸모없는 걱정을 하고 계셨으니, 참으로 통탄할 일이 아닐 수 없소이다.”

“쓸모없는 걱정? 설마 최 도장에게 특별한 묘수가 있더란 말입니까?”

도사에서 도장으로 승격한 최필이 얼굴에 자못 거만한 빛을 드러내며 좌중을 쓸어봤다. 누구 앞으로 나서 자신을 대신할 자가 있냐는 눈빛이었다. 물론 나서는 이가 있을 리 없다. 한 차례 어깨를 으쓱해 보인 최필이 다시 염소 수염을 쓸어내렸다.

“어험, 그런 일이야 우리 모산파의 특기 중에 특기가 아니겠습니까?”

“모산파의……."

거산의 얼굴이 대뜸 환하게 밝아졌다. 그는 모산파가 편벽괴이한 도술과 사술에 가까운 환술로 일가를 이룬 도맥임을 기억해 낸 것이다.

“최 진인!"

어느새 다가선 거산이 두 손을 잡고 힘차게 흔들어대자 최필이 불끈 가슴을 내밀어 보이며 자신했다.

“빈도가 모산파의 명예를 걸고 다섯 명의 마두들을 풍채 늠연하고 멋진 고승대덕들로 바꿔 보일 겝니다. 그러니 거산 대협은 이제부터 마음을 턱 놓으십시오!"

“믿겠소이다! 내 최 진인만 믿고 있겠소이다!"

“우하하하, 천사대제! 진인쯤 되는 사람에게 그런 일쯤이야 누워 떡 먹기보다 손쉬운 일인 것을."

도장에서 다시 진인이 된 최필의 대소가 금마부 내의 대전 안을 쩌렁쩌렁 울렸다. 그는 아직 모르고 있었다. 졸지에 대놓고 마두라 불리게 된 자들의 잔뜩 살기를 머금은 눈빛이 자신의 뒤통수를 노리고 있다는 사실을.

■ 제46장 ■
꽃보다 아름다운

꽃보다 아름다운 ,

　　연옥대전 첫째 날.

　　며칠 전부터 시작된 패왕회와 낭인회 간의 항쟁은 아직도 그 여파를
남기고 있었다.

　　용문 제일의 축제와 달리 살벌한 광경.

　　연무장 한가운데 마련된 비무대 주변은 하급 교두들을 비롯한 내성
삼각의 복장을 한 무사들에 의해 철저한 경계 태세가 이뤄지고 있었다.
교두들만으론 연옥대전의 완벽한 통제가 부족하다는 판단 하에 용문
출신의 무사들을 초빙해 온 것이다.

　　교두들과 눈빛을 빛내며 담소하는 선배들의 모습을 확인한 수련생
들의 입에서 작은 투덜거림이 터져 나왔다. 용문은 오성이 입문한 이
전과 이후가 확연히 달랐다. 아무리 선배라 하나 연옥대전의 경계를
맡는 건 수련생들의 자존심을 건드리는 일이었다.

그러나 수련생들은 곧 입을 다물어야만 했다. 조금 크게 목소리를 높인 상급 수련생 몇이 교두들에게 바로 끌려 나갔기 때문이다.

수련생들이 생각했던 것보다 교두들은 현 사태를 매우 심각하게 보고 있음이 분명했다. 몇 차례의 경고성에 수련생들의 잔뜩 흥분됐던 마음이 싸늘하게 식었다.

그런 가운데 장대한 규모의 비무장 위로 대교두 임천생을 비롯한 다섯 명의 심사위원이 뛰어올랐다. 새벽부터 이백여 명이 넘는 수련생들이 비무대 주변에 집결해 있었지만, 그들이 모습을 드러낸 건 정오가 조금 넘은 시간이었다.

연무장이 훤히 내려다보이는 구룡무각의 지붕 위.

잘 살피지 않으면 보이지 않을 흐릿한 아지랑이가 보였다. 그 뒤에 모습을 감추고 있는 오 인 중 두 눈이 모두 시퍼렇게 물든 최필이 작게 중얼거렸다.

"천사대제! 초장부터 기를 죽여놓고 시작한다라? 거산 대협이 꽤나 좋은 방도를 강구했구려. 이거 우리가 나설 필요가 없는 게 아닙니까?"

"아직 연옥대전은 시작도 되지 않았다."

"그렇긴 하나 저렇게 잔뜩 군기를 잡아놓았으니……."

"그 입 좀 닫고 있지 그래? 본좌가 비루먹은 강아지의 말을 받아주는 건 이번이 마지막일 테니."

"흡!"

최필이 놀라 입을 굳게 닫았다. 그도 그럴 것이 마지막으로 말을 받은 이는 그의 한쪽 눈에 주먹을 박아 넣은 신강의 고독한 별 장염무였다.

장염무의 목소리에는 여전히 진득한 살기가 남아 있었다. 이미 그의 무자비한 손속을 충분히 경험한 바 있는 최필로선 목을 움츠릴 수밖에 없었다. 한마디 말도 없이 주먹을 휘두르던 장염무와 흑백쌍검귀를 떠올리자니 오금이 저려 평소의 넉살조차 늘어놓을 수 없었다.

그때 진인에서 비루먹은 강아지가 된 최필을 구원하는 이가 있었다. 갑자기 삼십 년쯤 젊어졌을뿐더러 두 눈도 까맣게 변한 간다르였다.

"아미타불! 그나저나 최 도사는 정말 신기한 재주를 많이 가졌구만. 내력을 이용해 얼굴을 바꾸는 방도야 무림 중에 적지 않지만, 진법도 펼치지 않고 다섯 명의 모습을 숨기는 방도는 정말 뜻밖이야."

장염무가 냉소했다.

"흥, 비루먹은 강아지에게 그런 재주라도 없다면 어찌 우리들 틈에 낄 수 있었겠소이까?"

"그건 그렇지가 않네. 모산파의 법술이나 환술은 정평이 나 있는 데다 최 도사의 수준 역시 그리 낮지 않거든."

"그렇소이까?"

장염무는 더 이상 간다르의 말에 반론을 제기하지 않았다. 나이를 추측하기 힘들뿐더러 온갖 잡술과 이술에 능한 간다르는 이미 천하 마두들의 집결처인 금마부에서도 꽤 유명한 존재가 되어 있었다. 장염무보다 한 끗발이 높은 대마두인 흑백쌍검귀조차 간다르만큼은 존중하여 한 수 물러서는 형편인 것이다.

장염무가 입을 다물자 최필이 내심 한숨을 내쉬곤 간다르에게 헤벌쭉 웃어 보였다. 얼마 전 몽땅 따갔던 재산을 돌려준 일에 더해 간다르에겐 나날이 신세만 지고 있었다.

그때 간다르가 깊이를 알 수 없는 눈을 한 차례 끔뻑거리곤 미미하게 고개를 끄덕였다.

"흠, 슬슬 대교두란 친구가 할 말을 끝낼 때가 된 것 같으니, 이젠 연옥대전에 참가할 소시주들이 모습을 드러내겠구만."

"버, 벌써요?"

"벌써라니, 연설을 하도 오래 해서 온몸에 쥐가 나려던 판이었는데."

장염무가 시큰둥하니 말하고 신형을 일으켜 세우자 최필이 화들짝 놀란 표정이 됐다.

"설마, 바로 일을 시작하시려는 겁니까?"

"우리에게 내려진 임무의 내용이 뭐였지?"

"그, 그건……."

달변가답지 않게 최필이 떠듬거리자 여태까지 한 번도 입을 열지 않고 있던 흑백쌍검귀가 대신 말했다.

"우리의 임무는 이번 연옥대전을 중간에서 훼방 놓으려는 녀석들의 제거이다."

"그리고 일을 처리함에 있어 가장 중요한 것은 발본색원(拔本塞源), 싹은 어릴 때 자르는 게 기본이다."

장염무가 살벌한 미소를 보이며 고개를 끄덕였다.

"역시 두 분은 말이 통하십니다. 괜히 애새끼들이 사고 칠 때를 기다리는 것보다는 우리가 먼저 찾아가서 조져 버리면 금세 끝날 일이지요."

'조, 조져? 정말 이 인간들은 용문을 뒤엎어놓을 생각이구나! 거산대협이 저렇게 두 눈 시퍼렇게 뜨고 감시하고 있는데!'

입을 쩍 벌린 채 얼어붙어 버린 최필의 시선이 재빨리 간다르를 향했다. 그의 눈에는 애원이 담겨 있었다. 장염무나 흑백쌍검귀가 바짓가랑이를 붙잡고 늘어진다 해서 마음을 돌릴 상대가 아니니, 그가 매달릴 상대라고는 간다르뿐이었다.

그런 간절한 염원이 통한 것인가. 별 생각 없어 보이는 얼굴을 한 채 홍얼거리고 있던 간다르가 막 신형을 날리려던 흑백쌍검귀와 장염무에게 툭 한마디 던졌다.

"아미타불! 천하맹의 문상은 성격이 무척 더러운 아이인 것을……."

움찔!

한상월과 인연이 깊은 흑백쌍검귀가 신형을 멈추자 장염무 역시 마음 한구석이 켕겼는지 간다르를 돌아봤다. 비교적 최근에 들어온 최필을 제외한 금마부의 마두들 중 한상월을 두려워하지 않는 이는 아무도 없었던 것이다.

간다르가 눈을 반개한 채 말했다.

"내 듣기로 이번 일은 문상이 직접 명령한 일이라고 하더구려. 반검맹과의 전쟁 중임에도 따로 신경 쓴 일이니 함부로 망쳐선 곤란할 것이오."

"그럼 대사님의 뜻은?"

흑백쌍검귀의 첫째, 흑검마귀 갈진홍이 조심스레 묻자 간다르가 반개하고 있던 눈을 떴다.

"그야 이곳에서 주변을 살피다 망동을 부리려는 소시주가 있으면 조용히 불러다 훈도를 하면 되는 일이 아니겠소이까?"

"훈도라……."

"최 도사의 얼굴만으로도 이 늙은 중은 세 분 시주께서 그쪽으로 꽤나 조예가 깊은 것을 짐작할 수 있겠소이다."

간다르의 말이 끝난 순간 갈진홍과 동생 백검귀살 갈진염이 서로를
바라보며 고개를 끄덕였다. 간다르에게서 한상월의 이름이 나온 이상
섣불리 움직일 순 없다는 판단이었다. 장염무야 헤벌쭉한 얼굴이 된
최필을 쏘아보든 말든.

우와와!

기나긴 연설을 끝내고 심사위원석으로 신형을 돌리던 임천생의 미
간이 가볍게 꿈틀거렸다. 귓전을 따갑게 때린 수련생들의 함성이 자신
에 대한 조소처럼 들려왔다.

'이런 건방진 애송이 녀석들이!'

임천생의 주먹이 부르르 떨렸다. 기진악의 보고를 받은 뒤 부랴부랴
용문 출신의 천하맹 무인들을 찾아다니며 협조를 부탁해야 했던 굴욕
이 주마등처럼 뇌리를 스쳤다.

그때 심사위원석에서 일어선 거산이 성큼성큼 임천생에게 다가와
우렁우렁한 목소리로 말했다.

"훌륭한 연설이셨습니다. 임 대교두께서는 자리에 착석하시지요.
뒤는 이 사람이 맡겠소이다."

"오 대협……."

"거산이면 족합니다."

시커먼 얼굴에 어울리지 않는 하얀 이를 드러내며 선 굵은 미소를
보인 거산이 임천생의 옆을 스쳐 지나갔다. 천원에서 직접 떨어진 명
령대로 이제부터 연옥대전의 모든 진행 사항을 책임진 사람의 모습, 그
대로였다.

"끄응!"

임천생으로선 어깨를 늘어뜨린 채 자신의 자리를 찾아 걸어갈밖에 다른 도리가 없었다. 그사이 임천생이 연설하던 비무대의 가운뎃자리에 도착한 거산이 질서있게 도열한 용문 수련생들을 훑어보곤 버럭 소리쳤다.

"젊은 친구들! 새벽부터 이렇게 도열하느라 고생 참 많이 했소이다! 나는 등용문의 장인 연옥대전의 심판을 맡은 거산 오철산이라고 하니, 잘 부탁드리겠소이다!"

"거산 오 대협이다!"

"천원의 경비대장이다!"

정연한 자세로 도열해 있던 수련생들 사이에서 웅성거림이 터져 나오자 거산이 약간 작은 목소리로 소리쳤다.

"그냥 거산이면 족하니, 젊은 친구들은 다음에 날 만나면 거산 대형이라 부르시오! 괜히 오 대협이니 뭐니 부르면 내 주먹으로 때려줄 테니."

"우와아!"

임천생이 연설을 끝마쳤을 때에 버금가는 함성이었다. 천원의 경비대장을 다년간 맡았던 거산의 명성은 천하맹 총단 내에 제법 자자한 편인지라 용문의 수련생들도 대충 이름은 들어본 바 있었다. 그런 그가 솔직담백하게 대형이라 부르라 하니, 아직 젊은 수련생들로선 절로 마음이 흥분됐다.

그때 거산이 함성이 잦아들길 기다려 다시 목소리를 높였다.

"아마 젊은 친구들은 마음이 화통해서 딴소리를 늘어놓거나 빙빙 돌려 말하는 걸 별로 좋아하지 않을 것이오!"

"맞습니다!"

“그렇습니다!”

“그래서 바로 본론으로 들어가려 하오!”

좌중이 갑자기 조용해졌다.

찬물이라도 한 바가지 얻어맞은 듯.

거산이 고개를 끄덕이곤 조금 엄숙해진 표정으로 선언하듯 소리쳤다.

“지금 이 순간부로 용문을 용문이게 하며, 앞으로 삼 년간, 아니, 수십 년간 강북무림의 기린아가 될 천하제일 후기지수의 제전, 연옥대전을 개최하겠소이다!”

“우와와!!”

둑이 터진 듯한 함성. 앞서 터져 나왔던 것의 족히 두 배가 넘는 함성과 함께 비무대 주변과 수련생 중간중간을 지키고 있는 자들의 눈빛이 번뜩이기 시작했다. 잔뜩 흥분이 고조된 때, 사고는 찾아오기 마련인 것이다.

꽃보다 아름다운 2

거산에 의해 연옥대전의 개최가 선언되고 얼마 지나지 않았을 때다. 비무대 주변에 마련된 비무자 대기 막사 중 하나를 통째로 장악한 패왕회의 수뇌부를 향해 금난주가 평소답지 않게 인상을 쓰며 입을 열었다.

"이번 연옥대전의 진행은 무척 고전적이에요."

"고전적이라면 어떤?"

"난주의 예상을 깨고 이번 연옥대전은 전 대회 사강(四强)에 들었던 사성을 제외한 나머지 구십여 명의 연옥백상이 개별 추첨을 통해 상대를 결정하고 계속 싸워서 올라가는 방법, 즉 사성을 비롯한 팔강이 뽑히기까지 끝없이 싸우는 승자 승 원칙이 채택됐어요. 뭐, 무림의 여타 비무대회에서 자주 볼 수 있는 방법이죠. 하지만 정작 중요한 건 최종 여덟 명이 뽑힌 후 개최되는 팔강대전이에요. 처음부터 사강을 인정받

은 사성과 비무를 통해 올라온 사강, 그렇게 팔강에 뽑힌 자들은 다시
모종의 방법으로 싸워 순위를 정하게 되죠."

"그건… 너무 사성에게 유리한 조건이로군요."

안환이 눈살을 찌푸리며 투덜거리자 금난주가 잠시 설명을 멈추고
고개를 가로저었다.

"겉모습만 보면 확실히 이번 연옥대전은 사성에게 특혜를 준 게 분
명해요. 하지만 본래 그 정도 특혜는 귀엽다고 봐야 해요. 연옥대전은
무림의 다른 비무대회처럼 대문파 제자만 편파적으로 봐주는 행태는
없으니까요."

"그래도 그렇지……."

여전히 안환이 투덜거리길 멈추지 않자 그의 옆에 앉아 있던 사도진
영이 끼어들었다.

"그건 안환 네가 잘 몰라서 하는 소리다."

"잘 모르다뇨?"

"전 대회에서 사성과 다른 수련생들 간의 차이는 극명했다. 그들의
압도적인 무력에 많은 연옥백강이 중상을 입어야만 했지."

"그렇다면……."

"그래, 이번 대회에서 사성에게 특혜를 준 건 오히려 다른 출전자들
을 위한 조치라 할 수 있다. 그렇지 않으면 또다시 많은 출전자들이 그
들에게 산산조각날 테니까."

사도진영이 단정적으로 말을 끝내자 막사 안이 일순 조용해졌다. 이
곳에 모인 수뇌부는 모두 연옥대전의 참가가 결정된 상태로 추첨을 기
다리는 중이었다. 앞으로 팔강에 올라 사성과 싸우지 않는단 보장이
없는 것이다.

‘그러니 결국 사성을 상대할 사람은 회주뿐인가?’

‘회주가…….’

‘그래도 단 대형이라면!’

침묵 끝에 좌중의 시선은 그들 중 가운뎃자리를 차지하고 앉은 단천엽을 향했다. 위협을 느낀 순간 본능적으로 가장 강한 자에게 기대 위안을 얻으려는 심리가 발동한 것이다.

그러자 평소처럼 담담한 표정을 유지하고 있던 단천엽이 부드러운 미소와 함께 질문했다.

“그래서 팔강대전은 어떻게 치러지는 겁니까?”

“그건…….”

“설마 아직 알지 못하는 겁니까? 금 소저의 능력이라면 대충 짐작 정도는 해놨을 걸로 믿었는데요?”

단천엽의 입가에는 장난스런 미소가 매달려 있었다. 갑자기 무거워진 분위기를 되돌리려는 의도였다. 그의 내심을 읽은 금난주의 안색이 밝아졌다.

“헤헷, 역시 회주님은 난주의 진가를 인정해 주시고 있었군요!”

“군사를 믿지 않는 회주가 어딨겠습니까?”

“군사라…….”

방금 전까지 잔뜩 심각한 얘기를 늘어놓던 금난주이나 졸지에 장난기를 면하지 못한 소녀로 되돌아갔다. 그녀는 언제 미간 사이에 주름을 잡았냐는 듯 의기양양한 표정이 되어 단천엽에게 말했다.

“난주는 물론 팔강대전에 대해서도 생각해 놨어요.”

“역시!”

“대교두를 비롯한 심사위원들이 철저히 비밀에 붙여놨지만 난주의 생각에 팔강대전이란 건 그냥 맞붙어서 싸우는 건 아니라고 봐요."

"그러면?"

"용문에서 무공 수련 다음으로 많이 가르치는 것!"

"병법?"

금난주가 고개를 끄덕였다.

"필시 팔강대전이란 건 편을 먹고 상대방을 제압하는 것으로 승패를 결정하는 걸 거예요. 물론 같이 편을 먹었던 사람들도 나중에는 적이 되어 싸워야 할 테지만요."

"그야말로 연옥대전이란 말인가?"

"예, 연옥대전에서 승자가 되려면 지옥을 경험해야 하는 거예요."

금난주의 말이 끝난 순간 막사 밖에서 고하는 목소리가 들려왔다. 일차 추첨이 끝난 것이다.

토옥!

채 마르지 않은 머리결을 타고 떨어진 물방울에는 향기가 매달려 있었다. 뜨거운 온천수로도 완전히 지우지 못한 향기. 방금 전까지 천무서각의 너른 뜰을 온통 황홀하게 뒤덮었던 매화 향기의 여운이었다.

그렇게 깨끗하나 평범한 녹삼을 걸치고 머리를 동색의 띠로 질끈 묶은 모어언의 옥용엔 한 겹 서리가 매달려 있었다. 그녀가 계속된 폐관에도 불구하고 줄곧 따라붙던 그림자, 전 철검회주 모회언의 잔영을 결국 떨쳐 버린 징표였다.

'아직 사촌 오빠를 완전히 잊은 건 아니다. 그분은 영원히 내 기억 속에 존재할 테니까. 하지만 그분이 자리잡았던 곳을 비집고 들어선 사람이 있다. 어언은 더 이상 응석쟁이 어린애가 아니게 된 거야.'

가벼운 한숨이 공기 중을 떠돌았다. 아쉬움과 설레임, 그 모두가 포함된 복잡한 심경. 복장을 완벽하게 갖추고 장검마저 집어 든 모어언의 한숨에는 그 모든 것이 내포되어 있었다. 그러나 한숨의 여운이 채 사라지기도 전이었다.

스윽!

살짝 앞으로 발을 구른 모어언의 신형이 바람처럼 천무서각을 뒤로하고 날아올랐다. 생각했던 것보다 폐관이 길어졌다. 제 시간에 맞춰 연옥대전에 참가하기 위해선 조금 서둘러야 할 필요가 있었다.

모어언은 단숨에 육무잠형대절진을 벗어났다. 천무서각에서 신형을 뽑아 올린 지 반 각도 채 지나지 않았을 때였다. 그만큼 그녀의 신법은 놀라웠다. 천공을 노니는 바람조차 현재의 그녀만큼 빠를 순 없을 듯 보였다.

그런데 막 사자의 길을 벗어나려던 모어언의 신형이 멈춰 섰다. 살랑이는 바람을 타고 그녀의 신형이 춤추듯 지면에 내려앉았다.

그녀의 눈앞에는 보기에도 부담스러울 정도의 거영이 지키고 서 있었다. 마치 오늘 폐관을 깨고 나오리란 걸 알고 있었다는 듯 길목을 딱 가로막고서.

"절 기다리고 계셨던 건가요?"

모어언의 입술이 나풀 열리자 꿈질하고 자리에서 일어선 서문휘강의 눈에서 흐릿한 광망이 번뜩였다.

"그사이 또 다른 성취가 있었느냐?"

"예, 다행히도."

"그렇다면 드디어 녀석을 떨쳤다는 것이구나."

　모어언은 물론 서문휘강이 말하는 '녀석'이 모회언임을 알고 있었다. 평소 같았다면 얼굴을 굳혔을 텐데, 그녀의 대응은 미미하게 고개를 끄덕이는 것이었다.
　서문휘강의 만면에 웃음이 번져 나왔다.
　"크하하, 그렇구나! 그랬어!"
　"모두가 오라버니의 덕분이에요. 전날 오라버니의 깨우침이 없었다면 소매는 여전히 뒤쫓을 수 없는 환상을 진짜라 여기며 허우적거리고 있었을 테니까요."
　"그래서 이젠 더 이상 이 오라비의 도움이 필요없다는 뜻이겠지?"
　"소매는 이제 충분히 성장했다고 봐요."
　"그렇구나! 확실히 내가 보기에도 이젠 어엿한 어른이 된 것 같다. 하지만……."
　잠시 말을 멈춘 서문휘강이 한쪽 눈을 찡긋해 보였다.
　"나에겐 여전히 너는 작고 귀여운 누이동생이구나. 본래 오라비의 눈에 여동생이란 항상 지켜줘야만 할 존재이거든."
　"그렇다면 소매가 성장했음을 보여 드려야겠군요?"
　"그 정도로 마음이 굳건히 선 것이냐?"
　"시간이 부족하니, 소매가 무례를 범하겠어요!"
　나비와 같이 나풀 고개를 숙여 보인 모어언의 신형이 한 차례 회전을 보였다. 발검과 함께 보법을 밟은 것이다. 그리고 손을 떨친 순간!
　화라락!
　천지를 온통 휘감으며 서문휘강을 덮친 건 맹렬한 검강이나 검기의 물결이 아니었다. 만약 그런 종류였다면 서문휘강은 만면에 매달고 있던 웃음을 끝까지 거두지 않았으리라. 물론 갑작스레 맹렬한 권풍을 연달아 펼쳐 내지도 않았을 테고.

'갑자기 매화만개(梅花滿開)인가!'

서문휘강의 몸에서 맹렬한 기파가 일어난 것과 동시였다.

콰콰콰!

벼락같이 권풍을 일으켜 전신 삼백육십 개 대혈을 모조리 노리며 파고든 매화 송이를 밀어낸 서문휘강의 신형이 슬쩍 뒤로 물러섰다. 본래 어떤 상황에서든 강하게 앞으로 치고 나가 상대를 분쇄하는 그로선 극히 이례적인 반응이었다.

그러나 그것도 잠시!

반보의 후퇴는 더 막강한 일격을 위한 예비 동작에 불과했다. 그가 뒤로 물러난 것과 맞물려 더욱 가속된 권풍이 일자 주변을 휘몰아치던 매화 송이들이 일순 방향을 잃고 어지러워졌다. 실제 꽃보다 아름다운 낙화가 광풍을 만난 셈이다.

그 순간 모어언의 검이 다시 변화를 일으켰다.

파르르!

찰나간의 떨림, 그 뒤의 변화는 화산 매화검의 최고 초식인 매화만천에서 매화만취(梅花漫醉)로 이어졌고, 광풍이 흐트러진 순간, 군화매화(群花梅花)의 매서운 화풍으로 변했다.

'뒤로 물러서지 않는다?'

막 모어언의 전면까지 달려들어 제압에 들어가려던 서문휘강의 안색이 가볍게 변했다. 일순 폭풍과 같은 권풍을 일으키던 주먹 쪽에 통증이 느껴졌다. 이미 군화매화의 매서운 일격이 점을 찍고 지나간 것이다.

그러나 아쉽게도 모어언의 군화매화는 초식의 완벽함은 있을지언정 힘이 부족했다. 적어도 서문휘강이란 괴물을 제압하는 데는.

불끈!

서문휘강의 온몸을 뒤덮은 근육의 산이 거센 파도를 일으켰다. 비로소 숨겨놨던 힘을 방출시킨 것이다.

"아!"

순간적인 변화. 연속적으로 매화조하(梅花朝霞)를 펼쳐 내던 모어언의 신형이 바람처럼 퉁겨져 날아갔다. 폭풍에 휘말린 꽃잎과 같이.

그리고 바로 그때, 번개같이 소림 금룡수(擒龍手)를 펼쳐 모어언을 잡아채려다 실패한 탓인가!

서문휘강의 얼굴에 가벼운 찬탄이 떠올랐다. 이미 그의 표정엔 귀여운 여동생을 살피는 오라비의 마음이 담겨 있지 않았다. 모어언이 순간적으로 봉황삼점두의 식으로 검을 움직여 뒤로 물러섰다는 걸 눈치챘기 때문이다.

주변을 휘감은 광풍에도 불구하고 오 장여를 날아 사뿐히 바닥에 내려선 모어언이 생긋 미소 지었다.

"역시 오라버니의 힘은 무시무시해요. 소매로선 도저히 뛰어넘을 수 없을 정도로."

"그렇다 해도 멋진 무인이 된 게 아니냐!"

"이젠 소매를 놔주시겠다는 건가요?"

"흐, 그렇게 말하니 꼭 내가 출가하려는 여동생을 붙잡고 늘어지는 못된 오라비 같잖느냐."

"꼭 그렇지 않은 것도 아닌 것 같은데요?"

"그랬던가?"

서문휘강은 굵직한 목을 한 차례 꿈틀거리며 휘저어 보였다. 연달아 폭발하려던 광포한 힘을 억지로 되돌리느라 무리가 갔는지 아련한 근육통이 느껴졌다. 폭발하려던 힘을 되돌리는 무학의 금기를 범하고도 멀쩡한 괴물에게 내려진 가벼운 벌이었다.

모어언이 별빛 같은 눈을 반짝였다.

"오라버니의 말대로 소매는 이제 당당한 한 사람의 무인이 되었어요. 그러니 더 이상 소매를 걱정해 주지 않으셔도 됩니다. 이제는 오직 한 길만을 보고……."

"결국 단천엽이란 녀석에게 가야겠다는 게로구나?"

"그, 그건……."

"그게 아니라면 네가 내 명령을 어기면서까지 이번 연옥대전에 참가할 까닭이 없질 않느냐!"

창백하리만큼 냉기가 내려앉아 있던 모어언의 안색에 가벼운 화색이 돌았다. 한 송이 빙화에 색채가 더해져 천자만홍의 꽃무리가 핀 듯 화사하게.

잠시 꽃보다 더욱 아름다운 모어언을 바라보던 서문휘강이 뒤통수를 툭툭 때렸다. 방금 전 모어언이 말했던 것과 같이 주책 맞은 오라비가 됐다는 생각이 들었다.

"그래, 그건 일단 넘어가기로 하자. 어차피 네 녀석은 이미 마음을 굳힌 것 같으니."

"고마워요."

"그렇지만 이 순간이 지난 뒤부터 네 녀석을 나는 더 이상 작고 귀여운 누이동생으로 보지 않을 것이다."

"오라버니……."

"널 이젠 소매로 보지 않고 내게 맞서는 건방진 애송이의 조력자로 보겠다는 게다. 그래도 상관없겠지?"

모어언의 발그스름하던 안색이 다시 백설같이 변했다. 평소의 안색을 되찾은 것이다. 그러나 그녀는 내심 몹시 기뻤다. 비로소 서문휘강이 자신을 한 사람의 무인으로 인정했기 때문이다.

모어언의 눈에 한 가닥 강인한 빛이 담겼다.

"그야말로 소매가 바라던 바입니다."

"알았다."

짧게 고개를 끄덕여 보인 서문휘강이 바로 거구를 돌려세웠다. 마음속의 섭섭함을 숨긴 채.

'오라버니!'

점차 멀어져 가는 서문휘강의 거대한 등을 바라보는 모어언의 눈에 살짝 이슬이 맺혔다가 사라졌다. 언제 나타난 적이 있는지 짐작조차 할 수 없을 정도로 빠르게.

"더 이상 지체할 시간이 없다!"

한 차례 눈을 깜빡여 이슬을 떨군 모어언의 신형이 다시 바람이 되었다. 한창 연옥대전이 벌어지고 있을 연무장 쪽을 향해.

꽃보다 아름다운 3

자신들을 일명, 연옥대전 중 대불순분자제거조(對不純分子除去組)라 명명한 최필 이하 오 인조가 움직이기 시작한 건 연옥대전이 시작되고 얼마 지나지 않았을 때였다.

최필이 펼친 주안공(駐顏功) 덕분에 전혀 딴판인 사람이 된 오 인은 슬그머니 용문 교두들과 수련생 사이로 파고들었다. 각자 구역을 나눠 불순분자에 대한 색출 및 제거에 들어가는 게 일을 처리하기 쉽다는 판단이었다.

넉분에 살판난 건 패왕회의 방어조였다.

금난주가 내놓은 선공 계획을 백지화시킨 단천엽의 명에 따라 방어에만 힘쓰고 있던 패왕회 방어조는 본래 잔뜩 긴장하고 있었다. 며칠 전 큰 항쟁이 있은 후라 언제 낭인회의 공격이 있을지 모르는 상태이니 당연했다.

그런데 연옥대전이 시작되고 한참이 지나도 예상과 달리 전혀 공격의 기미가 보이지 않았다. 아무리 긴장의 정도가 높았다곤 하나 슬슬 마음이 풀어지지 않을 수 없었다. 눈앞에서 연달아 우상 격인 연옥백강끼리의 비무가 진행되는데, 주변만을 경계한다는 건 무인으로서 참기 힘든 일이었다.

슬쩍슬쩍 비무대 쪽으로 곁눈질하는 사람들이 생겨났다. 주변의 수련생들이 터뜨린 함성이 커질수록 그들의 숫자는 기하급수적으로 늘어났다.

그러다 어느 순간, 패왕회 방어조는 주변의 다른 수련생들과 마찬가지로 아예 자리를 깔고 앉아 비무의 승패에 연신 소리를 질러대기 시작했다.

이제 그들의 뇌리에 낭인회와의 항쟁이라거나 방어조로서 연옥대전의 출전자들을 지켜야 한다는 임무 따윈 전혀 남아 있지 않았다. 눈앞의 비무대에서 펼쳐지는 처절하고 아름다운 승부가 만들어낸 변화였다.

그렇게 패왕회 방어조가 무인으로 태어난 행복을 만끽하던 바로 그 시각, 비무대의 다른 한 켠에선 낭인회의 공격조가 곡소리를 내고 있었다.

낭인회가 자랑하는 십자혈풍조!

조홍의 특별 명령 하에 공격조에 가담한 그들은 주변을 지키는 교두와 선배들의 눈을 피해 은밀하게 이동하던 중 날벼락을 맞아야 했다. 대불순분자제거조가 움직인 것이다.

살기등등한 눈빛을 빛내며 패왕회 쪽으로 향하는 그들은 대불순분자제거조가 보기에 위험했다. 눈에 거슬렀다. 바로 응징이 내려진 건 당연했다.

십자혈풍조를 필두로 한 낭인회의 공격조들은 하나둘 대불순분자제거조에게 걸려 인적이 드문 곳으로 개같이 끌려갔다. 한 명, 예외는 없었다.

연옥대전의 열기가 점점 뜨거워지기 시작할 때였다. 연달아 벌어지는 명승부에 정신이 팔린 비무대 주변의 어느 누구도 조용히 이뤄지는 제거 작업을 눈치 채지 못했다.

임무 시작 전 간다르가 당부한 것처럼 대불순분자제거조는 은밀하고 조용히 자신들의 임무에만 집중했다. 살기등등한 애송이들을 처리하는 작업, 평생을 혈전과 귀계 속에서 보낸 그들에겐 하품이 날 정도로 손쉬운 일이었다.

대불순분자제거조의 활약으로 연옥대전의 첫날은 의외의 평화 속에 지나가고 있었다. 이대로 적당한 흥분과 열기 속에 끝맺을 것 같았다. 첫날의 마지막 대결로 예정된 모어언과 반월도(牛月刀) 진승의 대결이 있기 전까진.

"우와와!"

연옥 서열 삼십위의 단철강수(斷鐵强手) 여강을 팔십 초 만에 물리치고 비무대를 내려오던 안환은 환호에 손을 들어 답례하다 흠칫 놀란 얼굴이 됐다. 환호 소리에 묻어 생글거리며 다가온 금난주에게 옆구리를 대차게 꼬집힌 것이다.

"금 소저……."

금난주가 안환을 샐쭉이 노려봤다.

"최대한 시간을 끌라고 했잖아요! 어째서 난주의 말을 안 듣고 이렇게 금방 승부를 끝낸 거죠!"

안환의 표정이 울상이 됐다.

"단철강수 여 선배는 무려 연옥 서열 삼십위란 말입니다. 제가 시간을 끌고 싶다 해서 끌 수 있을 만한 상대가……."

"흥, 항상 난주한테 청성적하검을 십성 연성하면 구산의 어떤 고수와도 싸워 이길 수 있다고 자랑했잖아요!"

"그야 그렇지만, 저는 아직 청성적하검을 오성도 채 익히지 못했습니다. 십성의 경지란 요원하단 말입니다."

"아아, 시끄러워요! 그래서 이 사태를 어떻게 책임질 거예요!"

"사태라뇨? 무슨 사태를 말하시는 건지……."

금난주가 뾰족한 목소리로 소리쳤다.

"다음 대결이 우리 회주 언니와 반월 뭐시기 하는 녀석 간의 대결이잖아요! 아직 회주 언니가 도착하지 않았으니, 이대로 가면……."

"부전패를 당하게 되겠지요."

"그래요! 그걸 그렇게 잘 아는 사람이 고작 팔십 초밖에 못 버틴 건가요? 팔십 초 만에 힘이 부쳐졌다면 모르지만, 놀랍게도 이겨 버리다니!"

"그게 승부란 건 몰아붙여 이겨야 할 때 못 이기면, 오히려 질 수 있는 문제라……."

"그럼 지는 쪽을 택했어야죠!"

"그건 너무 심하잖아요!"

"심하다니요! 우리 회주 언니가 부전패를 당하게 생겼는데! 난주의 말도 안 듣는 사람 따윈 확 져버리는 게 낫다구요!"

"그, 그런……."

안환은 떠듬거리며 얼굴을 붉혔다. 그 역시 말솜씨라면 빠지는 편이 아닌데, 금난주와는 전혀 상대가 되지 않았다. 원군이 필요했다.

그때 비무대 위에서 예상 밖의 원군이 나타났다. 거산의 호명이 있자마자 비무대 위로 뛰어오른 다부진 체격의 소유자, 반월도 진승이었다.

연옥 서열 이십육위, 낭인회의 십자혈풍조 삼조 조장인 반월도 진승은 비무대에 오르자마자 다소 불안한 표정으로 주변을 둘러봤다.

총 오 개 조인 십자혈풍조 중 네 명의 조장은 이미 첫 번째 비무를 무사히 승리로 장식한 터였다. 본래대로라면 진승 역시 첫 번째 비무쯤은 가볍게 통과하는 게 마땅했다.

하지만 하필 재수없게도 진승의 첫 비무 상대는 연옥 서열 육위이자 철검회주인 모어언이었다. 이미 철검회는 패왕회로 합병돼 그 자취조차 남지 않았으나 회주 본인의 무위까지 사라진 건 아니었다. 진승으로선 하늘을 원망할밖에 달리 할 일이 없는 상황이었다.

'그런데 어째서 철검회주는 모습을 드러내지 않는 거지? 설마 아직도 그 계집은 폐관을 끝내지 않은 것인가?'

진승의 안색은 여거푸 모어언을 호명하는 거산의 목소리가 커질 때마다 조금씩 밝아졌다. 비무대에 오르기 전 조홍을 비롯한 나머지 네 조장들은 하나같이 그를 위로했다. 이미 이번 연옥대전에서 전력 외의 분류를 당한 것이다.

그런데 모어언이 나타나지 않고 있었다. 그야말로 운명이 뒤바뀌어 진승은 첫판부터 부전승을 얻는 행운을 거머쥔 셈이었다. 모어언이 끝내 비무대에 모습을 드러내지 않는다면.

그때 세 차례에 걸쳐 모어언의 이름을 호명한 거산이 슬쩍 시선을 심사위원석 쪽으로 던졌다. 명목상 최고 심사위원인 임천생의 의중을 알아보기 위함이었다.

"곧 날이 저물 시간이 됐소이다. 한 차례 더 호명하고 모습을 보이지 않으면, 부전패 처리하는 게 좋겠소이다."

"그렇지만 이번 비무자는……."

"모 맹주의 여식이란 건 본인 역시 알고 있소이다. 하나 오 대협과 달리 이 사람은 교육자올시다. 수련생 개인의 특권을 인정할 순 없소이다."

거산은 수긍할 수밖에 없었다. 그 역시 생각했던 바였기 때문이다. 상대가 천하맹주의 딸이라 하나 승부의 세계는 냉엄했다. 마냥 봐주고 있을 수만은 없었다. 보는 눈이 잔뜩 있다는 점을 차치한다 해도.

'그렇지만 모 맹주의 여식이라면 창천검문의 진전을 제대로 이어받았을 터인데, 구경을 못하게 된 건 아쉬운 노릇이다.'

내심 혀를 찬 거산이 초조한 얼굴이 된 진승을 힐끔 쳐다보곤 다시 시선을 비무대 주변의 수련생들에게 던졌다. 이미 마음을 결정한 그의 목소리가 우렁하게 퍼져 나갔다.

"마지막으로 호명하겠다! 연옥 서열 육위, 모어언은 지금 당장 비무대 위로 올라오도록! 지금 당장 비무대에 모습을 보이지 않는다면 부전패 처리하겠다!"

"……."

"모어언은 없는 건가!"

거산이 다시 목소리를 높인 순간 얼굴에 희색이 떠오른 진승이 겁도 없이 소리쳤다.

“철검회주는 모습을 드러내시오! 나 낭인회의 반월도 진승은 이런 식으로 승리를 얻고 싶진 않소이다!”

여전히 모어언은 모습을 드러내지 않았다. 거산 역시 포기한 듯 호명하길 그만뒀다. 이젠 진승이 부전승을 얻는 일만 남은 셈이었다.

그런데 진승이 갑자기 이성을 잃어버렸다. 부전승이 확정됐다는 판단을 내린 그는 기쁜 마음에 자신의 주제 파악을 상실하고 처음보다 더욱 크게 목소리를 높였다.

“철검회주! 겁이 나는 거냐? 나 진승과의 대결이 겁이 나 승부조차 포기했느냔 말이다! 하지만 나는 철검회주와 정당한 승부를 겨뤄…….”

“진승, 쓸데없는 말은 삼가는 게 좋아.”

“예? 그렇지만 심판, 저는 정당한 대결을 통해 승리자가 되고 싶은 겁니다.”

거산의 눈살이 찌푸려졌다. 진승의 희색이 만면한 얼굴을 보자니 한 대 쥐어박고 싶은 심정이었다. 그러나 심판으로서 비무자를 사적으로 때린다는 건 있을 수 없는 일이었다.

‘나중에 조용히 손을 봐주면 될 일이다.’

내심의 불만을 참고 거산이 진승을 승리자로 선언하려는 찰나, 갑자기 비무대 밑에서 격한 아우성이 터져 나오기 시작했다. 진승의 헛소리가 과거 철검회 호화검수들의 심기를 건드린 것이다.

“반월도 진승 따위가 철검회주 모 소저를 실력으로 이길 수 있단 말이냐!”

“집어치워라!”

“우리는 모 소저가 보고 싶지, 너 같은 시커먼 녀석 따윈 관심도 없다!"

"모 소저를 불러와라!"

처음 아우성을 터뜨린 건 과거 철검회의 호화검수들이었으나 발빠르게 움직인 금난주에 의해 소란은 갑자기 수련생 전체로 퍼져 나갔다. 모어언의 절대적인 인기가 철검회뿐 아니라 용문의 남자 수련생 모두에게 통용된다는 걸 단적으로 보여주는 광경이었다.

덕분에 대불순분자제거조의 숨은 활약으로 할 일을 잃고 있던 하급 교두들이 바빠졌다.

그들은 재빨리 수련생들 속으로 파고들어 분란의 소지를 없앴다. 작은 불씨가 온 산을 태우고 터럭만한 구멍이 방죽을 무너뜨린다는 걸 아는 발빠른 움직임이었다.

그렇게 비무대 주변의 소란이 잦아들었을 때다. 더 이상 시간을 끌 수 없다는 판단을 내린 거산이 이미 연옥대전의 우승자가 된 것인 양 거만해진 진승을 손으로 가리키며 소리쳤다.

"이번 비무는 반월도 진승의 부전……."

"모어언 여기 있습니다!"

목소리가 먼저 도착했고 사람의 심혼을 녹이는 듯한 꽃 내음이 그 뒤를 따랐다. 모어언을 아는 자라면 누구나 한 번쯤 경험한 바 있는 천상의 향기, 바로 매화 향기였다.

그 뒤 한줄기 바람을 타고 모어언이 비무대에 도착한 순간, 교두들에 의해 짓눌려 있던 수련생들이 일제히 괴성과 같은 함성을 토해냈다. 용문의 연인, 모어언이 천은마갑조차 걸치지 않고 모습을 드러낸 것이다.

"어어어……."

갑자기 말문이 막혀 버린 것이리라. 진승은 방금 전까지의 호언장담과 달리 돌처럼 굳어버렸다. 머리가 하얗게 변해 버린 듯했다.

그런 그에게 추수와 같은 시선을 던지고 구름 위를 노닐듯 거산에게 다가간 모어언이 살짝 고개를 숙여 보였다.

"늦었습니다."

거산의 검은 얼굴이 일순 붉은 기운을 띠었다. 천상의 선녀란 표현 밖엔 달리 할 말이 없는 모어언의 절세 미모를 목도한 것과 동시에 코 끝으로 파고드는 매화 향기에 정신이 혼미할 지경이었다. 그도 남자였다.

"오 대협, 정신 차리시오!"

"오 대협, 수련생들이 지켜보고 있소이다!"

"오 대협, 체통을 차리시오!"

갑자기 귓전을 파고든 전음들은 거산에겐 한 바가지의 냉수나 다름 없었다. 그는 덕분에 바로 제정신을 차렸다. 일이 돌아가는 과정을 예의 주시하고 있던 심사위원들의 빠른 판단이 처음으로 빛을 발하는 순간이었다.

"어험험!"

크게 헛기침을 터뜨려 무색한 마음을 돌린 거산이 다소 딱딱한 표정으로 말했다.

"모어언, 본인이 맞겠지?"

"맞습니다."

"어째서 비무 시간에 늦은 건가?"

"폐관 수련을 막 끝마쳤기 때문입니다."

"그렇군. 그럼 바로 비무에 들어가도 상관없겠나?"

"상관없습니다."

"흠."

모어언을 향해 천천히 고개를 끄덕여 보인 거산은 안색이 창백하게 질린 진승을 힐끔 바라봤다. 굳이 비무를 할 필요도 없이 승부는 결정 났다는 생각이 들었으나, 진승이 크게 망신당하는 모습을 보고 싶었다.

'이 녀석도 이번 기회에 무인답지 않게 경망된 성격을 고친다면 약이 될지도 모르지.'

진승에 대한 자신의 처결을 애써 합리화시킨 거산이 기권에 대한 의사를 묻는 걸 슬쩍 건너뛰었다. 그는 두 사람에게서 한 걸음 물러선 뒤 선언하듯 소리쳤다.

"그럼, 지금부터 연옥대전 첫날의 마지막 비무, 모어언 대 반월도 진승 간의 대결을 시작하겠다! 두 사람은 전력을 다해 싸우되, 상대방에게 중상을 입히는 행위는 되도록 삼가하기 바란다!"

"예."

바로 대답한 모어언과 달리 진승은 입을 반쯤 벌린 채 침을 흘리고 있었다.

진홍의 밤

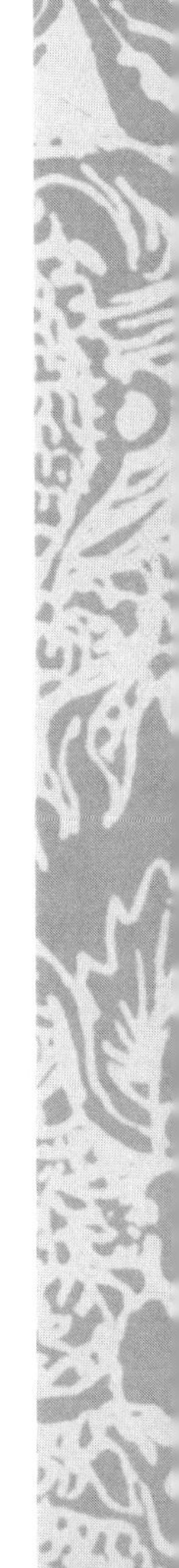

진홍의 밤 1

"이야! 과연 용문의 공주님이다!"

안환이 탄성을 토하자 주변에 모여 있던 금난주와 사도진영을 비롯한 전 철검회 출신들의 시선이 집중됐다. 결코 곱지 않은 시선이었다.

그들에게 모어언은 매우 특별한 존재였다. 어떤 면에선 첫 번째 비무를 끝내자마자 모습을 감춘 패왕회주 단천엽보다 심정적인 우위를 보이는 유일한 사람이었다. 안환의 음흉한 표정과 감탄에 기분이 언짢아진 건 당연했다.

그러나 모어언이 모습을 드러냈을 때부터 안환은 이미 넋이 반쯤 달아난 상태였다. 철면검객답게 주변의 따가운 시선 따윈 가볍게 무시한 채 그는 모어언을 황홀한 표정으로 바라보며 침을 흘리기에 여념이 없었다.

'하아, 남자들이란!'

익히 모어언과 다니며 오늘과 같은 일을 수없이 경험한 바 있는 금난주가 가볍게 한숨을 토했다. 별로 상관하고 싶지 않았다. 하지만 그녀는 패왕회 전체를 아우르는 군사의 직분을 맡고 있었다.

안환이 분노한 주변의 남자들에게 집단 구타를 당하기 전에 손을 써야겠다고 마음먹은 금난주가 소매를 둥둥 걷어붙였다. 이런 일에는 여인인 자신이 나서는 게 가장 효과적이란 판단이었다.

그 순간 비무가 시작됐고, 이미 반쯤 넋이 나가 있던 진승은 모어언의 현란한 움직임에 금세 보법이 흐트러졌다. 그가 제압당해 비무대 바깥으로 패대기쳐진 건 먼저 삼 초를 양보한 모어언이 공격한 반 초가 끝나기도 전이었다.

그런 후 모어언은 강자의 여유를 보이며 비무대 가운데로 돌아갔다. 여전히 구름 위를 노니는 듯한 움직임이고 꽃과 같은 미모였다.

"우와아! 억!"

모어언을 향해 발까지 굴러가며 환호하던 안환의 얼굴이 일순 파랗게 질렸다. 옆구리에 갑자기 극렬한 통증이 느껴졌기 때문이다.

'큭, 그렇다곤 해도 이 아픔은 장난이 아니잖아!'

안환은 자신의 옆구리를 살피며 얼굴에 의혹을 담았다. 어느새 옆에 바짝 달라붙은 금난주의 교족이 천천히 떨어지는 모습이 확대되어 보였다.

"그, 금 소저……."

금난주가 귀여운 발을 공중에서 몇 차례 까닥이며 생긋 웃었다.

"아파요?"

"내력까지 주입해 걷어찼는데, 당연히……."

"그건 다행이네요. 안 소협이 아파하는 모습을 보이지 않는다면 앞으로 어떤 꼴을 당할지 알 수 없었는데."

"그게 무슨?"

안환은 발끈 화를 내려다 묘한 느낌을 받고 주변을 둘러봤다. 그제야 자신을 향한 살벌한 시선들이 감지됐다. 오늘 비무대에서 격전을 벌였던 여강에게 느꼈던 것보다 더하면 더했지 못하지 않은 위기감이 엄습해 왔다.

'내가 그사이 뭔가 잘못했던 건가?'

금난주가 친절하게 설명해 줬다.

"앞으로 회주 언니, 그러니까 앞으로 패왕회의 부회주가 되실 모어언 소저를 곁눈질하지 않으면 되는 거예요."

"예?"

"회주님을 제외한 어떤 남자도 그래선 안 되거든요. 난주의 말, 알아들었지요?"

"……."

"설마 못 알아들었다는 건가요?"

금난주가 어깨를 가볍게 으쓱해 보이자 주변에서 날아드는 살기가 좀 더 강해졌다. 살기만으로도 숨이 턱 막히는 게 안환은 목숨의 위협마저 느꼈다. 아무리 철면검객이라 해도 계속 말귀를 못 알아듣는 척, 순진무구한 표정을 해 보일 순 없었다.

"…알아들었습니다."

결국 안환이 낙담한 표정으로 고개를 주억이자 금난주가 만면에 화사한 미소를 떠올렸다. 모르는 사람이 본다면 다정한 연인이 즐거운 한때를 보낸다는 착각을 불러일으킬 만한 모습이었다.

바로 그때 잠시 소강 상태에 빠져 있던 비무대 주변이 다시 엄청난 함성의 물결 속에 파묻혔다. 거산이 드디어 모어언의 승리를 선언하고, 첫날 연옥대전의 모든 일정을 마친다고 소리친 것이다.

"꺄아! 언니!"

모어언은 비무대에서 뛰어내린 순간 품으로 달려든 금난주를 살포시 안아줬다. 천무서각 안에 들어설 때와 달리 꽤나 다정한 대응이었다.

"헤헷, 웬일로 언니가 난주를 내치지 않네요?"

금난주가 좀 놀란 표정을 짓자 그녀의 머리를 한 차례 쓰다듬어 준 모어언이 작게 속삭였다.

"단 공자는?"

금난주의 눈이 반짝 빛을 발했다.

"역시 회주님을 먼저 찾는군요! 회주님은 비무에서 승리한 뒤에 따로 처리할 일이 있다며 사라지셨답니다."

"회주님?"

"그동안 난주는 언니가 맡긴 권리를 남용해서 독단으로 철검회와 패왕회를 합병시켰어요. 그러니까 이젠 언니도 회주님을 단 공자라고 부르면 안 되요. 언니는 이제 철검회의 회주가 아니라 패왕회의 부회주니까요."

"남용치고는 꽤 큰 사고를 쳤구나?"

"언니도 난주의 이런 성격을 모르고 철검회를 맡긴 건 아니잖아요."

모어언의 입가에 얼핏 미소가 떠올랐다. 그녀는 항상 자신을 회주 언니라 부르던 금난주가 더 이상 '회주' 자를 붙이지 않은 까닭을 그제야 눈치 챈 것이다.

그러나 이미 천무서각에서의 폐관으로 깊은 호수와 같이 심신을 닦은 모어언이었다. 이만한 일에 마음이 쓰인다면 폐관 중 얻은 게 헛될 터였다.

'이런 일을 추진한 데는 타당한 까닭이 있었을 테지.'

내심 고개를 끄덕인 모어언이 주변을 살피고 작게 속삭였다.

"일단 자리를 옮긴 뒤에 다시 얘기하자."

"난주가 그럴 줄 알고 자리를 마련해 뒀답니다."

"그래?"

"언니는 이제부터 난주만 믿으세요!"

살짝 모어언의 품에서 떨어져 나온 금난주가 재빨리 신형을 돌려세웠다. 이미 주변을 철통같이 에워싼 패왕회의 수뇌부들이 보였다. 물론 그 바깥으로는 모어언을 보기 위해 몰려든 수련생과 교두들이 거대한 물결을 이루고 있었고.

잠시 주변을 둘러보고 패왕회의 수뇌부들과 시선을 맞춘 금난주가 한 차례 헛기침을 하고 군사를 진두지휘하는 장수처럼 소리쳤다.

"험험, 지금부터 패왕회는 난주를 따라 길을 열고 일제 돌격이에요!"

단천엽이 최초 금난주가 내놓은 낭인회와의 항쟁에 대한 선공 작전을 따르지 않은 데는 몇 가지 이유가 있었다. 전날 패왕회를 찾은 기진악의 허심탄회한 요청, 낭인회의 숨은 전력에 대한 불확신, 마지막으로 서문휘강과는 정당한 비무로 승부를 보고 싶다는 개인적인 욕심이 바로 그것이었다.

때문에 단천엽은 연옥대전이 시작할 때부터 주변에 대한 감시를 게을리 하지 않았다. 회주로서 결정을 내린 이상 앞으로 벌어질 모든 상황에 대한 책임을 지는 건 당연했다. 조금 지나친 감이 있다 해도 별문제는 되지 않았다.

'그런데 이렇게 조용하다니? 서문휘강 역시 나와 같은 생각을 했단 말인가?'

단천엽은 잠시 염두를 굴리다 서문휘강의 군사인 조홍의 얼굴을 떠올리곤 내심 고개를 가로저었다. 그 역시 병법을 어려서 체득한 이상 병법자나 군사의 내심을 읽는 데는 익숙했다. 선공을 취할 기회가 왔는데도 수수방관한다는 건 병법의 묘가 아니란 생각이 들었다.

그때 연무장 외곽을 순찰하고 돌아온 기소천이 빠른 걸음으로 다가왔다. 오늘 벌어진 비무에서 연옥 서열 이십위의 상대를 단 오 초식만으로 제압한 그의 얼굴은 가볍게 상기되어 있었다.

"대형, 마지막 비무가 끝난 것 같습니다."

"그래?"

"예, 비무대 쪽이 꽤나 왁자지껄합니다. 마지막 비무가 꽤나 명승부였나 봅니다."

"마지막 비무라면……."

잠시 말끝을 흐린 단천엽의 시선이 멀리 비무대 방면을 향했다. 마지막 비무자 중 한 명이 모어언임을 떠올린 것이다.

뒤늦게 그러한 이치를 깨달은 기소천이 안색을 더욱 붉히며 목소리를 높였다.

"대형, 모 소저가 오늘 폐관을 깨고 나왔을까요?"

단천엽이 비무대 쪽에서 시선을 거두고 기소천에게 씩 웃어 보였다.

"소천, 네가 방금 마지막 승부가 명승부였나 보다고 말하지 않았더냐?"

"그, 그야 그렇게는 말했지만……."

"그만 됐다. 지금 중요한 점은 모 소저의 연옥대전 참가 유무가 아니니 보고를 계속하도록 해라."

"아, 예."

자세를 바로 한 기소천이 안색을 다소 딱딱하게 굳혔다.

"비무대 주변의 막사와 차양, 그 밖의 부대 시설을 돌아봤지만 특별한 일은 발견하지 못했습니다. 낭인회 쪽이나 저희 패왕회 쪽이나 처음에는 꽤나 긴장하고 있었지만 비무가 연이어 계속되는 동안 잔뜩 풀어져서 자기편을 응원하느라 바빴습니다."

"내가 살펴본 바로도 그러했다."

"그럼 낭인회 역시 저희 패왕회처럼 방어에만 신경을 쓴 것일까요?"

"그럴 수도 있겠지."

기소천의 눈에 이채가 떠올랐다. 그가 단천엽을 따른 이후 오늘처럼 뜨뜻미지근한 대답을 들은 적은 없었다. 항상 가장 올바른 결정을 내리는 사람, 그게 바로 그가 믿고 따르는 대형 단천엽이었던 것이다.

기소천의 눈빛에 담긴 의혹을 읽은 단천엽이 신중한 표정으로 설명했다.

"나 역시 방금 전까지 그런 생각을 해봤다. 하지만 그렇다 해도 오늘의 이 평화는 이상한 감이 있다. 설혹 낭인회 측에 그와 같은 명령이 떨어졌다손 쳐도 예상 밖의 일이란 늘상 벌어지는 게 다반사니까."

"그렇다면 대형은 오늘의 평화가 용문 외, 누군가의 개입으로 이뤄졌다고 믿으시는 겁니까?"

"그렇게밖엔 설명이 안 될 것 같구나."

"그렇지만……."

"패왕회와 낭인회의 인원을 삽시간에 침묵시킨 자들이다. 너와 내

이목으로부터 숨는 것도 가능했으리라 본다. 물론 미리 짐작하고 살피는 것과 아닌 것엔 큰 차이가 있지만 말야."

"그게 무슨……."

단천엽에게 질문하려던 기소천이 말끝을 흐렸다. 단천엽의 시선이 어느새 한쪽 방향을 쏘아보고 있었다. 먹이를 노리는 매와 같은 눈빛이었다.

'무언가 있다!'

기소천은 단천엽을 쫓아 고개를 돌리는 대신 주변을 휘감고 도는 바람에 집중했다. 그는 곧 단천엽의 시선이 가리키는 방향에서 불어오는 바람의 미묘한 변화를 눈치 챘다. 두 사람의 대화를 훔쳐 듣는 자가 있었다.

스윽!

단천엽은 발로 가볍게 땅을 굴렀다. 본능적으로 기소천의 손이 애도 월아의 도파를 향한 것과 동시에 벌어진 일이었다. 그리고 일어난 격렬한 돌개바람!

콰릉!

기소천을 놔둔 채 단숨에 십 장을 이동한 단천엽의 주먹에서 일어난 권경(拳勁)은 무섭게 폭발했다. 적어도 방원 일 장은 권경의 영향에서 벗어날 수 없을 터였다.

비권 천류영의 파권식 파뢰(破雷)! 하늘에서 떨어지는 뇌전조차 두 쪽 내는 극강의 권이었다.

그러나 순간 단천엽은 뒤로 신형을 뽑아 올렸다. 그는 극한까지 신법을 펼친 것과 동시에 공중에서 다섯 번이나 방향을 바꿨다. 놀랍게도 파뢰가 퉁겨졌기 때문이다.

‘강적이다!’

오 장을 날아 바닥에 착지한 단천엽의 눈빛이 가라앉았다. 예상됐던 노도와 같은 공격은 없었다. 대신 상대는 흔적을 감추는 걸 선택했다. 도망쳐 버린 것이다.

단천엽은 재빨리 정신을 집중했으나 더 이상 파뢰를 퉁겨낸 자의 흔적은 남아 있지 않았다. 아주 깨끗했다. 소름이 돋을 정도로.

“대형!”

월아를 빼 들고 달려온 기소천에게 시선을 던진 단천엽이 명령하듯 말했다.

“나는 지금부터 사냥에 나설 테니, 너는 일단 패왕회의 막사로 돌아가라.”

“저도 따라가겠습니다!”

“안 돼!”

“대형!”

“안 된다면 안 되는 거다!”

엄격한 얼굴로 기소천에게 고개를 가로저은 단천엽이 다시 시선을 비무대 쪽으로 던지며 말했다.

“소천은 패왕회를 지키는 거다, 내 대신에.”

“대형…….”

“알겠지?”

“예.”

단천엽에게 허리를 접어 보인 기소천이 바로 신형을 돌렸다. 입술을 꾹 다문 채.

단천엽은 빠르게 신형을 날렸다. 갈수록 빨라지고 있었다. 무림에서 일반적으로 사람을 쫓는 데 사용하는 천리추종술(千里追蹤術)과는 상궤를 달리하는 모습이었다.

파뢰가 퉁겨진 이후 예상했던 후수가 없자 단천엽은 잠시의 생각 끝에 곧 답을 구했다. 연옥대전 첫날, 석연찮은 평화의 원인을 찾아낸 것이다.

'이번 연옥대전에는 천하맹의 비밀고수들이 투입됐다. 정확한 숫자는 모르겠지만 소수 정예, 그것도 강호 경험이 많은 노강호들이 분명하다. 나이 어린 용문 수련생들쯤은 몰래 숨은 채 데리고 놀 수 있을 정도의.'

단천엽의 입가에 흐릿한 미소가 떠올랐다. 연옥대전에 투입된 노강호들의 뒷배경은 깊이 생각하지 않더라도 쉬이 짐작이 갔다. 이곳, 천하맹 총단에서 그만한 권력을 지닌 사람은 많지 않았고, 용문과 연옥대전에 관심있는 사람은 더욱 적었다.

천하맹 서열 이위, 문상 한상월.

단천엽이 가장 먼저 떠올린 이름이었다. 그렇다면 우연찮게 꼬리를 잡은 이상 그냥 물러설 마음은 없었다. 어떡해서든 정확한 사태를 파악해서 이번 연옥대전의 숨은 이면을 알아봐야만 했다. 그것이 아버지인 한상월이 짜놓은 계획에 지장을 준다 해도.

나쁜 아들. 그렇다. 단천엽은 지금부터 아버지의 말을 안 듣고 막 나가는 아들이 되어보고자 했다. 여태까지 남들에게 호감을 줄뿐더러 몸에 떡 맞는 옷처럼 편안하던 단정한 얼굴을 벗어던지기로 마음먹은 것이다.

"그나저나 참 빠른 분이구나!"

자신도 모르게 일으킨 야수감각도의 감각은 점차 민활해지고 있었다. 거의 초인적인 능력을 부여해 주고 있었다. 잠능을 이용해 갈수록 흐릿해져 가는 자취를 더듬은 단천엽의 신형이 일순 배로 빨라졌다. 단순히 경공만으로 자신을 떨궈내려는 도망자를 응징이라도 하려는 듯.

'빌어먹을 애송이! 빌어먹나 죽을 애송이! 빌어먹다 죽을뿐더러 시체도 고이 남기지 못할 애송이…….'

신강의 고독한 별 장염무는 연신 발끝에 힘을 배가하며 이를 바득바득 갈았다.

현재 그는 느닷없이 당한 일권 때문에 가볍지 않은 내상을 입은 상황이었다. 지금 당장 조용한 곳을 찾아들어 운기조식해야만 뒤탈이 남지 않을 터였다.

하나 애석하게도 그는 억지로 내력을 끌어올려 신법을 배가시키고 있었다. 그러기 싫었지만 어쩔 수 없었다. 느닷없이 일권을 먹인 애송이가 귀신같이 뒤를 쫓을뿐더러 갈수록 빨리 따라붙고 있었기 때문이다.

꿀꺽!

목에서 치솟은 뜨거운 핏물을 장염무는 내상이 악화될 줄 알면서도 묵묵히 삼켰다. 비릿한 혈향에 구역질이 일었다. 남의 피 내음은 수없이 많이 맡아봤으나 자신의 것은 참으로 오랜만에 맡아봤다.

기분이 무진장 더러웠다. 이런 경험은 하고 싶지 않았다. 아니, 안 해야만 했다. 하지만 현재는 도리가 없었다. 시간이 갈수록 귀신같이 간격을 좁혀오는 애송이에게 추적의 실마리를 제공할 순 없는 노릇이었기 때문이다.

이렇게 된 이상 지금부터는 참을성의 승부였다.

그렇게 한참을 달리는 데만 신경 쓰던 장염무의 입술꼬리가 일순 가볍게 치켜 올라갔다. 그가 무리한 보람이 있었는지 뒤에서 들려오던 발자국 소리가 점차 멀어지고 있었다. 기어이 귀신같은 애송이를 떨궈내는 데 성공한 것이다.

의지의 승리!

장염무는 그렇게 판단 내렸다. 하지만 그는 평소 행하고 다닌 일이 있는지라 꽤 의심이 많았다. 점차 멀어지던 발걸음 소리가 아예 들리지 않게 되었음에도 그는 한동안 용문 내부를 온통 들쑤시며 돌아다녔다. 점차 어둑어둑해져 오던 하늘이 까맣게 변할 때까지.

그 뒤 내공으로 눌러뒀던 내상이 더 이상 억누르지 못할 단계에 이르러서야 신형을 멈춘 장염무가 이마를 소매로 훔쳤다. 어쩌나 긴장했던지 무공이 절정에 이른 후 한 번도 흘려본 일이 없는 땀방울이 이마에 송골송골 맺혀 있었다.

'후우, 어쩌다가 나 장염무가 오늘날 이 꼴이 됐단 말인가! 고작해야 스물도 안 된 애송이한테 얻어맞고 내상을 당한 것도 울화통이 터지는데, 밤이 깊도록 도망이나 다니다니!'

장염무는 한숨을 푹 내쉬며 맨바닥에 털썩 주저앉았다. 운기조식을 하기 위해 그가 선택한 곳은 육무잠형대절진이 펼쳐진 사자의 길이었다. 오랫동안 천무서각 밑에 자리잡은 금마부에서 생활한 그에겐 가장 안전한 장소이고, 익숙한 곳을 찾아온 것이다.

그래도 의심 많은 성격이 어디 가지 않았다. 완전히 안심한 표정을 지어 보이며 가부좌를 틀고 앉고서도 한참 동안 장염무는 운기조식에 들어가지 않았다. 물론 얼굴 표정만큼은 근엄하게 무아지경에 빠진 듯한 연출을 한 채로.

그렇게 일각이란 시간이 다시 흘러갔다. 아무리 주변의 동정을 살펴도 쥐 죽은 듯한 고요함만이 느껴지자 장염무는 얼굴 근육을 한 차례 꿈틀거렸다.

더 이상 통증을 억눌러 참지 않아도 된다는 판단이었다. 그와 동시, 얼마 전 억지로 삼켰던 핏덩이가 뜨거운 불꽃처럼 목구멍에서 역류했다.

"웩!"

장염무는 연달아 검게 죽은 핏덩이를 세 차례 토해냈다.

가슴에 맺혔던 울혈이 어느 정도 풀리는 듯했다.

무엇보다 핏덩이의 색깔이 검다는 것에 그는 위안을 느꼈다. 만약

핏덩이의 색깔이 붉었다면, 적어도 수개월은 요양에 힘써야만 본신의
내력을 회복할 수 있을 터였다.

"제기랄! 애송이 놈……."

짓씹는 듯한 욕설과 함께 장염무가 호흡을 한 차례 돌리고 앉은 자
세를 바로 했다. 토혈과 동시에 체내에 정체되어 있던 진기가 요동치
기 시작했다. 아무리 내가의 공부가 절정에 도달한 그라 해도 더 이상
운기조식을 뒤로 미룰 순 없었다.

장염무가 운기조식으로 내상을 가라앉힌 건 한 식경이 조금 지났을
때였다. 내상을 완벽하게 회복한 건 아니나 일단 급한 불은 끈 상황이
었다.

'이번 임무가 끝나면 금마부로 돌아가 위험을 완전히 제거하면 되니
급할 건 없다!'

장염무는 반개했던 눈을 뜨며 내심 고개를 끄덕였다. 운기조식에 들
어가기 전 느꼈던 울분도 이쯤에선 어느 정도 풀려 있었다.

인생을 살아가다 보면 가끔 재수없는 일을 만나 고생하는 경우가 종
종 있다. 오늘 애송이에게 얻어맞고 도망친 것도 마찬가지의 경우일
뿐이었다.

장염무는 그렇게 스스로에게 중얼거렸다.

그러나 눈을 완전히 뜬 순간 그의 여유있던 안색은 새파랗게 질리고
말았다. 너무 놀란 나머지 간신히 가라앉혔던 내상이 다시 발광을 일
으키려 했다.

"너, 너는……!"

장염무가 가부좌를 튼 바로 코앞에 쪼그려 앉아 있던 단천엽이 씩

웃어 보였다.

"그전에, 진기가 역류하기 시작했습니다. 빨리 내공으로 다스리지 않는다면 주화입마에 빠질 겁니다."

"크윽!"

장염무의 어깨가 부들거리며 떨렸다. 내심 같아서는 눈앞의 단천엽에게 살공(殺功)을 펼친 후 뒤도 돌아보지 않고 달아나고 싶었다. 그만큼 눈앞의 단천엽이 그에게 주는 압력은 보통이 아니었다.

하나 장염무는 관록있는 마두였다. 얼른 생각을 되돌린 그는 재빨리 내공을 일으켜 난마처럼 끓어오르려는 진기를 가라앉혔다. 일단 그 점에만 심력을 집중했다.

그 뒤 눈앞의 단천엽과 시선을 맞춘 장염무가 아직 핏자국이 남은 입술을 혀로 핥으며 입을 열었다.

"상황이 이와 같으니, 오늘은 본좌가 자네에게 완패하고 말았다는 걸 인정해야겠지?"

단천엽의 눈에 흐릿한 이채가 떠올랐다. 장염무의 대응이나 판단력이 예상을 뛰어넘는 점이 있다는 판단이었다.

"패배를 자인하시는 겁니까?"

"패배? 나더러 패배를 자인하라는 뜻인가?"

반문과 함께 장염무의 눈에 살기가 일어났다. 수십 년 동안 신강의 밤을 지배했던 대마두의 눈빛이었다.

단천엽이 고개를 끄덕였다.

"방금 전 완패를 인정한다고 말하셨습니다만?"

장염무의 눈에 담긴 살기가 조금 더 강해졌다. 당장 단천엽을 찢어발기기라도 하려는 눈빛이었다.

　그러나 그것도 잠시, 전혀 흔들림을 보이지 않는 단천엽의 모습에 기세가 꺾인 장염무가 고개를 가로저었다.

　"자네는 누군가를 많이 닮았군."

　"제가요?"

　"그래."

　장염무가 가부좌를 풀고 일어섰다. 여태까지의 의심 많던 모습과 달리 한 점 망설임이 보이지 않는 움직임이었다.

　'역시 강적이 맞구나!'

　내심 고개를 끄덕인 단천엽이 뒤따라 신형을 일으키고 뒤로 한 걸음 물러섰다. 장염무에게 자신과의 대결을 준비할 시간을 준 것이다.

　"제 이름은 단천엽, 용문의 수련생입니다."

　단천엽이 정중히 포권하자 음울한 눈빛으로 천천히 내공을 끌어올리고 있던 장염무가 눈살을 가볍게 찌푸렸다.

　"어쩐지 강하다 했더니, 패왕회의 회주였구만."

　"그것도 모르고 감시하셨던 겁니까?"

　"애들을 감시하는 데 별다른 준비를 했을 리 만무하지 않겠는가?"

　"그렇군요."

　장염무가 질문했다.

　"본좌와의 대결에 앞서 원하는 바가 있을 테지?"

　"들어주시겠습니까?"

　"본좌를 이길 수 있다면."

　"그럼 이긴 뒤에 얘기하겠습니다."

　"건방진 소리!"

　단천엽이 포권을 푼 순간, 장염무의 눈빛이 더욱 음울하게 가라앉았다. 스산한 살기와 더불어.

　연옥대전의 첫날이 끝난 후 대불순분자제거조는 약속했던 장소에 하나둘 모여들었다. 하루의 힘든 노동을 끝마친 뒤의 귀가였다.
　그런데 간다르를 제외한 마두들의 얼굴에는 각자 차이는 있으나 끈끈한 만족감이 배어 나오고 있었다. 금마부에 연금 아닌 연금을 당하고 있는 동안 거의 맛보지 못한 손맛을 오늘 확실하게 만끽했기 때문이다.
　"천사대제! 모두들 즐거운 하루를 보내신 것 같습니다?"
　최필이 운을 떼자 모른 척 외면하는 간다르와 달리 흑백쌍검귀는 입가에 쑥스런 미소를 띠었다. 금마부에서도 대마두 급으로 분류되는 그들 역시 오랜만에 맛본 손맛이 꿀맛 같았던 것이리라.
　"흐하하하!"
　여전히 멍 자국이 시커먼 눈을 반달로 만들며 최필이 파안대소를 터뜨렸다. 어제 두들겨 맞았던 이상으로 오늘 몸을 풀었기에 기분이 상쾌했다.
　그때 간다르가 점차 진홍으로 물들기 시작한 비무대 주변을 바라보다 나직이 중얼거렸다.
　"그런데 장 시주가 여대껏 모습을 보이지 않으니 이상한 일이구려."
　"어, 정말 그렇습니다?"
　최필은 흑백쌍검귀를 한 번 쳐다보고 얼른 신형을 날렸다. 간다르에 이어 흑백쌍검귀 역시 아는 바가 없다는 표정을 보였기 때문이다.
　한참 후 주변을 한 바퀴 돌고 돌아온 최필이 입가에 괴악한 웃음을 떠올린 채 소리쳤다.

"여러분, 재밌는 구경거리가 생겼습니다!"

"재밌는 구경거리?"

흑백쌍검귀의 첫째 갈진홍이 눈빛을 번쩍이며 묻자 동생 갈진염 역시 최필을 바라봤다. 뜸 들이지 말고 얼른 말하라는 뜻이었다.

힐끔!

간다르 쪽을 한 차례 곁눈질한 최필의 얼굴에 재미없다는 표정이 떠올랐다. 그가 잔뜩 목소리에 힘을 줬음에도 불구하고 간다르의 표정엔 아무런 변화가 없었다. 딴청을 피우는 게 아니라면 아예 최필을 무시하고 있음에 분명했다.

그러나 간다르만큼 두려운 흑백쌍검귀가 대답을 기다리고 있었다. 얼른 간다르에게서 시선을 뗀 최필이 슬쩍 목소리를 낮췄다.

"그게, 지금 사자의 길에서 일장의 혈투가 벌어지기 직전입니다."

"사자의 길에서?"

"벽혈마도와 맞붙은 자가 누구지?"

갈진홍이 대뜸 요점을 파악해 질문하자 최필이 어깨를 한 차례 들썩이곤 고개를 가로저었다.

"그것까진 빈도도 모르겠습니다만……."

"쓸모없는 것!"

냉랭한 한마디를 던진 갈진홍이 동생 갈진염과 동시에 신형을 날렸다. 벽혈마도 장염무의 마도식은 일견할 가치가 있다는 판단이었다.

"어어, 빈도도 데려가십시오!"

황급히 흑백쌍검귀의 뒤를 쫓으려던 최필이 느닷없이 땅바닥을 한 차례 굴렀다. 신법을 펼치려는 찰나 어딘가에서 날아온 기이한 기운에 얻어맞아 보법이 뒤엉킨 것이다.

"으으, 생불님, 빈도에게 무슨 억하심정이 있길래……."

비틀거리며 자리에서 일어선 최필이 잔뜩 화난 표정으로 투덜거리
다 얼른 입을 다물었다.

어느새 그의 코앞까지 다가선 간다르가 평소와 달리 엄숙한 표정을
하고 있었다. 지레 겁을 먹은 최필은 안색을 조심스럽게 바꿨다.

"빈도에게 무슨 명령하실 일이라도?"

간다르가 최필에게 한 차례 미소 짓곤 손가락을 비무대 쪽으로 뻗었
다. 더욱 정확히 말해 방금 전부터 조금 더 붉은 기운이 짙어진 막사
부근을.

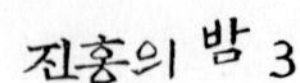

　벽혈마도 장염무, 일명 신강의 고독한 별로 불리는 대마두의 성명절기는 풍진홍예기기(風塵紅霓炁技)의 신공과 비천회선일탄월(飛天廻旋一彈月)의 도법이었다.

　평생에 걸쳐 패배라곤 금마부에 들기 전의 단 두 번!

　패배보다는 승리에 익숙한 장염무지만, 이미 단천엽의 파뢰에 타격을 입은 풍진홍예기기로는 승부를 자신하긴 힘들었다. 그만큼 단천엽이 펼친 파뢰의 위력은 깊게 장염무의 뇌리에 각인되어 있었다.

　'그렇다 해도 상대는 손자뻘밖엔 되지 않는 애송이다! 어찌 신강의 일문지주(一門之主)라 할 수 있는 본좌가 적수공권인 녀석에게 먼저 칼을 빼 들 수 있단 말인가!'

　장염무는 잠시 양손을 아무렇게나 늘어뜨린 단천엽을 바라보며 고민했다. 일견하기에도 완벽한 자세였다. 몇 번을 거듭 생각해도 권각으로 싸우고 싶진 않았다.

그때 단천엽이 장염무의 내심을 읽기라도 한 듯 가려운 곳을 긁어주었다.

"저는 권각이 특기입니다."

장염무의 딱딱하게 굳어 있던 안색이 살짝 풀렸다.

"그런가?"

"그렇습니다. 그러니 병기를 사용하셔도 무방합니다."

장염무와 단천엽 간의 연배를 생각하면 매우 건방진 말이었다. 보통 이렇게 연배의 차이가 날 경우 선배가 후배에게 삼 초를 먼저 양보하는 게 통상적인 무림의 예의였다.

만약 체면을 중시하는 정파인이었다면 단천엽에게 한 차례 훈계를 늘어놨으리라. 그리고 삼 초에 더해 몇 초식을 추가해 양보하겠다는 말을 근엄하게 내뱉었을 것이다. 까마득한 후배인 단천엽의 말은 분명 장염무를 무시하는 뜻이 담겨 있다고 볼 수 있었기 때문이다.

하나 장염무는 마두였다.

체면 따윈 승리를 위해 철저히 내팽개칠 수 있는 사람이었다. 차마 단천엽에게 먼저 입을 열어 요청하진 못했으나 자신에게 유리한 조건을 거절할 사람이 아니었다.

무림이란 곳은 항상 이기는 자가 모든 걸 가진다.

승자가 법이었다.

장염무는 그러한 사실을 몸으로 체득하는 세월을 보내왔다.

'일단 이겨놓고 본다!'

장염무는 두말 않고 애도 벽혈(碧血)을 빼 들었다. 오십 년간의 고심참담한 수련 끝에 요 근래 와서야 대성한 비천회선일탄월로 단숨에 승부를 결정지을 심산이었다.

위잉!

푸른빛 달무리를 받아 단숨에 삼 척이나 늘어난 도신(刀身)!

보는 것만으로도 사람을 질리게 만드는 도강(刀罡)으로 단천엽을 겨눈 장염무가 살기를 담아 소리쳤다.

"본좌의 도는 무섭다!"

"그런 것 같습니다."

"너는 도망가도 된다. 오늘 밤만큼은 본좌가 굳이 네 녀석을 뒤쫓아서 죽이지 않겠다."

단천엽이 주먹을 들어 올리며 씩 웃었다.

"그럴 것 같았으면 처음부터 선배를 쫓아오진 않았을 겁니다."

"그랬겠지."

최후통첩을 거절당한 장염무의 도강이 순간 삼 척에서 오 척으로 늘어났다. 처음의 크기는 단천엽을 안심시키고 간격에 차이를 두려는 속임수였다.

'선수필승!'

일순 오 척이 넘는 도강을 품 안으로 끌어들인 장염무가 벼락같이 단천엽을 향해 폭사해 들어갔다. 경공의 궁신탄영과 비슷한 원리, 그러나 비교할 수 없을 정도로 막강한 파괴력이 동반된 비천회선일탄월이었다.

그리고 폭발!

단천엽의 바로 코앞에서 거센 폭발을 일으킨 비천회선일탄월이 곧바로 제이의 변화를 만들어냈다. 처음부터 파뢰를 염두에 둔 후수였다.

물론 단천엽에게도 파뢰만이 있는 게 아니었다. 장염무가 도강의 크기로 간격을 속였듯 단천엽 역시 마찬가지였다. 장염무의 첫 공격을 파뢰로 방어한 후 그는 바로 비권 천류영 파도식 분영(分影)을 펼쳐 냈다.

스아아!

폭발과 동시였다. 홀로 공중으로 날아올랐던 장염무의 벽혈이 이기어도(以氣馭刀)와 같이 공중을 선회하더니 벼락같이 떨어져 내렸다.

목표는 단천엽!

그러나 벽혈은 하릴없이 바닥에 몸을 묻었다.

다시 비상할 수 없을 정도로 내리 꽂혔다.

비천회선일탄월은 이기어도와 비슷했으나 이기어도는 아니었다. 연달아 공중에서 방향을 바꿀 순 없었으리라.

그 찰나의 순간 분영으로 수십 개나 되는 분신을 만들어낸 단천엽이 바람같이 장염무의 사각으로 파고들었다. 벽혈이 분영에 속아 헛되이 바닥에 떨어진 것과 거의 동시에.

파팍!

장염무의 신형이 크게 흔들렸다. 이미 사각을 파고든 단천엽에게 요혈을 걸어 채인 뒤였다. 벌써 전부터 내상을 입었던 그가 버텨낼 수 있을 리 만무했다.

"크헉!"

입에서 피화살을 토해낸 장염무가 바닥에 주저앉았다.

완벽한 패배였다.

그러나 장염무를 등진 채 몇 걸음 앞에 멈춰 선 단천엽은 여전히 야수감각도를 해제하지 않은 상태였다. 초인적인 기운이 그의 이목을 수십 배나 확장시키고 있었다.

일순 불어온 한줄기 바람에 몸을 맡긴 채 단천엽이 목소리를 높였다.

"승부는 이미 끝났습니다! 본인에게 볼일이 있는 분들은 그만 나오심이 어떠한지요?"

'이곳에 우리 말고 다른 녀석들이 숨어 있었단 말인가!'

억지로 신형을 일으켜 세우려다 다시 주저앉은 장염무의 안색이 와락 일그러졌다. 그제야 자신이 까마득한 후배인 단천엽에게 병기를 사용해 선공을 취하고도 패했다는 사실이 자각됐다. 부끄러움에 얼굴이 화끈 달아올랐다.

그때였다. 흑백쌍검귀가 유령과 같은 신법을 펼쳐 달빛 아래 모습을 드러냈다.

완벽하게 이인일체가 된 모습!

단천엽의 믿기 힘든 무위를 직접 눈으로 목도한 그들의 얼굴은 평생의 대적을 앞둔 듯 무겁게 가라앉아 있었다.

연옥대전의 첫날.

예상했던 것보다 큰 사고 없이 끝났다고 볼 수 있었다. 최소한 밤이 깊어올 무렵까진 그런 의견이 지배적이었다.

혹시 만에 하나라도 있을지 모를 불미스런 사건을 방지하기 위해 거산은 용문 교두들과 무사들을 풀어 철저하게 수련생들을 통제했다. 무대포적인 철혈 통제였다.

앞서 모어언 때문에 벌어졌던 소란의 끝이라 교두들과 수련생들 간에는 적지 않은 충돌이 곳곳에서 벌어졌다. 연옥대전의 흥분이 만들어낸 작은 불상사였다.

그렇게 연옥대전의 첫날이 저물어가고 있었다.

비무대 곳곳에 환하게 불을 밝혔을뿐더러, 다른 날과 달리 교두들과 무사들이 교대로 번을 서고 있었다. 수련생 몇 명의 행적이 묘연한 걸 제외하면 더 이상의 말썽은 없을 듯 고요가 찾아들었다.

그러나 그런 평화도 잠시, 교대로 번을 서던 교두와 무사들이 갑자기 습격을 받는 사건이 일어났다. 한두 명이 아니라 비무대 주변 요처를 지키던 자들이 한꺼번에 습격을 당했다. 복면을 뒤집어쓴 고수들에 의해서.

용문 곳곳에서 불길이 치솟아올랐다.

연옥대전은 첫날부터 전혀 생각지도 못하고 있던 최악의 상황에 직면했다. 대천하맹 총단 중에서도 내성에 위치한 용문이 일군의 복면고수들에 의해 습격을 당한 것이다.

"도대체, 이게 무슨!"

거산은 복장도 채 갖추지 못하고 구룡무각에 마련된 내실에서 뛰어나왔다. 그의 눈앞으로 얼굴이 피투성이가 된 하급 교두 한 명이 보였다. 이미 구룡무각 내부까지 복면고수들에게 장악당했음이 분명했다.

그때 거산의 눈앞에 복면고수가 모습을 드러냈다.

최초의 조우!

거산은 느닷없이 나타나 검격을 쏟아내기 시작한 복면고수를 피해 뒤로 물러났다. 일단 상대의 약점을 찾는 게 급선무였다. 그 뒤 이어진 벼락같은 철산고!

콰쾅!

거산의 강철 같은 몸에 얻어맞은 복면고수가 대번에 반대편으로 퉁겨져 날아갔다. 웬만한 일류고수라도 즉사했을 만한 일격. 그러나 복면고수는 불사신처럼 멀쩡했다.

충돌의 순간 검기로 거산의 무자비한 돌진을 흩어버렸으리라!

'용문 대교두에 버금가는 실력이다!'

거산의 온몸에서 우드득 소리가 일어났다. 전력을 다하지 않고선 눈앞의 상대를 이길 수 없다는 판단이었다.

그 시각, 거산과 용문 교두들 못잖게 선잠을 깬 수련생들은 악전고투 중이었다. 복면고수들은 수련생들마저 가만 내버려 두지 않았다.

곳곳에서 하급 수련생들의 비명과 절규가 터져 나왔다. 용문은 그동안 줄기차게 연마했던 수련이 아닌 실제의 전쟁 한가운데 직면해 있었다.

초저녁부터 회주인 단천엽의 행방이 묘연한 상황.

금난주의 재촉에 의해 임시로 회주 대행을 맡은 모어언은 일단 패왕회의 수뇌부를 한데 모았다. 하급 수련생들의 경우 절대 복면고수들의 상대가 될 수 없기에 내린 특단의 조치였다.

그 결과 패왕회 최강의 십오 인이 모이자 모어언은 재빨리 사상대회륜진(四象大回輪陣)을 펼쳤다. 용문의 상급 수련생이라면 눈을 감고도 변화에 참가할 수 있는 방어 진세였다.

아미금창을 빼 든 채 모어언의 바로 옆에 선 금난주가 미간을 찡그리며 말했다.

"언니, 물론 사상대회륜진은 이런 상황에선 가장 펼치기 쉬운 진법이긴 해요. 하지만 너무 변화가 단순해서 조금만 진법에 조예가 있는 사람이라면 파해법을 금세 찾을 수 있을 거예요. 힘이 너무 크게 분산되는 약점도 있고요."

"네 말이 맞다."

"그런데도 이 진법을 선택한 건……."

"우리는 이제부터 하급 수련생들을 보호해야 해. 그러기 위한 진법이다."

"그건……."

금난주가 뭐라 말하려다 입을 다물었다. 모어언의 얼굴에 떠오른 단호한 표정에 말문이 막힌 것이다.

'하아, 정말로, 진짜로, 언니가 이번엔 단단히 각오한 표정이네. 회주님의 패왕회를 온전히 지키기 위해서. 역시 사랑의 힘인 건가?

대위기의 순간에도 빠지지 않는 소녀다운 상상이었다. 자신도 모르게 낯을 가볍게 붉힌 금난주가 모어언의 명령을 상기하곤 사상대회륜진의 변화에 참가한 후 소리쳤다.

"여러분, 이제부터 우리는 패왕회의 하급 수련생들을 지키는 데 전력을 쏟는 거예요!"

"명령만 내리십시오!"

"명령을 받들 뿐입니다!"

안환을 필두로 한 수뇌부의 복창에 금난주가 입술을 쑥 내밀었다. 내심 반대의 의견이 나오는 것도 나쁘진 않다고 생각했는데, 한 명도 없었다. 일순 자신만 못된 아이가 된 듯해 기분이 언짢아졌다.

바로 그때 복면고수들이 패왕회의 진영을 향해 바람처럼 날아들었다. 하나하나가 시퍼런 검강을 뿜어내면서. 일견하기에도 일류고수를 뛰어넘는 무력의 소유자들임에 분명했다.

오싹!

등을 타고 한 덩이 얼음이 굴러 떨어지는 듯한 느낌에 금난주는 어깨를 바르르 떨었다. 대담한 여장부임에도 점차 진홍빛으로 물들기 시작한 밤의 기운은 소녀의 두려움을 부채질하는 마력을 품고 있었다.

그 순간 모어언이 나섰다. 그녀는 전쟁의 여신처럼 고귀하고 아름다운 모습으로 검끝을 복면고수들에게 향한 채 낭랑하게 소리쳤다.

"개진(開陣)!"

복면고수들과 패왕회의 격렬한 전투의 막이 오르는 순간이었다.

■ 제48장 ■
광풍(狂風)

광풍(狂風) ,

용문이 난장판이 된 순간, 냉철하게 전후의 상황을 계산하는 사람이
있었다. 천하맹 총단의 어디든 마음대로 오고 갈 수 있는 능력의 소유
자인 귀비 유설영이었다.

그녀는 한상월의 명을 받아 은밀히 거산의 뒤를 봐주고 있었다. 혹
시라도 거산이나 금마부 오 인의 능력으로도 처리할 수 없는 일이 생
길 경우, 바로 한상월에게 정확한 상황 보고를 올리는 게 그녀에게 주
어진 임무였다.

처음, 그녀는 한상월의 명령에 다소나마 의혹을 느꼈다. 거산은 그
렇다 치더라도 금마부 마두들이 다섯 명이나 참가해 있었다. 그들의
능력을 뛰어넘는 사건이 천하맹 총단에서 벌어지리란 기대는 하기 어
려웠다.

이성적으로 지극히 당연한 판단!

그러나 거기에는 모든 일을 주재하는 한상월의 초절한 능력이 간과되어 있었다. 천하를 손바닥 위에 올려놓은 채 희롱하는 한상월이 따로 명령을 내렸다면 뭔가 특별한 점이 없을 리 만무했다.

유설영은 점차 붉게 물들고 있는 용문의 야천을 바라보며 그 점을 뼈저리게 느꼈다.

오늘 밤 이와 같은 일이 벌어지리라곤 상상조차 못했기에 그녀가 느끼는 충격의 강도는 극심했다. 잠시 눈앞에서 벌어지는 사태에 수수방관을 선택할 만큼.

휘잉!

한줄기 야풍이 유설영의 머리를 흐트러뜨렸다. 마치 망설이고 있는 그녀를 꾸짖듯이.

'내가 지금 거산을 돕는다면 금마부의 오 인과 합류하여 복면고수들을 격퇴하는 데 도움을 줄 수 있다. 분명 쉽지 않은 일이지만 불가능할 것도 없다. 하지만 오늘 밤 용문을 습격한 복면고수들의 등장은 너무 이상하다. 천하맹을 내부에서 아주 잘 알지 않고선 있을 수 없는 일이다. 절대로! 그렇다면 그들의 진정한 목적은 무엇일까?'

유설영은 문득 뇌리를 스치는 생각에 어깨를 가볍게 떨었다. 눈앞에서 펼쳐지고 있는 용문의 겁화가 성동격서(聲東擊西:동쪽을 칠 듯이 말하고 실제로는 서쪽을 친다는 뜻으로, 상대방을 속여 교묘하게 공략함을 비유한 말)란 생각이 들었다.

그렇다면 그들이 천하맹 총단 내성에서 이렇게 엄청난 난리를 치는 목적은 명확했다. 금일 총단의 방어를 맡은 오천군세 중 파천도군을 끌어들이는 것. 그래서 천원의 방어 태세를 약화시키려 함이 분명했다.

“저들의 목표는 대주시다!”

유설영의 신형이 어둠 속으로 뛰어들었다. 평소 가장 신경 썼던 은밀함마저 포기한 채 그녀는 전력으로 천원을 향했다. 주인에게 닥친 위급을 알리기 위하여.

천원의 문상 집무실.

용문에 이변이 발생하고 얼마 지나지 않아 파천도군의 군주인 경천패도(驚天敗刀) 기극진이 들이닥쳤다. 그를 맞은 한상월이 대뜸 질문했다.

“현 상황은?”

기극진이 군례와 함께 고했다.

“천하맹 내성 안으로 일단의 복면고수들이 침투했습니다. 그 숫자는 대략 삼십에서 오십 정도나 개개인의 무공이 놀랍습니다.”

“어느 정도로?”

“적어도 일류 수준은 넘고, 절정까진 이르지 못한 듯 사료됩니다.”

“일류에는 넘치고, 절정에는 모자라다? 그런 어중간한 녀석들이 용문에 침입한 까닭은?”

“속하가 불민하여 아직 파악하지 못했습니다. 혹시 밖에서 대병이 호응할 것을 대비하느라……..”

한상월이 미미하게 고개를 끄덕였다.

“그건 기 군주의 대처가 합당했네.”

“그렇지 않습니다. 속하가 좀 더 신경을 썼다면 오늘 같은 불상사가 발생하진 않았을 겁니다. 이번 사태를 해결한 후 필히 죄를 고하겠습니다.”

"여전히 깐깐한 성미군. 하지만 사태를 보아하니 이번 침입은 천하맹 내부를 잘 알고 있는 자들의 소행이야. 안에서 물이 샜으니 밖을 지키고 있던 자네와 파천도군의 잘못은 아니라고 할 수 있네."

"그렇지만……."

"아! 그 일은 됐고."

손을 들어 기극진의 입을 막은 한상월이 손가락으로 턱을 쓰다듬으며 말했다.

"시간을 얼마나 주면 해결할 수 있겠나?"

"침입 세력의 일망타진을 말하시는 거라면……."

"그래, 그거 말야."

잠시 계산을 뽑아본 후 기극진이 고했다.

"적의 수괴가 누구냐에 따라 달라지겠으나 파천도군의 주 병력을 투입할 경우 한 시진 내에 해결할 수 있으리라 봅니다."

"한 시진은 너무 늦어."

"내성 외곽의 수비를 위해 적어도 절반의 병력은 남겨둬야 합니다."

"그래도 한 시진은 안 돼."

"그럼, 외곽의 수비를 외성 오당의 병력으로 충당하는 수밖에 없습니다."

탁!

손바닥으로 책상을 내려친 한상월이 크게 소리쳤다.

"바로 그거야!"

"예?"

"외성 오당의 놀고 있는 병력을 전부 동원하라는 명령을 내릴 테니 기 군주, 자네는 지금부터 반 시진 내에 적도들을 제압하도록 하라구."

"그렇지만, 외성 오당의 병력 가지곤 만약의 사태에 대처하기 힘들 것으로 사료됩니다만?"

"그건 그때 가서 또 처리해야겠지. 일단은 적도를 제압해서 내부의 분란을 해결하는 게 우선이야. 지난번처럼 망할 파불의 중대가리들이 밀고 들어와선 곤란하니까."

"파불소림……."

"설마, 자네도 금천검군의 금환고독검(金丸孤獨劍)처럼 되고 싶은 건 아닐 테지?"

금환고독검 유잔양. 한때 금천검군의 군주이자 천하맹 서열 십오위에 올랐던 절세검객이었다. 그의 금환과 쾌검은 검무각의 검객들조차 숭앙하는 바가 있었으나 전날 천괴성 모회언의 폭주 시 모든 것을 잃었다. 파불소림의 고수들이 천하맹 총단에 침입하는 걸 막지 못했기 때문이다.

꿀꺽!

내심 마른침을 삼킨 기극진이 얼른 자세를 바로 하고 복명했다.

"바로 적도들에 대한 제압에 들어가겠습니다!"

"반 시진이야."

"그 정도까지 시간이 걸리진 않을 겁니다!"

말을 끝낸 기극진이 다시 군례를 취해 보이고 신형을 돌려세웠다. 호언장담을 한 터였다. 이제부터는 촌분이나마 시간을 아껴야 했다.

"이제 나와도 된다!"

기극진이 모습을 감추고 한상월이 목소리를 높인 순간 집무실 구석의 그림자 속에서 꿈틀하고 거영이 모습을 드러냈다. 파리한 달빛만이

감도는 집무실이고 보니 신화 속 괴물의 출현이나 다름없는 등장이었
다.

한상월이 입가에 가느다란 미소를 담았다.

"그 큰 몸을 숨기고 있느라 고생이 많았다. 하지만 기 군주 같은 절
정고수의 이목조차 숨길 수 있다니, 역시 괴물 같은 놈이로군."

모습을 드러낸 거영의 정체는 서문휘강이었다. 숨을 죽이고 한상월
과 기극진의 대화를 들은 탓에 그의 얼굴은 다소 딱딱하게 굳어 있었다.

"용문이 습격을 당했다니, 그게 무슨 소립니까?"

한상월의 입가에 담긴 미소의 농도가 약간 짙어졌다.

"별일 아니다."

"별일 아닌데 파천도군의 군주가 이 밤중에 천원으로 달려옵니까!"

"날 힐난하는 것이냐?"

"내 질문에나 대답해 주십시오! 대답 여하에 따라 지금 당장 용문으
로 달려가 봐야 하니까요!"

한상월이 한숨을 내쉬었다.

"흠, 조금 다른 줄 알았더니 여느 애송이와 다름없군. 전체를 조망할
줄 모르고 쓸모없는 동료애에 시야가 좁아져서 날뛰는 꼴이라니."

"뭐라고요!"

서문휘강의 전신 근육이 꿈틀거렸다. 어둠을 뚫고 거대한 근육의 산
이 뭉게구름 형상을 이뤘다. 보기만 해도 기가 질리는 변화였다.

하나 한상월은 안색 하나 바꾸지 않고 다시 조소를 던졌다.

"지금 네 녀석이 용문으로 달려가 봤자 뭘 할 수 있겠느냐? 어쩌면
제 힘으로 앞가림조차 못하는 녀석 몇을 구할 수 있을지도 모르겠지.
하나 그런 쓸모없는 녀석들을 살려서 뭘 하려느냐? 설마 네 녀석은 천

하를 구한 대영웅이나 대협객으로 추앙을 받고 싶어 파불을 떠나 천하맹에 들어온 것이냐?"

"그런 건 아니지만……."

"그런 게 아니라면 지금 네 녀석이 할 일은 필요 이상으로 거칠어진 마음을 가라앉히고 냉정을 되찾는 것이다."

"……."

"왜? 그런 간단한 것도 세세히 가르쳐 줘야만 할 수 있는 바보인 것이냐?"

서문휘강의 꿈틀거리던 근육의 산이 한 차례 불끈 용을 쓰더니 곧 잦아들었다. 잔뜩 흥분됐던 마음이 일순 싸늘하게 식은 것이다.

그 뒤 잠시 침묵 속에 한상월을 쏘아보던 서문휘강이 가벼운 한숨과 함께 항복을 선언했다.

"나는 아직 문상과 같이 전체를 조망할 능력을 가지고 있지 않습니다."

"조금 나아졌군."

얼굴에 떠올라 있던 조소를 거둔 한상월이 책상 맞은편의 의자를 손으로 가리켰다.

"일단 앉아라. 나는 남을 올려다보는 데 익숙하지 않다."

"서 있는 게 편합니다."

"머리를 조아리고 가르침을 원한 녀석이 처음부터 항명하는 것이냐?"

"끄응!"

앓는 소리와 함께 서문휘강이 의자로 걸어가 엉덩이를 걸쳤다. 그의 거대한 몸에 비해 의자는 턱없이 작았다. 서 있는 게 편하다 말한 까닭을 알 만했다.

"크큭!"

재밌다는 듯 비웃음을 입가에 담은 한상월이 기극진을 상대할 때처럼 손가락으로 턱을 매만지며 질문했다.

"그동안 내가 보내준 패왕회의 자료를 충분히 활용하지 못한 건 무엇 때문이지?"

"그딴 자료의 도움없이도 충분하다는 판단이었습니다."

"그딴 자료? 사랑스런 여동생이 좋아하는 녀석을 손대서 미움을 받고 싶지 않았던 게 아니고?"

"그건……."

한상월이 냉소했다.

"홍, 그렇게 뜨뜻미지근해서는 단천엽이란 괴물한테 먹혀 버릴지도 모른다는 걸 명심하는 게 좋아. 뭐, 아직까지도 녀석의 진면목을 파악하지 못했다면 더 말해 봤자 소용없을 테지만."

'단천엽이란 괴물이라? 나 서문휘강을 앞에 두고 괴물을 논하는 것인가?'

슬쩍 눈살을 찌푸린 서문휘강이 어깨를 으쓱해 보였다.

"패왕회주와는 지난번 문상의 명으로 각성시킨 천랑성의 일로 한 차례 맞붙은 바 있었습니다."

"멍청하게도 싹이 자라기 전에 완전히 짓밟을 수 있는 기회를 놓쳤지."

"천랑성의 각성이 생각 이상이라 어쩔 수 없었습니다."

"아난 수하르를 짓밟은 것에 대한 양심의 가책은 아니었고?"

"나는……."

"굳이 부인하려 애쓸 필요는 없다. 네 녀석의 마음 따윈 관심 밖이
니까. 다만, 그렇게 나약한 자세를 해가지고 앞으로 부친인 창천무극
검제 모문환에 대항할 수 있을까?"

"문상 당신!"

"왜?"

"그 빌어먹을 인간에 대해 아는 게 있는 것이오!"

"내가 전체를 조망하라고 했잖느냐."

"전체……."

한상월이 시선을 슬쩍 문 쪽으로 던졌다.

"그런데 생각보다 늦으시는군. 감격적인 부자 상봉을 주선하려고 했
거늘 이렇게 늦어서야……."

한상월의 말이 채 끝나기도 전이었다.

콰쾅!

격렬한 폭음과 함께 문상 집무실의 문이 산산조각났다.

광풍(狂風) 2

"…이런!"

한상월은 그답지 않게 순수한 탄성을 터뜨렸다. 그가 내심 생각했던 것과 한 치도 틀리지 않은 창천무극검제 모문환의 등장 때문이었다.

휘오오!

일장으로 박살 낸 문의 나무 파편들을 모문환은 한줄기 바람을 일으켜 날려 버렸다. 그의 등장에 조금의 방해도 용납할 수 없다는 듯.

스윽!

모문환이 집무실 안으로 성큼 들어서자 서문휘강이 벌떡 의자에서 일어섰다. 그의 전신 근육은 다시 하나의 거대한 산맥을 이루었고, 당장이라도 폭발할 듯 강렬한 기파를 뭉클거리며 토해냈다.

한상월을 상대할 때완 전적으로 다른 모습!

하나 상대는 천하제일패라 불리는 무적의 모문환이었다. 서문휘강의 도발에 냉오한 시선을 던진 그의 입가에 냉기가 감돌았다.

"소림의 사자모니인(獅子牟尼印)이 언제부터 그리 천박해졌지?"

"다, 당신!"

"건방진 녀석! 감히 아비한테 당신이라니!"

모문환의 몸에서 거센 광풍이 일었다. 그냥 일어난 게 아니라 그의 몸을 신룡처럼 휘감더니 벼락같이 서문휘강을 덮쳐 갔다. 마치 스스로 생명을 품은 듯.

"엇!"

서문휘강의 입에서 가벼운 신음이 터져 나왔다. 그만큼 무문환의 공격은 그의 예상을 한참이나 벗어난 것이었다. 이와 같은 공격은 평생 처음 보는 바였다.

그러나 서문휘강은 모문환이 등장했을 때부터 이미 사자모니인을 준비하고 있었다. 상대가 상대이니만큼 한 치의 부족함도 없는 힘을 준비해 둔 상황이었다.

"아아아!"

모문환의 몸을 떠난 광풍에 일순 놀라긴 했으나 서문휘강은 곧 울부짖음에 가까운 사자후(獅子吼)를 토해냈다.

소림에 남은 몇 안 되는 불문정종(佛門正宗)의 수법. 세상의 모든 사악한 기운을 멸하는 힘이 담긴 신공을 펼쳐 낸 것이다.

그 뒤 근육의 산맥이 거센 파도를 일으켰다. 서문휘강은 사자의 울부짖음과 가장 잘 어울리는 사자모니인을 펼치며 모문환의 광풍에 전력으로 부딪쳐 갔다.

콰릉!

땅이 요동쳤다. 천지가 뒤흔들렸다.

서문휘강이 일으킨 진각에 대리석으로 된 바닥이 쩍쩍 갈라졌다. 위태로울 정도로. 거기다 광풍과 사자모니인의 경력이 충돌하며 주변으로 퍼져 나간 기파가 남긴 자욱 역시 어지러운 문양을 수놓았다.

사람과 사람이 맞붙어 만들어낸 예술!

그밖에는 달리 표현할 수 없는 광경이었다. 당사자인 모문환과 서문휘강, 두 사람이 어떤 생각을 품었든지 간에.

한상월 역시 그리 생각한 것이리라.

짝짝짝!

광풍일전(狂風一戰)이 끝난 순간, 한상월은 마치 관객이라도 된 듯 박수를 쳤다. 서로를 향해 살기마저 뿜어내고 있던 두 사람을 머쓱하게 만드는 행동이었다.

"허허, 이거 참!"

헛웃음과 함께 모문환이 여전히 서문휘강을 노리고 있던 광풍지력을 거둬들였다. 한 차례 손을 쓴 것으로 서문휘강의 무례를 용서하기로 마음먹은 것이다.

후둘!

서문휘강이 그제야 뒤로 한 걸음 물러섰다. 모문환이 펼친 광풍지력은 용문의 괴물이라 불리는 그로서도 쉽사리 감당할 만한 힘이 아니었다.

그때 박수를 멈춘 한상월이 자리에서 일어섰다.

상대가 천하맹주 모문환임을 확인한 이상 계속 거만을 떨고 앉아 있을 까닭이 없다는 판단이었다.

"맹주, 출관을 진심으로 축하드립니다."

"여어!"

모문환이 한상월에게 한 차례 고개를 끄덕여 보였다.

파파팟!

퉁겨냈다 생각하면 다시 파고드는 복면고수들의 검격은 점차 체계적으로 변하고 있었다. 톱니바퀴처럼 움직이는 사상대회륜진의 변화에 적응하기 시작한 게 분명했다.

그런 변화를 가장 먼저 체감한 건 진의 중심에 선 모어언이었다. 패왕회의 피해를 최소화시키기 위해 펼친 사상대회륜진이나 방어 위주의 진법의 한계는 여실했다. 점점 가중되는 복면고수들의 압력을 계속 막기만 한다는 건 무리라는 생각이 들었다.

'하지만 여기서 우리가 진세를 푼다면 패왕회의 하급 수련생들의 피해는 극심해진다. 진세의 주체인 몇 명을 제외하곤 살아남기 힘들 거야.'

모어언은 연신 진법을 변화시키며 아랫입술을 깨물었다. 창천무극검제 모문환의 딸로 태어나 여태껏 피나게 수련한 무공과 병진이었다. 가장 필요한 현 시점에 힘을 발휘하지 못한다면 여태까지의 삶이 무가치하다는 생각이 들었다.

그때 연신 진세의 틈을 노리며 파고들던 검격의 압력이 좀 더 가중됐다. 진세가 순식간에 크게 뒤흔들릴 정도로. 드디어 주변을 둘러싼 복면고수들이 사상대회륜진의 변화를 깨달았음에 분명했다.

순간 모어언만큼 진세의 중요한 부분을 지키고 있던 금난주가 복면고수의 검격 앞에 완벽히 노출됐다. 진세를 깨지 않는다면 발랄한 패왕회의 지낭이 검하고혼이 될 찰나였다.

"안 돼!"

모어언은 여태까지의 냉정함을 잃고 소리쳤다. 급한 나머지 스스로 진세를 깨려고까지 했다. 금난주가 얼른 고개를 가로저었음에도.

그때 금난주의 머리를 막 두 쪽 내려던 복면고수의 검격이 방향을 잃어버렸다. 마치 길을 잃은 어린아이처럼.

여태까지 침착 냉정하게 사상대회륜진을 압박해 들어오던 공격을 생각하면 이해가 가지 않는 변화였다.

'어째서?'

잠시 당황한 표정이 된 모어언의 귓전으로 쾌활한 도호와 함께 귀에 익숙하지 않은 전음이 파고들었다.

"천사대제! 이미 본도의 법력이 펼쳐졌으니 소선녀는 일단 뒤로 물러나시라! 이제부터 평생 본 적이 없을 정도로 재미있는 구경거리를 보여줄 터인즉!"

모어언은 구원병이 왔음을 직감했다. 하긴 천하맹 총단에서도 내성 안에 위치한 용문이었다. 곳곳에서 불꽃이 치솟고 혈전이 벌어졌는데 지원병이 안 온다는 건 말이 안 됐다. 지금 바로 도착했다 해도 다소 늦은 감이 있었다.

게다가 확실히 눈앞의 복면고수들은 대혼란에 빠져 있었다. 여태까지의 엄정하고 강한 모습은 간 곳이 없고, 정신 사나울 정도로 좌우로 검을 휘두르더니 급기야 자기들끼리 싸우기 시작했다. 무언가에 홀린 듯한 모습이었다.

그 모습을 재밌다는 듯 지켜보던 금난주가 모어언을 일깨웠다.

"언니, 저 시커먼 아저씨들은 지금 배교나 모산파에서 다루는 환술에 현혹당한 것 같아요!"

"환술?"

“예. 그렇지 않고선 저 모습은 설명이 안 되잖아요.”

모어언은 복면고수들을 일견하고 금난주의 설명에 타당성이 있다는 생각이 들었다. 방금 전 들려온 전음에 도호가 섞여 있었던 걸 차치하더라도.

‘그렇다면 일단 뒤로 물러서는 게 옳다!’

결국 결정을 내린 모어언이 검을 높이 쳐들고 후퇴를 명령했다. 병법 삼십육계 주위상계(三十六計走爲上計). 도망갈 수 있을 때 빠져나가는 것도 병법의 한 방법이었다.

후퇴 시에도 엄정하게 진세를 유지하는 모어언과 패왕회의 모습에 최필이 나직이 혀를 찼다.

간다르의 도움을 받아 엄청나게 규모가 큰 환술을 펼친 후 기진맥진해 있던 차였으나 모어언의 멋진 진법 운용에는 탄복하지 않을 수 없었다.

“허허, 평생 다시는 천엽 녀석을 뛰어넘을 기재를 보지 못할 줄 알았더니, 저 선녀같이 예쁜 계집애도 보통내기는 아니로구나!”

“그 아이가 마음에 드는가?”

환술에 빠져 허우적대는 복면고수들을 바라보며 벙글거리던 최필이 간다르의 질문에 눈매를 가늘게 떴다. 간다르와는 금마부에 갇힌 후 가장 친하게 지냈으나 여전히 내심을 읽을 수 없었다. 금마부의 다른 마두들과도 수준 자체가 다르다는 생각이었다.

특히 오늘같이 자신을 이끌고 다닐 때는 섬뜩하기까지 했다. 도대체가 어찌 상대해야 할 바를 모르겠으니 그저 뒤를 따를밖에 도리가 없었다.

　그런데 그런 간다르가 먼저 말을 걸자 퍼뜩 의심부터 들었다. 의심 따월 해봤자 자신에겐 간다르를 상대할 어떤 것도 없다는 걸 뻔히 알면서도 긴장의 끈을 놓기엔 찜찜한 무언가가 있는 것이다.

　“왜, 빈도가 마음에 든다면 제자로라도 넘겨주실라고 그러시는 겝니까?”

　“그야 어려울 것도 없지 않은가? 저 아이가 비록 천하맹주의 하나밖에 없는 여식이긴 하나 자네같이 모산파의 정통을 이은 사람이라면 사부로 삼고 싶어할지도 모르지.”

　“자, 잠깐만! 방금 전 그 여아가 천하맹주의 여식이라고 하셨습니까?”

　“분명 늙은 중이 그리 말했네.”

　간다르가 고개를 끄덕이자 최필의 입에서 딸꾹질이 터져 나왔다.

　딸꾹!

　간다르가 미미하게 고개를 흔들며 혀를 찼다.

　“쯔쯧, 위로는 상제(上帝)와 대신을 섬기고 아래로는 지신과 소통한다는 사람이 어찌 그리 기가 약하단 말인가! 천하맹주라 해도 기껏해야 한 사람의 인간에 불과한 것을.”

　“그, 그렇긴 하지만…….”

　“하긴, 자네만을 탓할 문제는 아닐 테지. 늙은 중 역시 모문환이란 아이에겐 한 가닥 두려움을 품고 있으니.”

　간다르는 나직이 탄식했다. 최필이나 다른 누구를 향한 게 아닌 자기 자신을 향한 탄식이었다.

　그런 후 점차 환상을 향해 휘두르는 검격이 약해지기 시작한 복면고수들을 향해 그가 연달아 손가락을 튕겼다.

탄지신통(彈指神通)!

간다르의 손가락을 떠난 지력에 요혈을 점혈당한 복면고수들이 하나둘 정신을 잃고 쓰러졌다. 처음부터 최필이 펼친 환술의 도움 따윈 필요없을 정도로 개세적인 위력이었다.

입을 딱 벌린 최필을 향해 간다르가 말했다.

"이제 조금만 지나면 이곳은 오늘 천하맹 총단의 수호를 맡은 파천도군에 의해 정리가 될 걸세."

"파천도군이라면, 그 오천군세 중 하나라는?"

"그렇네. 천하맹에서도 꽤나 강한 아이들이지. 삽시간에 정리는 끝날 거야. 그러니 자네는 이제부터 금마부의 다른 친구들을 찾아가게나."

"생불님께선 함께 가지 않으시렵니까?"

"늙은 중은 따로 처리할 일이 남았다네."

"그럼, 일을 처리하신 후 만날 장소를 정해주십시오. 빈도가 생불님을 맞으러 가겠습니다."

간다르가 담담히 미소 짓곤 고개를 가로저었다.

"그럴 필요 없다네."

"그렇지만……."

"늙은 중은 이제 다시는 금마부로 돌아가지 않을 걸세. 그러니 자네와의 인연도 이것으로 끝일세."

"생불님, 설마!"

간다르가 손가락 하나를 입에 가져다 댔다. 더 이상 말하지 말라는 뜻이었다.

최필이 고개를 푹 숙이자 간다르가 품에서 누런 겉 표지의 책 한 권을 꺼내 던져 주었다.

툭!

"생불님, 이건?"

"자네와의 인연이 끝나는 기념일세."

말을 끝낸 간다르가 홀연히 사라졌다. 마치 처음부터 존재하지 않았던 사람처럼.

"도대체 뭔 책이길래……."

허리를 굽혀 바닥에 떨어진 책을 집어 든 최필의 눈이 두 배쯤 크게 확대됐다. 그의 앙상한 손이 와들와들 떨렸다.

모산부적술!

누런 책의 표지에 쓰인 제목이었다. 최필이 모산파를 나선 이래 평생에 걸쳐 찾아다닌 절전비술이 담긴 비급. 그래서 천하의 천하맹 총단까지 숨어들게 만들었던 사문의 보물이 기어이 그의 손에 들어온 것이다.

"푸풋! 푸하하! 우하하하!"

용문의 밤하늘에 최필의 호탕한 대소가 퍼져 나갔다. 그의 뇌리엔 더 이상 간다르란 벽안괴승의 모습이 남아 있지 않았다. 마치 붓으로 깨끗이 먹칠을 당한 듯이.

광풍(狂風) 3

유설영은 천원에 도착하자마자 자신이 늦었다는 걸 깨달았다.

거대한 폭풍에라도 휩쓸린 것일까?

천원의 장엄한 대문은 산산조각 박살나 있었다. 재질이 백련정강이 덧대어진 대리석임에도 침입자의 일수를 막지 못했다는 걸 유설영은 한눈에 알아봤다.

오싹!

유설영은 오한을 느꼈다. 오늘 성동격서의 병법을 사용하고 천원에 든 사람은 예상 이상이었다. 도저히 그녀로선 감당할 수 없을 정도의 무력의 소유자!

유설영의 마음이 다급해졌다. 그녀가 여태껏 거의 신앙처럼 여기던 한상월에 대한 믿음이 흔들리고 있었다. 그의 안위가 걱정되기 시작한 것이다.

‘대주!’

유설영의 신형이 바람처럼 천원으로 향했다. 이미 내공은 극한까지 끌어올려진 상태였다.

그런데 막 천원에 들어서 앞으로 나서려던 유설영의 신형이 멈칫하더니 전후좌우로 흔들렸다. 현란할 정도의 보법.

그녀가 좁은 복도와 계단으로 이뤄진 천원으로 들어서기만을 기다리고 있었던 것이리라!

좌우에서 모습을 드러낸 복면고수들은 연신 강력한 검격을 쏟아냈다. 결코 천원 내부로 어느 누구도 들이지 않겠다는 의지를 드러내며.

‘이런 것도 암습인가!’

유설영의 귀안이 새파란 빛을 발했다. 이미 입가에는 싸늘한 미소가 매달려 있었다.

천원에 들어설 때부터 예상하고 있던 바였다. 특별히 놀랄 만한 일은 아니란 판단이었다.

파파팟!

한정된 장소임에도 유설영의 보법은 귀신같았다. 폭포수처럼 쏟아지는 검격과 검기에도 불구하고 그녀의 움직임을 가로막는 건 아무것도 없었다.

신기(神技)!

그 뒤 연달은 검격을 피해 뒤로 몇 걸음 물러섰던 유설영의 쌍수가 십자형을 이루며 번개같이 교차했다. 눈앞의 복면고수들을 향해서.

“응?”

슬쩍 자신이 부순 문 쪽으로 시선을 던진 모문환의 입꼬리가 말려

올라갔다. 그의 초인적인 감각은 이미 천원의 대문 앞에서 벌어진 일 장의 혈투를 인지하고 있었다.

으쓱!

어깨를 한 차례 추슬러 보인 모문환이 한상월과 눈을 맞추며 미소 지었다.

"벌써 자네가 자랑하던 두 호위 중 하나가 달려왔구만."

"그렇습니까?"

"설마 파악하지 못했단 건가?"

"아직 저는 삶에 대한 미련이 많습니다. 얼마 남지 않은 생명을 함 부로 사용할 순 없지요."

"흥. 자네는 항상 그랬지, 탐욕스러울 정도로."

"맹주께만은 그런 소릴 듣고 싶지 않습니다만?"

"그런가?"

모문환이 결국 입가에 미소를 띠었다. 그가 모습을 드러낸 순간부터 한상월은 웃고 있었으니, 드디어 화기애애한 분위기가 조성된 것이다.

그러나 옆에서 두 사람을 지켜보는 서문휘강은 눈에 보이지 않는 살 기가 점차 가중되고 있다고 느꼈다. 소리장도(笑裏藏刀)랄까? 두 사람 의 대화 속엔 날카로운 가시가 숨겨진 채 상대방의 허점을 노리고 있 었다.

그때 모문환이 그답지 않게 한숨을 내쉬었다.

"후우, 상황이 이러하니 오늘 이곳에 오래 머물기도 곤란하겠군. 오 랜만에 만난 의동생과 거하게 회포라도 풀고 싶었건만."

"전혀 곤란할 일이 아닙니다. 이곳은 천하맹의 총단이고 형님은 맹 주이십니다. 누구든지 호령해 부릴 수 있고 얼마든지 자신이 원하는 곳에 머물 수 있습니다."

"그런가?"

"예, 폐관을 깨고 나왔다는 걸 천하에 선포한 이후엔."

한상월이 한마디를 덧붙이자 모문환의 한쪽 얼굴이 가벼운 경련을 일으켰다. 그가 화났을 때 보이는 버릇이었다. 그러나 지금 그의 눈앞에 있는 사람은 한상월이었다. 함부로 화를 낼 수 없을뿐더러, 내서도 안 되는 상대였다.

'뭐, 아직까지는 날뛰는 걸 봐주도록 할까?'

평소의 표정을 찾은 모문환이 화제를 바꿨다.

"내가 중원을 떠나 있는 동안 잘도 큰일을 저질렀더군? 맹 내의 불순분자들을 웃으면서 뺨 때리는 수법으로?"

"제가 본래 좀 능력이 있지요."

"농담은 그만 하고. 시간이 얼마 없으니까."

"참, 속이 빤히 들여다보이는 성동격서였지요. 그것도 검무각, 아니, 창천검문의 숨은 힘이라는 창천검수(蒼天劍手)들까지 동원한 것치곤."

"알고 있었나?"

"예."

"제길!"

욕설을 내뱉은 모문환이 가볍게 굳은 안색으로 말했다.

"그렇다면 오늘 내가 자네를 찾아온 까닭을 알겠지?"

"절 찾아온 까닭보다는 제가 하려던 일의 속사정을 파악하는 게 우선이었겠지요. 다른 곳도 아닌 용문을 찍어 치고 들어오셨으니까요."

"그건 넘어가고."

"여전히 자신에게 불리한 일은 쉽게 넘기십니다? 뭐, 옛정을 봐서

봐드리도록 하죠."

혼잣말하듯 중얼거린 한상월이 책상의 한 컨에서 보고서 하나를 꺼내 들었다. 서문휘강이 들이닥치기 전까지 손수 작성하고 있던 문건이었다.

"그건?"

모문환이 묻자 한상월이 답했다.

"앞으로 석 달 이내, 반검맹과의 대전을 평화적으로 끝낼 방도가 적힌 보고서입니다."

"그게 가능한 일인가?"

"제가 여태까지 허언을 한 일이 있었던가요?"

"그거야……."

눈빛을 침잠시킨 모문환이 손을 내밀었다. 보고서를 보고 다시 얘기하자는 뜻이었다.

그런데 한상월이 보고서를 뒤로 숨겼다. 그는 고개를 가로저어 보이곤 씨익 웃었다.

"맨입으론 안 됩니다."

"뭐?"

"본래 거래란 가는 게 있으면 오는 게 있어야 하는 법입니다."

모문환이 눈살을 찌푸렸다.

"뭘 원하는 거지?"

"반검맹과의 대전이 끝날 때까지 천하맹의 일에 일체 참견하지 않으시면 됩니다."

"이번 대전에서 빠지라?"

"아니면, 지금부터 천하맹의 선봉에 서서 강남의 신검과 피 튀기는 혈전을 벌이시던지요.”

“날 협박하는 건가?”

“협상이란 좋은 말이 있습니다. 그리고 사실 제가 내건 조건은 맹주에겐 나쁠 게 하나도 없습니다. 반검맹과의 대전 결과가 어떻게 나오든지 간에. 결과가 좋다면 그냥 본전이고, 실패한다손 쳐도 그 책임은 책임자인 제가 모두 떠안게 될 테니까요.”

“그야 그렇지만……..”

“그거면 된 거 아닙니까?”

하고자 하던 말을 모두 끝낸 것이리라. 한상월이 수중의 보고서를 다시 앞으로 내밀자 모문환이 망설임을 떨쳐 버렸다. 천원 대문 앞에서 들려오던 소음이 대폭 줄어들고 있었다. 이젠 그에게 주어진 시간이 그리 많지 않았다.

간다르의 명대로 최필이 사자의 길로 달려갔을 때 상황은 이미 종결되어 있었다. 단천엽은 장염무에 이어 평생 합벽검을 사용해 패해본 일이 없다고 알려진 흑백쌍검귀마저 제압해 땅바닥에 누였다.

절대의 무위!

하늘로 치솟는 서기를 쫓아 사자의 길로 달려온 최필은 기겁을 했다. 암흑의 정령처럼 홀로 어둠 속에 서 있는 청년의 얼굴이 낯익었기 때문이다.

“너, 너는……..”

파앗!

어둠 속에서 단천엽이 움직였다.

목표는 최필!

앞서 마두들을 제압했듯 절대 빗나갈 수 없는 일격에 최필이 단숨에 걸려들었다. 거미줄에 걸린 날벌레처럼.

"켁!"

최필은 그제야 단천엽의 눈을 살필 수 있었다.

인간이기를 포기한 눈.

무섭고 두려운 두 개의 눈이 최필을 살피듯 훑어봤다.

그 짧은 순간이 최필에겐 영겁과도 같았다. 그는 숨조차 제대로 내쉬지 못한 채 단천엽의 처분만을 기다리고 있었다.

문득 단천엽의 눈에 이채가 떠올랐다.

"최 도사님?"

익히 최필이 알고 있던 단천엽의 목소리였다.

최필의 얼굴에 그제야 안도의 기색이 떠올랐다. 그의 타고난 생존 본능이 살았다는 신호를 보내왔다. 동시에 억눌려 있던 괄괄한 성격이 활화산처럼 폭발했다.

"이, 이 못된 녀석아! 숨 막혀 본도 돌아가시겠다!"

"아!"

단천엽이 그제야 쥐고 있던 최필의 목덜미에서 손을 뗐다.

그의 얼굴에 미안한 기색이 떠올랐다.

그러나 최필은 몇 차례나 켈록거리곤 뒤로 후닥닥 물러섰다. 갑자기 울화통이 치밀어 소리를 빽 지르긴 했으나 여전히 단천엽에게 느꼈던 공포가 남아 있었다.

단천엽이 나직이 한숨을 쉬며 포권했다.

"개봉에서 유유자적 사시는 분이 이곳에는 어떻게 오셨습니까? 설마 절 암습했던 분들과 친분이 있으신 겁니까?"

"친분?"

최필의 영활한 시선이 얼른 땅바닥에 쓰러진 세 마두를 훑었다. 처음만 해도 꿈인가 했던 일이 실제임이 느껴졌다. 다시 단천엽에 대한 공포가 솟아올랐다.

"저, 저들을 네 녀석… 이 아니라, 자네가 제압한 것인가?"

"어쩌다 보니 그렇게 됐습니다."

"어쩌다 보니?"

"예."

단천엽이 고개를 끄덕이자 최필은 기가 막혔다. 너무 기가 막히니 헛웃음이 입술을 비집고 터져 나왔다. 주변에 단천엽을 제외한 다른 사람이 있다면 바짓가랑이라도 붙잡고 늘어지며 하소연하고 싶었다. 그만큼 단천엽이 한 말이 최필에게 준 충격은 막심했다.

퍽퍽!

연달아 가슴을 몇 차례나 때려 정체된 기혈을 해소한 최필이 얼굴을 부들거리며 말했다.

"너는… 아니, 자네는 저들이 누군지 아는가?"

"모릅니다."

"모른다?"

"갑작스레 싸웠기에 서로 명호나 신분을 확인할 사이가 없었습니다."

"그, 그렇단 말이지."

"예."

"그럼 설마 저들을 죽인 건 아닐 테지?"

"마혈만 제압했습니다."

"천사대제! 그거야말로 참으로 잘한 일일세! 잘한 일이야!"

최필은 연신 도호를 부르짖으며 고개를 끄덕였다. 단천엽과 금마부 사이에 씻을 수 없는 원한이 생기지 않았다는 사실이 고마웠던 것이다.

그때 단천엽의 안색이 변했다.

"도사님, 혹시 용문을 지나쳐 오셨습니까?"

"그, 그런데 왜?"

"용문에 변괴가 일어났군요!"

최필이 조금 진정된 얼굴로 말했다.

"아, 자네는 이곳을 둘러싼 진세의 영향 때문에 몰랐던 게로구만. 지금 용문에는 난리가 났다네."

"난리라면?"

"외부에서 복면을 뒤집어쓴 고수들이 떼거지로 몰려들어 한창 난장판으로 싸우고 있다네. 본도는 그래서……."

"먼저 실례하겠습니다!"

휘익!

최필의 애지중지하는 태극도관이 순간 바람에 휘감겨 날아올랐다. 이미 단천엽이 신형을 날려 사라진 것이다.

"이런, 지금쯤 파천도군이 뛰어들었으니 그 복면 녀석들도 깨끗이 정리됐을 터인데."

최필이 단천엽이 떠난 방향을 바라보다 슬그머니 땅바닥에 널브러져 있는 세 마두를 눈으로 훑었다.

씨익!

바로 어제 벌어진 일이다. 최필의 두 눈을 시커멓게 만들어놓은 자들이 정신을 잃고 있었다.

이때 분풀이를 하지 않는다면 개봉 제일의 협잡꾼으로 불리는 모산 대도사 최필이 아니라고 중얼거린 그가 소맷자락을 둥둥 걷어 올렸다. 복수의 때가 온 것이다.

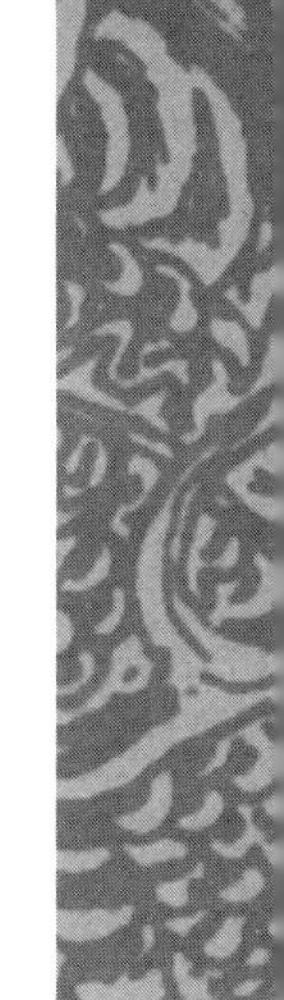

제49장

입멸구생(入滅求生)

입멸구생(入滅求生),

파천도군의 전격적인 투입은 용문 곳곳에서 벌어지던 혈전을 빠르게 종결시켰다. 당연했다. 어떻게 알았는지 파천도군의 용문 진입 직전에 야차와 같이 날뛰던 복면고수들이 일제히 모습을 감췄기 때문이다.

그렇다 해도 격전의 흔적이 완전히 사라진 건 아니었다. 용문 이곳저곳에는 수련용 병장기가 나뒹굴었고, 피에 젖은 교두들과 수련생들의 모습이 보였다. 빠르게 진화되기 시작한 불길 속에 을씨년스런 모습들이었다.

사자의 길을 빠져나온 단천엽의 움직임은 거의 유성과도 같았다. 일단 신법을 전개하자 어느 누구보다 빠르게 달렸고, 곧 전쟁터의 중심처럼 변한 연무장에 도착했다.

주변을 둘러본 단천엽의 얼굴에 초조감이 떠올랐다. 최필의 몸에 튄

핏자국을 기반으로 예상했던 것보다 용문 내 사정은 더욱 처참해 보였다.

'이곳으로 오는 동안 봤던 광경처럼 패왕회의 막사 역시 불탔다. 그렇다면 내가 자리를 비운 사이 얼마나 많은 피해를 입었을지 짐작이 안 가는구나!'

내심 염두를 굴리던 단천엽의 눈에 이채가 떠올랐다. 핏물로 목욕한 듯 온몸에 핏자국이 가득한 거산의 모습이 보였다. 반가움에 그가 목소리를 높였다.

"거산 대형!"

"응?"

"접니다!"

단천엽이 단숨에 다가서자 거산의 얼굴에 안도의 기색이 떠올랐다. 그는 간신히 구룡무각에 난입했던 복면고수들을 물리친 이후 계속 단천엽을 찾아다녔다. 일촉즉발의 상황에서 소주인을 찾아 보호하려는 의도였다. 그러다 천신만고 끝에 단천엽을 만나자 기쁨을 주체하기 힘들었다.

"단 공자! 무사하셔서 다행입니다!"

"거산 대형은 괜찮으십니까? 얼굴에 피가 잔뜩 묻었는데."

거산이 얼굴에 묻은 핏물을 소맷자락으로 쓱쓱 문대곤 씩 웃어 보였다.

"이놈이야 본래 튼튼한 몸 빼면 시체 아닙니까? 겉가죽에 조금 상처를 입었을 뿐이니 단 공자께서는 전혀 염려하실 필요가 없습니다."

"그래도 치료는 하십시오."

"흐흐, 나중에 귀비에게 부탁하려 합니다."

"대침은 조심하시고요."

"웃!"

거산이 놀란 표정으로 주변을 둘러보자 단천엽의 입가에 가벼운 미소가 떠올랐다. 거산의 우직함이 다급해지려던 마음에 여유를 선사했다.

단천엽이 담담한 표정으로 말했다.

"현 상황을 말해 주세요."

"너무 갑자기 터진 일이라 이놈도 아직 확실히 파악하진 못했습니다만……."

"그냥 아시는 정도만 얘기해 주시면 됩니다."

"알겠습니다."

구룡무각을 벗어난 거산은 연무장으로 달려오던 중 용문으로 진입하던 파천도군과 군주 경천패도 기극진을 만났다. 구룡무각에서부터 계속된 혈전으로 심신이 지쳐 있던 거산으로선 든든한 아군을 만나 마음 한 켠이 놓이는 순간이었다.

그러나 기극진은 병법에 조예가 깊은 선형적인 전술가였다. 그가 우격다짐 용문 내로 진입할 수 없다고 고개를 젓자 거산은 다시 혼자가 됐다. 구룡무각을 빠져나왔을 때부터 단천엽의 안위가 못내 걱정됐던 그로선 혼자서라도 지옥으로 향할밖에 도리가 없었다.

아비규환(阿鼻叫喚)이 된 용문 진입의 선봉!

거산은 어떤 용맹한 무사라 해도 맡기 꺼려할 임무를 묵묵히 수행했다. 이 밤 단천엽의 무사함을 확인하는 것만이 그의 목표이고, 목적이며, 최선이었다.

거산의 꾸밈없고 더듬대는 설명에 단천엽은 감동을 느꼈다. 그가 천하맹에 도착한 후 가장 먼저 만난 눈앞의 우직한 무인은 생각했던 이상의 사람이었다. 진정으로 마음을 나눈 지기였다. 적어도 단천엽은 그렇게 생각했다.

"…폐를 끼쳤습니다."

단천엽이 고개를 숙여 보이자 거산이 놀라 허둥댔다. 그의 검은 얼굴이 일순 붉은 기를 띠었다.

"다, 단 공자, 이러지 마십시오!"

"저는 지금 용문의 수련생이고, 거산 대형은 연옥대전의 심사를 맡은 분입니다. 심려를 끼쳤으니 제가 고개를 숙이는 건 당연합니다."

"이런 난리가 벌어진 판에 연옥대전은 무슨!"

"아무튼 인사를 받으세요."

"그렇지만 이건, 저기……."

"그냥 지금 제 인사를 받는 편이 편하실 겁니다."

"끄응!"

결국 거산이 뒤통수를 긁적이며 단천엽의 인사를 받았다. 마치 엎드려 절을 받는 듯 그의 안색은 불편했으나 입가에 작은 흐뭇함이 감돈 것도 사실이었다.

그때 주변을 살피며 돌아다니다 전혀 어울리지 않는 두 사람의 모습을 발견한 기소천이 바람처럼 달려왔다. 그는 수십 장 밖임에도 단천엽의 얼굴을 알아봤다.

"대형!"

단천엽 역시 기소천을 알아봤다.

거산을 뒤로하고 얼른 달려가 그를 맞은 단천엽이 먼저 질문을 던졌다.

"다른 사람들은?"

기소천이 눈가에 눈물을 조금 매달더니 얼른 대답했다.

"하급 수련생 열 명이 크게 다쳤고, 상급 수련생도 몇 명 작은 부상을 당했습니다."

"사상대회륜진을 펼친 것이냐?"

"대형, 그걸 어떻게……."

"동시 다발적으로 고수들의 습격을 당했다고 들었다. 하급 수련생들로선 방어가 불가능했을 테니, 패왕회의 수뇌부가 모여 사상대회륜진을 펼쳐 방어전을 펼치는 게 상책일 것이다. 물론 진세의 중심을 잡아 줄 사람이 필요하지만."

"그, 그렇군요!"

"그런데 사상대회륜진을 펼친 사람은 누구더냐? 금 소저나 안환 대형이라면 진세를 펼칠 수는 있겠으나 패왕회 전체를 승복시키긴 힘들었을 텐데……."

"모 소저가 중임을 맡으셨습니다."

"모 소저가?"

기소천이 붉어진 얼굴로 연신 고개를 끄덕였다.

"예, 모 소저가 패왕회의 부회주가 되는 걸 수락한 후 사상대회륜진을 펼쳐 적을 막았습니다. 그분이 아니었으면 오늘 패왕회는 낭인회처럼 산산조각났을 겁니다."

"낭인회가 산산조각났다니, 그건 또 무슨 소리지? 설마 서문휘강이 나처럼 자리를 비웠단 말이냐?"

"귀낭혈심 조홍 혼자 십자혈풍조 다섯 부대를 이끌고 정반오행대
진(正反五行大陣)을 펼쳐 적에 맞섰지만 역부족이었습니다. 항상 못된
짓만 해대더니, 꼴 좋게 된 셈이지요."

"으음."

가볍게 신음을 토한 단천엽이 멀리 뒤편에 선 거산에게 포권해 보이
며 소리쳤다.

"그럼 저는 이만 동료들에게 가보겠습니다. 상처, 잊지 말고 치료하
십시오!"

"아, 알겠네!"

거산의 대답에 미미하게 고개를 끄덕여 보인 단천엽이 기소천을 돌
아보며 말했다.

"패왕회로 돌아가자!"

"예."

기소천이 신이 나 앞장섰다.

"우왕! 회주님!"

단천엽이 모습을 드러낸 순간 금난주가 팔짝거리며 달려와 창피한
줄도 모르고 품에 안겼다. 잔뜩 검댕이로 그을린 그녀의 얼굴엔 눈물,
콧물이 잔뜩 뒤범벅되어 있었다.

얼떨결에 금난주를 품에 안은 단천엽이 어색한 표정으로 그녀를 떼
어냈다. 주변에 안환과 칠무검을 비롯해 보는 눈이 잔뜩이니, 의식하
지 않을 수 없었다.

금난주 역시 그제야 부끄러움을 느낀 것이리라. 단천엽의 품에서 떨
어지자마자 낯을 붉힌 채 고개를 푹 숙인 그녀가 발로 바닥을 툭툭 차

며 종알거렸다.

"난주는 그냥 회주님이 무사하신 게 너무 기뻐서……."

단천엽의 입가에 담담한 미소가 떠올랐다.

"어려울 때 모습을 감춰 금 소저에게 너무 큰 짐을 지웠습니다."

"피이, 알긴 아시네요."

"그런데……."

단천엽이 주변을 둘러보며 말끝을 흐리자 금난주가 숙였던 고개를 냉큼 세웠다. 그녀는 언제 눈물을 흘렸냐는 듯 동그란 눈을 살살 굴리더니 슬그머니 입가에 애교 어린 미소를 만들어냈다.

"헤헤, 회주님, 지금 어언 언니의 모습이 안 보여서 찾고 계시는 거죠?"

"음, 그게……."

"그렇게 곤란한 표정 할 거 없어요. 회주님하고 어언 언니의 사이는 이미 용문 내에 소문이 자자하니까요."

"……."

단천엽의 안색이 가볍게 상기됐다. 눈앞에서 자세히 살펴야만 알아볼 수 있을 정도의 변화였지만 금난주는 한눈에 알아봤다. 일순 그녀의 얼굴에 작은 수심이 떠올랐다 금세 사라졌다.

"그렇지 않아도 난주는 어언 언니 때문에 화가 나서 회주님께 고자질하려고 벼르던 참이었어요!"

"그건 또 무슨 소리지요?"

"글쎄, 어언 언니가, 그러니까 패왕회의 신임 부회주님께서 패왕회의 이익에 반하는 행동을 하셨다구요."

금난주는 말을 하면서도 화가 나는지 팔짝거리며 뛰었다. 주변의 시선 따윈 전혀 아랑곳 않는 모습이었다.

단천엽이 안환과 사도진영이 연신 고개를 가로젓는 모습을 힐끔 바라보고 달래듯 금난주에게 말했다.

"금 소저, 좀 진정하고 자세히 말해 주시겠습니까?"

"난주가 진정하게 생겼어요! 어언 언니는 지금 패왕회를 버리고 낭인회의 조홍을 찾아가서 그 더럽고 재수없는 자식들을 돌보고 있다구요."

"패왕회에서 같이 따라간 인원은?"

"칠무검을 제외하고, 과거 철검회 시절 호화검수였던 녀석들은 몽땅 따라갔어요. 우리 패왕회에도 부상자가 잔뜩 있는데……."

"흠, 알겠습니다."

단천엽이 고개를 끄덕이자 금난주가 눈을 반짝이며 말했다.

"설마 그렇다고 어언 언니한테 벌을 주려는 건 아닐 테지요? 난주도 잔뜩 화가 나긴 했지만 어언 언니한테 회주님이 화를 내면 곤란해요."

"패왕회가 분열될 거란 걸 나도 잘 알고 있습니다."

"그럼……."

"모 소저의 행동은 고결하고 올바른 것이었습니다. 죄를 받을 행동이 아니지요."

"우웅!"

금난주가 잔뜩 양 볼을 부풀어 올렸다. 또 자신만 못된 아이가 됐다는 생각이 든 것이다.

"훗!"

금난주에게 미소를 던진 단천엽이 처음 봤을 때부터 무언가 할 말이 있어 보이던 안환에게 걸어가 작게 속삭였다.

“말하십시오.”

안환이 역시 속삭이듯 말했다.

“회주, 동쪽으로 삼십 장 밖에 낭인회의 부상자들이 집결해 있다네.”

“고맙습니다.”

“후후, 뭘 이런 걸 가지고.”

“뒷일을 부탁합니다.”

“여기는 걱정 마시고 다녀오시게.”

안환의 마지막 목소리는 조금 컸다. 주변의 시선이 모이자 안환이 뒤통수를 긁적이다 흠칫 놀란 표정이 됐다. 모어언을 만나기 위해 신형을 날리는 단천엽의 뒷모습을 하염없이 바라보고 있는 금난주의 모습을 발견한 것이다.

‘아아, 위험해! 위험해!’

안환은 재빨리 주변을 살핀 후 자신이 방금 본 광경을 잊기로 마음먹었다. 스스로 꽃을 사랑하는 남자라 자부하는 만큼 남녀 관계에 있어 그의 배려심은 남다른 점이 있었다.

기소천의 말처럼 낭인회가 이번에 당한 피해는 막심했다. 전력을 거의 구 할 가까이 방어한 패왕회와 달리 낭인회에는 온통 부상자투성이였다. 처참하게 깨지고 박살난 그들은 곳곳에 아무렇게나 누워 신음을 참고 있었다.

살벌한 주변 모습과는 도통 어울리지 않는 한 송이 꽃. 세상 어느 구석에서든 빛을 발할 모어언을 부상자들 틈에서 쉽사리 발견한 단천엽이 슬쩍 목소리를 높였다.

"모 소저!"

마침 얼굴 한 면이 검에 맞아 피투성이가 된 부상자의 상처 부위를 깨끗한 물로 닦아내고 있던 모어언이 어깨를 가볍게 떨었다. 천무서각에서 헤어지고 많은 날이 흘렀으나 그녀는 단천엽의 목소리를 한시도 잊지 않고 있었다.

“큭!”

은연중 모어언의 손에 힘이 들어가자 부상자가 얼굴을 일그러뜨렸다. 이미 고통으로 정신이 가물가물하던 참이라 모어언의 실수는 치명적인 통증을 안겨줬다.

그러나 모어언은 잠시 부상자의 고통도 잊고 넋을 잃고 있었다. 밤새 치열한 격전의 중심을 넘나들어야만 했다. 금난주와 마찬가지로 그녀의 얼굴도 평소와 달리 지저분해져 있을 게 분명했다.

‘이런 꼴로 단 공자를 만날 수는……’

모어언은 재빨리 얼굴을 소맷자락으로 문댔다. 본능적인 행동이었다. 이미 눈앞의 부상자는 그녀의 뇌리 속에서 내동댕이쳐진 존재에 불과했다.

그 모습은 너무 귀여웠다.

평소 모어언에게서 느낄 수 없었던 모습이었다.

자신도 모르게 입가에 미소를 띤 단천엽이 한걸음에 모어언에게 다가갔다. 한시라도 빨리 모어언을 만나고 싶기도 하려니와 그녀의 손에 짓눌린 채 지옥을 넘나들고 있는 부상자의 안위가 염려됐기 때문이다.

“모 소저……”

“잠깐만요! 잠시만 제게 시간을 주세요!”

단천엽이 보지 못하게 고개를 옆으로 돌린 모어언의 목소리는 작았지만 단호했다. 어떤 의미론 생사대적을 앞에 둔 듯 기백이 담긴 목소리였다.

움찔!

자신도 모르게 뒤로 한 걸음 물러선 단천엽의 시선이 이젠 거의 사색이 되어 헐떡이고 있는 부상자를 향했다. 불쌍했다. 마음 한 켠에서 죄책감이 일었다.

'저러다 사람 잡겠어.'

단천엽은 더 이상 망설이지 않기로 했다.

바로 모어언에게 다가간 그는 상처 부위를 누르고 있는 그녀의 손을 떼어내고, 손가락으로 부상자의 맥을 짚었다. 예상대로 부상자의 상태는 화급을 다투는 것이었다.

"마른 천으로 부상자의 상처 부위를 지혈하시오!"

"예?"

"당장!"

단천엽의 재촉에 모어언은 그제야 자신의 잘못을 눈치 챘다. 그녀의 아름다운 얼굴이 창백해졌다. 더 이상 얼굴에 묻은 검댕이 따윈 신경 쓸 계재가 아니었다.

잘끈!

아랫입술을 깨문 모어언이 재빨리 마른 수건으로 부상자의 얼굴을 지혈했다. 단천엽이 내력을 잔뜩 모은 손으로 추궁과혈에 들어간 것과 거의 동시였다.

자연스레 두 사람은 얼굴을 맞대었다.

점차 평안해져 가는 부상자의 호흡 속에 두 사람은 서로의 숨결을 느꼈다. 같이 공유했다. 촌분이 조금 넘는 사이 두 사람 간에는 백 마디 천 마디의 나눔보다 더한 교감이 이뤄졌다. 삽시간에 밀고 당기는 연애 초기의 단계를 훌쩍 뛰어넘어 버린 것이다.

그렇게 두 사람은 한동안 부상자 치료에 전념했다. 밤의 꼬리를 붙잡고 여명이 쫓아 나올 때까지.

얼마 뒤 외성의 약왕당에 속한 의원들이 달려왔다. 그들은 단천엽과 모어언에게서 부상자들을 뺏은 뒤 능숙하게 치료하기 시작했다. 전문가들이 나선 만큼 치료 도중 몇 번이나 실수를 범했던 비전문가들은 뒤로 빠지는 게 도리였다.

전 철검회의 호화검수들 몰래 낭인회 구역에서 빠져나온 단천엽과 모어언은 인적이 드문 곳을 찾다 식당 뒤편에 이르렀다. 여전히 몇몇 이름 모를 푸성귀가 심어진 채마밭에는 새벽 안개가 운무처럼 드리워져 있었다.

왠지 신비로운 느낌.

단천엽이 가볍게 호흡하자 모어언이 살짝 그의 어깨에 머리를 기댄 채 중얼거렸다.

"평화로운 새벽이네요."

"평화로운……."

"후훗, 말해 놓고 보니 우습네요. 밤새 끔찍할 정도의 일을 잔뜩 경험했는데, 평화로운 새벽이라니!"

단천엽의 입가에 흐릿한 미소가 떠올랐다.

"그렇지만, 모 소저의 말도 일리는 있는 것 같군요."

"뭐가요?"

"정말 지금은 모든 게 평화로워 보이거든요."

"정말… 그렇네요."

"예, 정말로."

단천엽과 모어언이 살며시 손을 잡았다. 둘 중 누가 먼저 손을 내밀었는지는 중요하지 않았다. 두 사람이 지금 함께 평화로운 새벽을 맞고 있는 것에 비하면.

거듭된 수련으로 굵어진 단천엽의 손마디를 손가락으로 더듬던 모어언이 갑자기 눈빛을 빛내며 질문했다.

"그런데 단 공자는 정확히 몇 살이죠?"

"십팔 세라고 생각합니다만?"

"그럼 저랑 동갑이군요."

"그런가요?"

"예, 그래요. 하지만 저는 이제부터 단 공자를 오라버니 삼을래요."

"예?"

"앞으로 단 가가라 부르고 싶다고요. 그러니……."

단천엽이 선수를 쳤다.

"언매!"

"예, 단 가가!"

"후훗!"

"왜 웃으시죠?"

웃음을 멈춘 단천엽이 다정하게 모어언의 손을 어루만지며 말했다.

"오늘은 평화로운 새벽을 맞았을뿐더러, 다정한 누이까지 생겼잖아. 그러니 내가 웃을 수밖에."

"정말 경망스런 웃음이네요."

"그런가?"

"예, 정말 그래요."

모어언이 다시 단천엽의 어깨에 머리를 기댔다. 그녀의 입가에 행복한 미소가 머금어져 있었다.

그러나 두 사람의 평화로운 새벽은 곧 그 종말을 고했다. 어떻게 알고 찾아왔는지 훼방꾼이 끼어든 것이다.

“험험!”

의도적인 헛기침 소리에 모어언이 얼른 단천엽의 손을 놓고 머리를 어깨에서 떼어냈다. 그녀가 아름다운 아미를 상큼하게 찌푸린 채 고개를 돌리니, 머리를 피로 물든 붕대로 감은 조홍의 모습이 보였다.

단천엽이 모어언의 앞을 슬쩍 가로막고서 조홍에게 담담한 시선을 던졌다.

“조 선배가 이곳에는 어떻게 오신 거지요?”

“물어물어 찾아왔소이다.”

“물어물어?”

“따지진 마시오.”

부상을 당한 탓에 평소에도 창백하던 조홍의 안색은 백지장 같았다. 그 같은 모습임에도 굳건한 눈빛이 마음에 들어 단천엽이 미미하게 고개를 끄덕이자 조홍이 얼른 포권하며 말했다.

“낭인회의 군사 조홍이 패왕회와 회주인 단 소협에게 감사드리는 바이오! 오늘 귀 회에서 보여준 의리와 온정을 조홍은 잊지 않을 것이오.”

“그 말을 하러 찾아오신 겁니까?”

“나 조홍은 은원을 확실히 하는 사람이오. 어찌 은혜를 받고도 모른 척할 수 있겠소.”

“그럼…….”

“후일 오늘 입은 은혜는 반드시 갚겠소이다. 물론 사적인 일에 한해서.”

“별로 그럴 필요는…….”

“아니, 반드시 그리할 것이오!”

그답지 않게 목소리를 높인 조홍이 그 말을 끝으로 발길을 돌렸다. 채마밭에 도착한 순간 단천엽과 모어언의 다정한 모습을 목격한 상황이었다. 그의 명민한 두뇌는 한시라도 빨리 자리를 피해주는 것이 좋다는 판단을 내렸다.

모어언이 가볍게 한숨을 토해냈다.

"하아, 정말 대단한 일이 벌어졌네요!"

"뭐가?"

"낭인회의 군사 조홍은 자존심이 강해 회주인 서문휘강에게도 자주 대든다고 들었는데, 은혜를 입혔잖아요."

"후일 도움이 될까?"

"피이, 그런 일 따윈 생각하지도 않았으면서."

"음, 그래도 도움이 된다면 좋은 일이 아닐까? 언매의 착한 누이인 금 소저는 분명 좋아할 거야."

"난봉꾼!"

모어언이 단천엽의 가슴을 주먹으로 가볍게 때렸다. 혹시 그가 아프기라도 할까 봐 아주 조심스럽게.

유설영은 문상 집무실에 들어서자마자 내심 안도의 한숨을 내쉬었다. 처참하게 파괴된 집무실 내부와 달리 한상월은 여전히 건재를 과시하고 있었다. 그녀가 했던 걱정과 근심을 비웃기라도 하려는 듯.

'역시 대주의 안위를 걱정했던 건 나의 오만이었다!'

그림처럼 안으로 들어선 유설영이 부복하자 한상월이 앉은 자리에서 약간 고개를 들어 올렸다. 다소 피곤함이 엿보이는 그의 얼굴에는 가벼운 미소가 감돌고 있었다.

"내가 걱정돼서 온 것이겠지?"

유설영이 고개를 숙이며 고했다.

"천비의 쓸데없는 걱정이었습니다."

"그래서?"

"천비는 천하에 대주께 위해를 가할 수 있는 인물이 없다는 걸 잠시 잊고 있었습니다."

"흠, 그건 지나치게 높은 평가로군."

"절대 그렇지 않습니다."

"아니, 높아!"

유설영에게 고개를 흔들어 보인 한상월이 평소의 냉오한 시선을 흐트린 채 말을 이었다.

"저주받은 망국(亡國)의 십이마성을 제외한다면 나를 비롯해 사방천(四方天)에 속한 자들은 하나같이 천하를 오시할 만한 능력을 지녔다. 콧대만 높은 중원인들 중 어느 누구보다도. 하지만 사방천 중에서도 고하는 있는 거다."

"사방천 중 대주를 능가하는 분은 아무도 없습니다."

"그렇지가 않아. 내가 현 시점에서 확실하게 압도할 수 있는 자는 같이 중원으로 온 남천존자뿐이다. 나머지 서천신승(西天神僧)과 북천마도(北天魔道)의 경우 승부를 자신할 수 없는 게 현실이다."

"그렇지만 그 두 분은 벌써 수십 년간 세상을 등저 생사조차 불분명합니다. 설혹 후예를 남겼다손 치더라도 대주를 따를 순 없는 줄로 압니다."

"그러니 내가 사방천의 으뜸이다?"

"천비의 좁은 소견입니다."

한상월이 갑자기 유쾌한 듯 웃었다.

"하하, 귀비에게 그런 평가를 받았다니 내 일생도 그리 헛되지는 않은 것이었군."

"대주……."

"하지만 애석하게도 서천신승과 북천마도는 귀비의 생각과 달리 세상을 등지지 않았더군."

"설마?"

유설영이 놀라 고개를 들어 올리자 한상월이 고개를 끄덕이며 입가에 흐릿한 조소를 담았다.

"귀비의 생각이 맞다. 나는 오랫동안 천하맹의 조직을 이용해서 서천신승과 북천마도의 행방을 탐문해 왔다. 어떻게든 그들을 찾아 늙어서도 죽지 않은 자들의 힘을 내 것으로 만들려 했지."

"대주께서는 십이마성에 대항할 힘이 필요하셨습니다. 다른 사방천의 힘에 신경을 쓰신 건 합당한 일이라고 생각합니다."

"그럴까?"

"천비는 그리 생각합니다."

잠시 유설영을 쏘아보던 한상월이 천천히 의자에 몸을 묻었다. 그의 머리는 작게 흔들리고 있었다.

"그래, 그럴지도 모르겠지. 하지만 그것도 이젠 틀린 것 같군. 어렵사리 찾았다 싶었는데……."

"대주……."

"서천신승 그 늙은이는 이제 목숨을 버려 세상을 구하려 한다. 웃기는 노릇이지."

"……."

"정말 웃기는 노릇이야!"

유설영은 다른 때와 달리 한상월에게서 격심한 동요의 기색을 느낄 수 있었다. 그녀가 사방천의 마지막 축인 동천명왕(東天明王) 한상월을 섬긴 후 처음으로 보는 모습이었다. 마음이 움직이지 않을 리 없었다.

'대주께서는 서천신승에게 특별한 마음을 품고 계셨던 것이구나!'

물론 그녀는 심중의 말을 결코 입 밖으로 내뱉지 않았다. 주인 한상월의 성정을 알고 있기에.

그때 눈을 반쯤 감은 한상월이 중얼거리듯 말했다.

"그만 나가보도록! 날파리들이 몰려와 괴롭히기 전에 조금 쉬어야겠다."

"존명!"

한상월을 향해 고개를 숙여 보인 유설영이 내심 작게 속삭였다.

'나의 주인님, 잠시나마 편히 쉬시길……'

입멸구생(入滅求生) 3

모문환을 쫓아 천원을 벗어난 서문휘강은 평생 처음으로 전력을 다해 신형을 날렸다. 그가 펼치는 경공의 이름은 천마행공(天馬行空). 천마가 하늘을 날듯 그의 신형은 점차 빨라지고 있었다.

그러나 지금 서문휘강이 뒤쫓는 이는 모문환이었다. 거의 절정에 이르도록 연마한 천마행공으로도 그와의 거리는 전혀 좁혀들지 않았다.

흡사 사막의 신기루를 뒤쫓는 형국!

서문휘강은 몸속의 혈행이 돌수록 점차 강력해지는 기운을 온통 다리에 쏟아 부었다. 어떻게서든 모문환을 따라잡기 위해 전심전력을 다했다. 평생 증오해 왔던 부친을 어렵사리 만났는데 발이 느려 놓칠 수는 없었다.

그렇게 두 사람은 단숨에 천하맹 총단을 벗어나 수백 리를 달렸다. 만약 평범한 사람들이 봤다면, 한줄기 광풍과 황풍이 똬리를 틀며 선두

를 다툰다며 법석을 떨었으리라. 그 정도로 한 치의 양보도 없는 승부
였다.

그러다 앞서던 광풍이 갑자기 걸음을 멈췄다. 천하맹 총단에서 남으
로 삼십 리 떨어진 곳에 위치한 백류하의 물줄기가 앞을 가로막고 거
센 흐름을 보이고 있었다.

"흠, 총단을 떠나 수백 리를 달렸거늘, 고작 도착한 곳이란 게 보잘
것없는 강의 지류라니. 너무 하찮은 결과에 한숨이 나오는구나!"

모문환이 탄성을 토하는 사이 서문휘강이 뒤따라 도착했다. 그는 앞
을 가로막은 백류하를 한 차례 일견하고 모문환에게 퉁명스레 소리쳤
다.

"천하의 패왕이 고작해야 작은 시내 하나를 건너지 못해 걸음을 멈
춘 것입니까!"

모문환이 고개를 돌려 서문휘강을 바라봤다. 그의 오만한 얼굴에는
작은 비웃음이 매달려 있었다.

"눈앞에 보이는 것만이 전부라고 여기니, 네 녀석도 아직 어린 티를
벗지 못했구나."

"어린 티라니……."

"덩치만 커다란 애송이 녀석!"

서문휘강의 전신 근육이 불끈 용틀임을 보였다. 이미 한 차례 모문
환과 손속을 겨뤘으나 아직 그의 본능은 싸움에 목말라 하고 있었다.
마음속의 꺼지지 않을 분노와 더불어.

그러나 서문휘강은 이를 악무는 것으로 치솟는 분노를 억눌렀다. 모
문환의 말마따나 덩치만 커다란 애송이같이 굴고 싶진 않았기 때문이
다.

모문환의 입가에 흐릿한 미소가 떠올랐다.

"그래도 날 이곳까지 쫓아올 수 있었던 건 칭찬을 들을 만한 일이다. 오성 중 으뜸이라더니, 그 말이 딱히 틀린 것도 아니었구나."

"오성이라는 건……."

"네 녀석이 포함된 용문의 다섯 괴물들을 말하는 거다. 으뜸이었던 천괴성이 죽었지만 요 근래 문상이 딴 녀석을 하나 데려다 놨더구나."

"패왕회주 단천엽을 말하는 겁니까?"

"그래, 그런 이름이었다."

"나는 그와 이미 상대를 해봤지만……."

"천괴성 대신 데려다 놓은 녀석을 한 차례 상대해 봐서 그 진가를 알 수 있단 말이냐? 만약 네 녀석이 진짜 그런 생각을 했다면 앞으로도 기대하긴 힘들겠다."

푸들!

서문휘강의 안면이 균열을 일으켰다. 모문환의 얘기를 듣고 있다 보면 자꾸 화가 치밀어 올랐다. 울컥하는 기분이었다. 기본적인 인내심만으론 참기가 힘들었다.

'그래도 지금은 참아야 한다!'

극도의 인내심을 발휘해 분노의 폭발을 억누른 서문휘강이 모문환을 녹일 듯 바라보며 말했다.

"어째서 그랬습니까?"

"뭘 묻는 것이냐?"

"어째서 내 어머니를 배신했냐고 묻고 있는 겁니다!"

모문환의 얼굴에 귀찮다는 표정이 떠올랐다. 그는 장대한 어깨를 한 차례 으쓱하곤 고개를 옆으로 돌렸다.

"어른들끼리의 얘기다. 어린 녀석이 끼어들 일이 아니야."

"나는 대답을 들을 자격이 있습니다!"

"자격?"

"당신에 의해 어머니와 생이별을 해야 했고, 나이 세 살에 파불의 금강승들에게 건네졌습니다! 그 지옥 같은 곳에서 십 년을 보내야 했단 말입니다! 그런데도 자격이 없다고 말하고 싶은 겁니까? 아버지!"

"아버지라……."

모문환은 처음으로 얼굴에 동요를 보였다. 그러나 진짜 나타났는지 의심스러울 정도의 작은 변화는 금세 사라졌다. 서문휘강조차 눈치 채지 못할 정도로.

"네 녀석이 날 아비라 부른 건 대가를 바란 것이겠지?"

"물론입니다!"

모문환이 고개를 끄덕였다.

"받은 게 있으면 내줘야 할 것도 있는 법. 네 녀석이 가장 궁금해할 사실을 가르쳐 주마."

꿀꺽!

서문휘강의 목울대가 가는 떨림을 보였다. 그의 평생을 옥죄이고 있던 매듭이 풀리기 직전이었다. 대담한 그라 해도 긴장하지 않을 수 없었다.

모문환이 말했다.

"사실, 네 녀석이 어미라 알고 있는 여인은 진짜 네 어미가 아니다."

"그게 무슨?"

"네 어미는 아주 예전에 네 녀석을 낳고 죽었다는 뜻이다. 네 녀석의 타고난 기운이 너무 강했기 때문에."

"그렇다면……."

"그래, 널 세 살 때까지 키운 여인은 창천검문의 평범한 여제자 중한 명이었다. 내 아내가 워낙 질투심이 강해 사생아인 네 녀석을 맡아 키우려 하지 않았거든. 그 당시로선 어쩔 수 없는 선택이었다."

"그, 그럼 내 생모는 어떤 분이셨습니까?"

"그것까지 알고 싶은 것이냐?"

서문휘강이 더 이상 참지 못하고 노성을 터뜨렸다.

"당연하잖아!"

"또 이 녀석이 아비에게!"

"아비라고! 아비라고!"

서문휘강의 전신에서 천지를 찢어발길 듯한 기파가 폭출했다. 위력만으로 보면 모문환의 광풍지력과 비교해도 손색이 없을 정도의 위세였다.

일순 모문환의 눈에 한 가닥 잔혹한 기운이 떠올랐다.

"꼭 네 녀석이 출생의 비밀을 알고 싶다면, 숨길 까닭도 없겠지."

"말해! 말하라구!"

"네 녀석은… 윽!"

모문환은 갑자기 말끝을 흐리고 눈살을 찌푸렸다. 갑자기 뇌리로 강력한 불성(佛性)이 담긴 천리전음이 파고들자 머리가 깨질 듯 아파왔다. 천만뜻밖의 일이었다.

모문환은 머리를 부여잡고 나직이 신음을 토했다.

상처 입은 야수가 낮게 으르렁거리는 모습으로.

그러다 순간 모문환의 장대한 몸을 휘감으며 거센 광풍이 일어났다. 거대한 벽의 형상으로. 흡사 외부의 공격으로부터 모문환을 지키기라도 하려는 듯한 모습이었다.

'이 망할 늙은 중이!'

광풍이 벽을 만들자 모문환은 곧 천리전음의 여파에서 벗어날 수 있었다. 그러나 중요한 건 지금부터였다.

눈빛을 차갑게 바꾼 모문환이 벼락같이 서문휘강에게 일장을 발출했다. 독문의 자하신기가 십성 담긴 자하구천장(紫霞九天掌)이었다.

콰릉!

바로 코앞에서 펼쳐진 일장이었다. 서문휘강으로선 마주 장을 뻗어 막는 수밖에 다른 도리가 없었다. 천하제일패 모문환이 설마 암습을 가하리라곤 상상조차 못했기 때문이다.

그러니 아무리 괴물이라 일컬어지는 서문휘강이라 해도 십성의 자하신기가 담긴 자하구천장에 얻어맞고 무사할 순 없었다. 모문환이 손을 거둔 순간 거대한 몸을 몇 차례 흔든 그가 힘없이 바닥에 주저앉았다. 이미 무릎이 꺾여 있었다.

"바로 운기조식에 들어가는 게 좋다!"

"……."

무정한 한마디를 던진 모문환이 동쪽을 바라보곤 바람같이 신형을 날렸다. 그의 머리를 깨질 듯 아프게 만든 천리전음이 날아온 방향이었다.

"늙은 중이 이젠 더 이상 살기가 싫어진 건가?"

가부좌를 틀고 앉은 간다르를 발견한 모문환은 대뜸 광풍지력을 극한까지 일으켰다. 그의 무공을 속속들이 알고 있는 간다르이니 승부를 건다면 새로 얻은 광풍지력밖엔 없다는 판단이었다.

그러나 정말 삶을 포기한 것인가!

당장이라도 사지를 찢을 듯 극심한 광풍지력이 코앞까지 도달했음에도 간다르는 미동조차 보이지 않았다. 반개한 눈은 먼 곳을 바라보고 있었고 앙상한 몸에는 한 가닥 불광(佛光)이 번뜩였다.

화가 머리끝까지 난 상태였음에도 모문환은 이상한 기분을 느끼지 않을 수 없었다. 기분이 묘했다. 처음 천리전음을 듣고 머리가 깨질 듯 아팠을 때완 또 다른 기분이었다.

스륵!

잠시 광풍지력을 거둬들인 모문환이 다소 누그러진 기색으로 소리쳤다.

"사부, 무슨 꿍꿍이속입니까!"

간다르가 그제야 눈을 떴다.

여전히 세상의 다른 곳을 바라보고 있는 눈빛이었다.

노한 얼굴이 된 모문환이 다시 광풍지력을 일으키려 하자 간다르의 시선이 비로소 그를 향했다.

"광풍지력을 얻었다 했더냐?"

"사부?"

"지옥을 봤다고 했더냐?"

"……."

"하나 어찌 네게서 생기가 느껴지지 않는 것이냐? 어찌 네 몸을 떠도는 광풍에서만이 생생한 향기가 느껴지는 것이냐?"

모문환의 얼굴에 의혹이 떠올랐다.

"사부, 지금 무슨 얘기가 하고 싶은 것이오?"

"네 자신에게 물어보는 게 어떠한가!"

“내 자신에게…….”

“그렇다! 네 자신에게 묻고 답을 구함이 옳다!”

“지금 무슨 헛소리를 늘어놓는 겁…….”

모문환은 다시 말끝을 흐려야만 했다. 간다르의 주변을 은은히 떠돌던 불광이 갑자기 폭발하듯 강해졌기 때문이다. 그와 동시, 광풍이 미친 듯 발광하기 시작했다. 모문환의 의지와는 전혀 관계없이.

“이럴 수가!”

모문환의 입에서 절규가 터져 나왔다. 그의 뇌리로 까맣게 잊고 있던 변방에서의 일들이 주마등처럼 떠올랐다. 그 속에서 모문환은 굴욕과 좌절 속에 목을 놓아 울고 있었다.

모문환의 장대한 몸이 연신 흔들렸다.

곧이라도 쓰러질 것만 같았다.

그러나 어느새 광풍에게 심혼마저 제압당한 것이리라. 모문환은 곧 절규를 거뒀다. 눈물조차 남아 있지 않았다. 그리고 그는 자하신기를 극한까지 끌어올려 불광에 휩싸인 간다르를 때리려 했다.

역천의 순간!

간다르가 가부좌를 튼 자세로 공중으로 떠오르더니 불광 속으로 완전히 녹아들었다. 세상의 모든 사(邪)를 멸하는 입멸구생(入滅求生)에 들어간 것이다.

“아.미.타.불! 십이마성의 광풍이여! 서천의 이름으로 명하노니, 왔던 곳으로 물러갈지어다!”

휘오오오오!

“내 제자의 몸에서 당장 물러갈지어다!”

간다르의 마지막 외침과 함께 광풍에 휘감겨 있던 모문환의 몸이 불광으로 물들기 시작했다. 간다르가 생명을 태워 펼친 입멸구생의 영향이었다.

그렇게 시간이 흘러 불광이 사라진 것과 동시에 천하를 부술 듯하던 광풍 역시 자취를 감췄다. 모문환이 잃어버렸던 자유를 되찾은 순간이었다.

털썩!

모든 힘을 잃고 바닥에 주저앉은 모문환이 잠시 멍청한 표정으로 앉아 있다 주변을 둘러봤다. 사부 간다르를 찾기 위함이었다. 그러나 보이는 건 낡은 가사와 묵주뿐.

"……."

힘겹게 자리에서 일어선 모문환의 두 눈에서 굵은 눈물이 주르륵 흘러내렸다. 천하를 오시하던 천하무적의 무공을 몽땅 잃어버린 이때, 그는 사부의 뜨거운 정의(情義)를 더욱 절실하게 깨닫게 된 것이다. 이미 늦었지만.

그때 한줄기 바람이 불자 남아 있던 가사 자락과 묵주마저 가루가 되어 사라졌다. 천여 년 전 달마가 걸어온 발자취를 쫓아 중원으로 온 서천신승 간다르는 그렇게 제자 한 명만을 세상에 남긴 채 허무(虛無)로 귀일했다.

『천괴』 6권으로 이어집니다

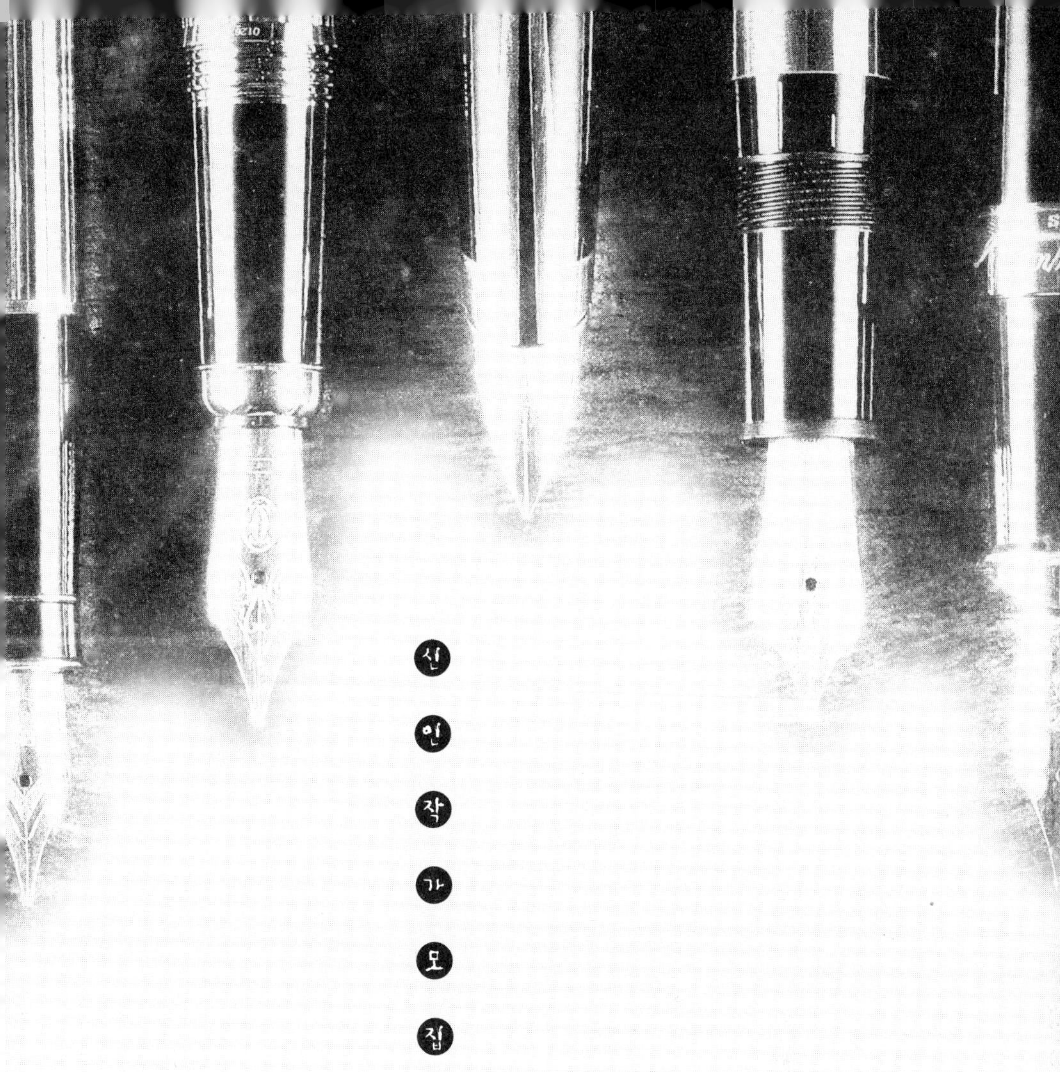